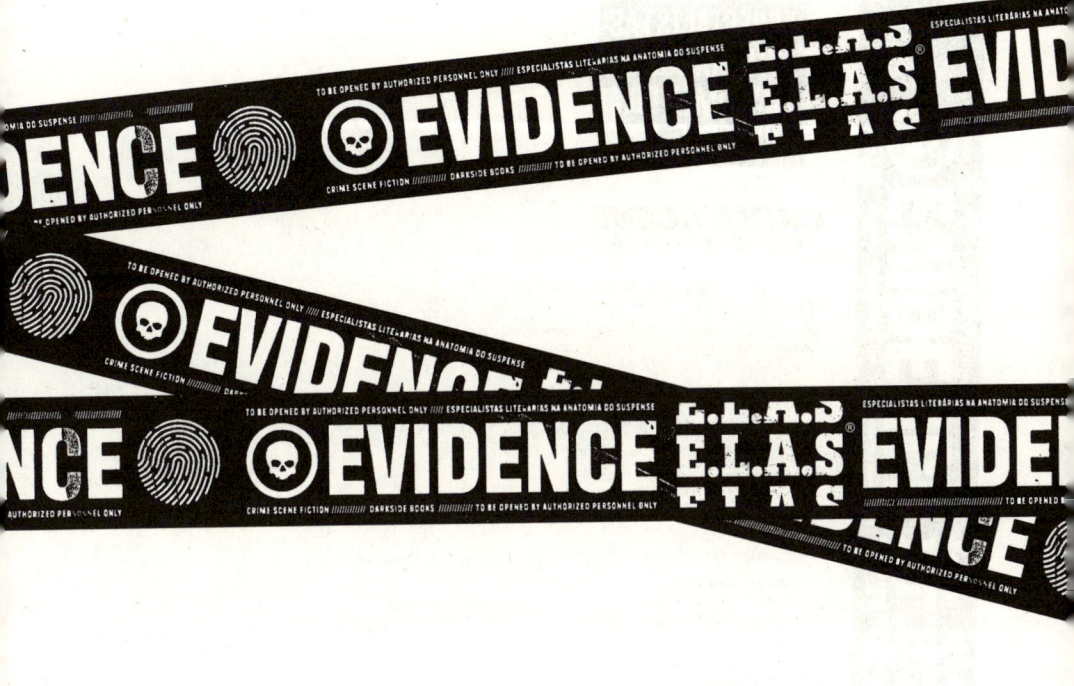

A.R. TORRE  E.L.A.S® ESPECIALISTAS LITERÁRIAS NA ANATOMIA DO SUSPENSE

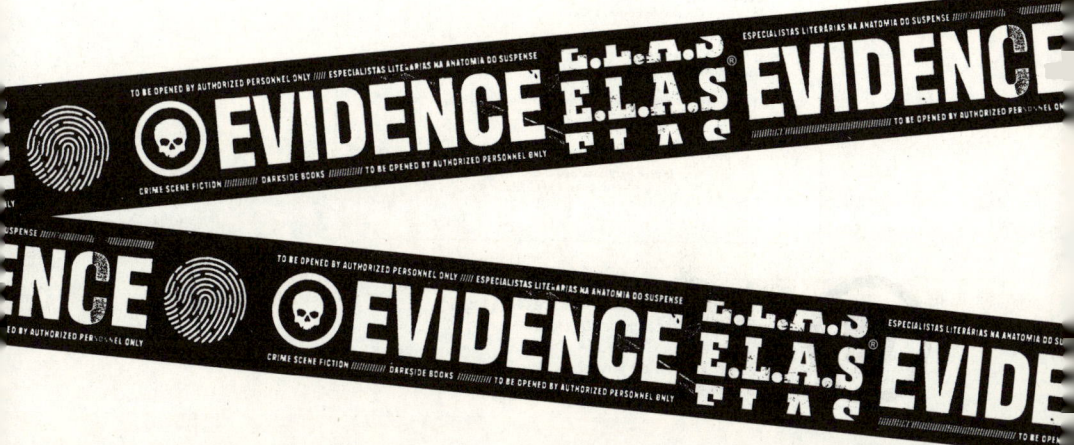

ESPECIALISTAS LITERÁRIAS NA ANATOMIA DO SUSPENSE

CRIME SCENE® FICTION

This edition is made possible under a license arrangement originating with Amazon Publishing, www.apub.com, in collaboration with Sandra Bruna Agencia Literaria.

Esta é uma obra de ficção. Nomes, personagens, organizações, lugares, eventos e acontecimentos são produtos da imaginação da autora ou usados de forma ficcional. Qualquer semelhança com pessoas reais, vivas ou mortas, ou eventos reais é mera coincidência.

Tradução para a língua portuguesa
© Fernanda Lizardo, 2024

Diretor Editorial
Christiano Menezes

Diretor Comercial
Chico de Assis

Diretor de Novos Negócios
Marcel Souto Maior

Diretora de Estratégia Editorial
Raquel Moritz

Gerente de Marca
Arthur Moraes

Gerente Editorial
Bruno Dorigatti

Editor
Paulo Raviere

Capa e Projeto Gráfico
Retina 78

Coordenador de Diagramação
Sergio Chaves

Designer Assistente
Jefferson Cortinove

Preparação
Marta Almeida de Sá

Revisão
Catarina Tolentino
Natália Agra

Finalização
Sandro Tagliamento

Marketing Estratégico
Ag. Mandíbula

Impressão e Acabamento
Braspor

DADOS INTERNACIONAIS DE CATALOGAÇÃO NA PUBLICAÇÃO (CIP)
Jéssica de Oliveira Molinari CRB-8/9852

Torre, A. R.
A boa mentira / A. R. Torre ; tradução de Fernanda Lizardo. —Rio de Janeiro : DarkSide Books, 2024.
272 p.

ISBN: 978-65-5598-462-0
Título original: The Good Lie

1. Ficção norte-americana 2. Suspense I. Título II. Lizardo, Fernanda

24-4677   CDD 813

Índice para catálogo sistemático:
1. Ficção norte-americana

[2024, 2025]
Todos os direitos desta edição reservados à
DarkSide® Entretenimento LTDA.
Rua General Roca, 935/504 — Tijuca
20521-071 — Rio de Janeiro — RJ — Brasil
www.darksidebooks.com

A.R. TORRE

A

BOA

MENTIRA

TRADUÇÃO FERNANDA LIZARDO

E.L.A.S

DARKSIDE

Para Eva. Eu te amo.

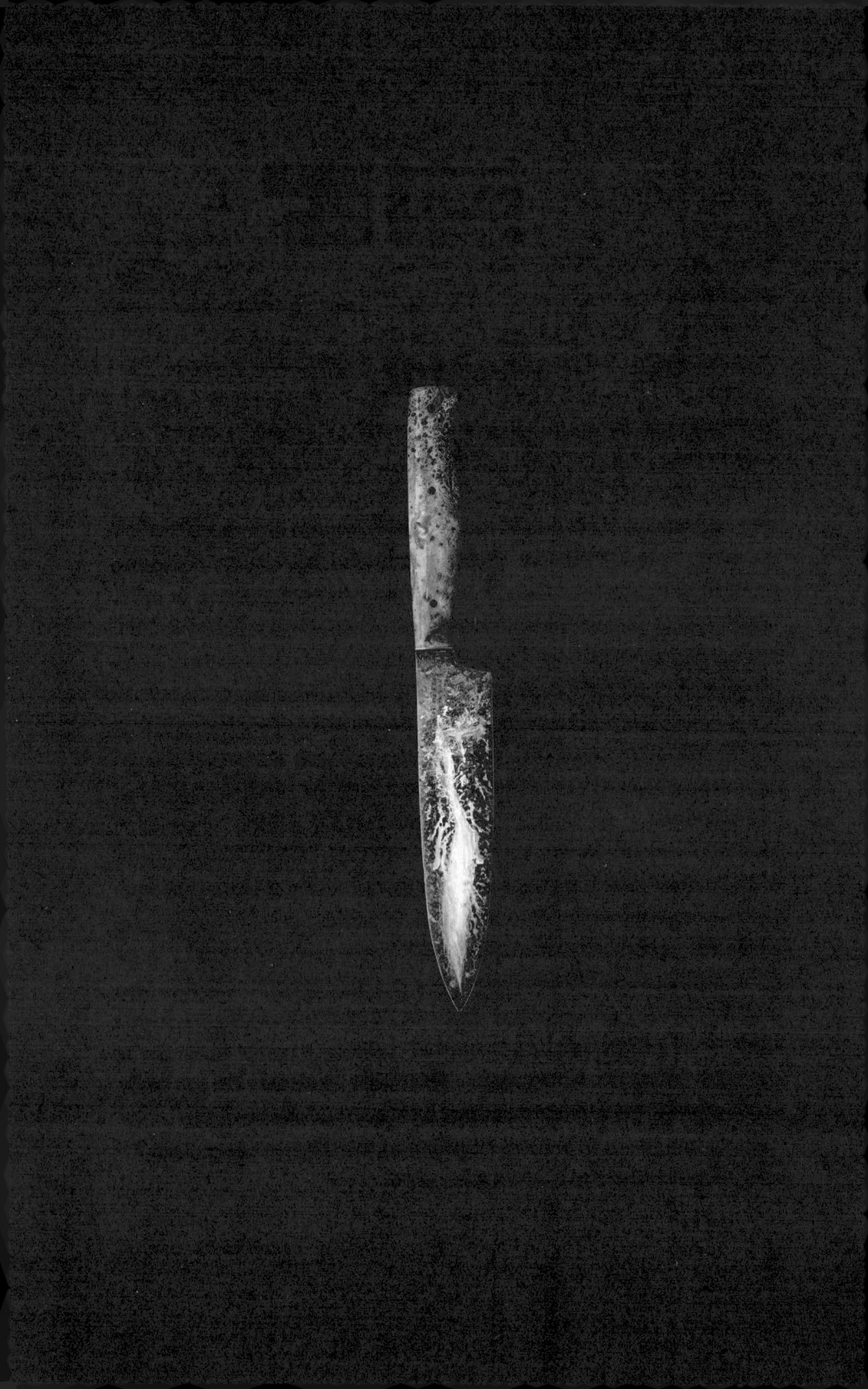

CAPÍTULO 1

A prestigiada rua ainda guardava os segredos daquele horror. Nos troncos das tamareiras-das-canárias ainda havia panfletos divulgando o desaparecimento do rapaz, as cores já desbotadas pelas intempéries, os cantinhos do papel com orelhas em virtude da chuva e do vento. Não havia mais carros de polícia estacionados junto à rotatória de acesso à mansão de tijolos brancos no final da rua. As vans da imprensa e as câmeras pouco a pouco foram migrando para as outras pautas. Os portões de ferro, fundamentais para manter afastado o público bem-intencionado, agora estavam desertos. O peso do silêncio pairava no ar ensolarado de Los Angeles.

Scott Harden veio aos tropeços pela calçada ladeada de palmeiras, rumo aos enormes portões. À medida que se movia, a mansão de tijolos brancos oscilava diante dele, sua visão estava turva em consequência do suor que queimava os cantinhos de seus olhos. A camisa polo de grife, manchada depois de semanas de uso, grudava em suas costas. Seus pulsos estavam rabiscados por contusões e cortes causados pela corda rígida, e ele acelerou os passos e então começou a correr conforme se aproximava de casa. Com sangue escorrendo da incisão em seu peito, cambaleou até parar junto ao painel de segurança dos portões.

Digitou a senha no teclado, imprimindo digitais ensanguentadas. Os portões zumbiram e estalaram ao se abrir.

~

Nita Harden estava parada diante do espelho do banheiro, tentando encontrar energia e motivação para pegar sua escova de dentes. A bancada da pia, antes apinhada de perfumes e cosméticos caros, estava vazia. Seus cachos loiros, sempre bem cuidados em suas visitas quinzenais ao salão, agora tinham quase um dedo de raiz escura. Usando uma roupa preta de ioga que praticamente pendia do corpo, ela agora era uma sombra da *socialite* produzidíssima que se alçara ao topo da alta sociedade de Beverly Hills. Por acaso, o mau hálito importava agora, que seu filho estava desaparecido? *Alguma coisa* importava, considerando que cada dia não passava de um jogo de espera macabro até alguém encontrar o corpo dele?

Com certeza aquilo tinha sido obra do *Bloody Heart Killer* — o BHK, o assassino do coração sangrento. Ele costumava sequestrar adolescentes bonitos e populares da alta sociedade, como seu amado filho Scott.

Em geral, ele mantinha cada rapaz em cativeiro por um ou dois meses e depois o estrangulava, mutilava seu corpo e então o descartava como se fosse um saco de lixo. Seis rapazes já haviam sido suas vítimas antes de Scott. Seis corpos nus tinham sido encontrados, todos com um coração entalhado no peito. Já havia se passado quase sete semanas desde que Scott desaparecera. Mais dia, menos dia, o corpo dele seria encontrado, e ela seria convocada ao necrotério para fazer a identificação.

A campainha do sistema de segurança soou. Ela ergueu os olhos e largou a escova de dentes, identificando um dos toques personalizados dos portões da frente. Quando construíram a casa, cada membro da família escolheu um toque exclusivo para ser sua notificação no portão. Toda vez que ela estacionava seu Jaguar próximo ao portão e usava o controle remoto ou o código pessoal, ouvia-se um leve ressoar de campainhas. Já o de seu marido, era o grito de guerra da UCLA. O de Scott era um trinado simples... A escova de dentes caiu dentro da pia quando o toque de Scott ressoou pelo amplo banheiro.

Uma nova pontada de pura emoção atravessou seu peito. Nita soltou um grito doloroso ao ouvir aquele toque tão familiar, que há anos lhe soava tão natural e que de repente lhe lembrou do largo sorriso de Scott. Ele sempre entrava saltitando, com a mochila pendurada no ombro, correndo a fim de pegar algo para comer. Ela foi até a imensa janela na ponta do banheiro e espiou o jardim, na expectativa de ver o carro de um dos amigos dele, ou a van da empresa de faxina, ou paisagistas, qualquer um para quem Scott poderia ter informado seu código. No entanto, não apareceu nenhum carro em meio à paisagem, então ela pôs a mão em concha na vidraça e tentou ver os portões de entrada.

Uma figura avançava rígida pelo meio da estradinha de cascalhos de conchas maceradas, mancando de uma perna e desenhando uma linha vermelha comprida em seu encalço. O ar ficou dolorosamente preso em sua garganta quando Nita identificou a familiar camisa polo cinza, idêntica às dezenas de outras que ainda estavam penduradas no armário de Scott. O rosto dele não estava visível, sua atenção estava concentrada no caminho adiante, mas ela reconheceu sua estrutura corporal de imediato. Dando meia-volta, ela tropeçou em um dos pés de cobre da banheira e caiu de joelhos. Soluçando de emoção e dor, ela se levantou e passou pela porta em arco que levava à suíte master. Acelerando rumo ao corredor, passou por uma empregada enquanto contornava a escada e descia em disparada, agarrando o corrimão, com a visão desfocada pelas lágrimas.

"GEORGE!", berrou Nita, voltando-se para o escritório do marido, onde ele costumava trabalhar quando estava em casa. "GEORGE!" Sem parar para ver se ele estava em casa ou se tinha ouvido seus berros, ela agarrou a maçaneta de bronze robusta da porta da frente e, antes mesmo de abri-la por completo, se encolheu e passou pelo vão.

Seus pés descalços golpeavam as conchas maceradas do caminho, a dor foi solenemente ignorada enquanto ela corria, gritando o nome do filho.

Scott levantou a cabeça e então parou, vacilante. Suas feições expressavam sua exaustão ao mesmo tempo que ele esboçava um sorriso. Ele ergueu os braços lentamente e Nita se jogou entre eles.

Seu filho, contrariando todas as probabilidades, estava em casa.

CAPÍTULO 2

Ouvi o recado de John Abbott e fiquei me perguntando se aquele seria, enfim, o dia em que ele daria cabo à própria esposa.

"Doutora Moore", dissera ele com a voz rouca, a fala oscilante e embargada pela emoção, "ligue para mim. Ela vai me largar para ficar com ele. Eu sei que vai. Eu sei disso."

A voz de John — que sempre chegava cinco minutos adiantado em nossas consultas, sempre usando roupas bem passadas e com um visual impecável, que preenchia os cheques em letras maiúsculas dolorosamente alinhadas — soava como se ele estivesse em frangalhos. Escutei o recado até o final e então toquei na tela do celular e ouvi tudo de novo.

Suspirando, retornei a ligação. Depois de um ano de sessões individuais de terapia, concluí que John sofria de ciúme patológico. Nos primeiros dois meses, focamos a conversa na esposa dele e na suposta paixão dela pelo paisagista. John era resistente à terapia comportamental e se opunha com veemência à ideia de tomar fenotiazínicos. Após semanas de insistência, ele enfim seguiu meu conselho e demitiu o paisagista, o que acabou por resolver, por ora, a situação. Só que agora havia uma nova fonte de preocupação: o vizinho. Suas desconfianças pareciam infundadas, algo que não seria lá muito alarmante se ele também não sofresse de uma crescente compulsão por assassinar a supracitada esposa.

Enquanto esperava que ele atendesse, abri a geladeira e peguei um galão de leite. Se John Abbott era mesmo capaz de matar, bem, isso era discutível. Ainda assim, o fato de ele vir cogitando o ato de forma consistente durante quase um ano já era prova suficiente, a meu ver.

Ele não atendeu; então, finalizei a chamada e coloquei o celular sobre o balcão. Servi-me de leite num copo alto e depois abri as cortinas de renda e espiei pela janela, acima da pia. Através de uma fina camada de pólen, vi minha gata afiando as garras no capô vermelho finamente polido do meu conversível. Tentei chamar a atenção dela batendo no vidro.

"Ei!" Clementine me ignorou. Bebi o leite de um só gole e bati na janela com mais força. Nenhuma reação.

Passei uma aguinha no copo, coloquei-o na prateleira de cima da lava-louça e olhei meu celular. Esta era a primeira vez que John Abbott ligava para o meu número. Diferentemente de Rick Beekon, um paciente que não conseguia nem fazer uma reserva num restaurante sem obter minha aprovação, John era do tipo que achava que pedir ajuda era coisa de gente fraca e incapaz. Sendo assim, o fato de ele ter deixado um recado numa manhã de terça-feira era bem relevante. Será que ele havia agredido a Brooke? Ou sua paranoia e seu ciúme tinham chegado ao limite?

Ela vai me largar para ficar com ele. Eu sei que vai. Eu sei disso.

Para um homem como John, uma perda poderia ser algo revolucionário, sobretudo porque ele tinha uma visão distorcida da esposa e era totalmente focado nela. Esse foco acabou se transformando em obsessão, com um viés violento que beirava um comportamento maníaco.

Liguei para ele de novo; minha preocupação ia crescendo enquanto o telefone tocava sem parar. As possibilidades surgiam na minha cabeça, inconvenientes. O farmacêutico com a caligrafia perfeita e que faltara a duas consultas no último mês parado em pé, ao lado da esposa, com uma faca ensanguentada na mão.

Não, me corrigi. Não seria uma faca. Não com Brooke. Ele usaria outra coisa. Algo menos físico. Veneno. Essa vinha sendo sua fantasia predileta nos últimos tempos.

Olhei o relógio do micro-ondas. Já fazia mais de duas horas desde a ligação dele. Qualquer coisa poderia ter acontecido naquelas duas horas. Foi isso que ganhei por ter dormido até tarde. O comprimido de Zolpidem, que pareceu uma ótima ideia às três da manhã, me custou essa chamada perdida.

Mais uma ligação, disse para mim mesma. Eu esperaria mais um pouco, e tentaria pela terceira vez e, então, seguiria minha rotina. A obsessão, como eu mesma frequentemente dizia aos meus pacientes, jamais é capaz de afetar situações externas. Ela só faz piorar nossas batalhas pessoais — e as ações e decisões resultantes delas.

Preparei uma torrada e a comi, mastigando lenta e deliberadamente, sentada à mesa da sala de jantar e assistindo a um episódio de *Seinfeld* no celular. Depois de limpar a bancada, ensacar o pão outra vez e lavar as mãos na pia, tentei ligar de novo.

E, assim como nas duas primeiras tentativas, John continuava a ignorar minha ligação.

Às 9h45, enquanto eu seguia para o meu consultório, para ver meu primeiro paciente, John Abbott ainda não havia aparecido para cumprir seu turno na farmácia Breyer.

Seus colegas logo ficaram preocupados. O sujeito era um tirano da pontualidade, tanto que dois farmacêuticos estagiários se demitiram aos prantos depois de terem sido submetidos aos longos e quase violentos discursos de John sobre a responsabilidade de se chegar no horário. Quando, enfim, o atraso dele se estendeu até às dez e meia e, depois, às onze horas, e minhas insistentes ligações para seu celular continuaram sem resposta, os outros três colegas dele se reuniram nos fundos da farmácia para decidir o que fazer. A fila de clientes, que jamais havia chegado à seção de fraldas geriátricas, agora se estendia até os fitoterápicos. O primeiro da fila, um homem de bigode branco espesso, usando um chapéu de caubói, pigarreou.

Então os três decidiram que iriam procurar a esposa de John no Facebook e mandar uma mensagem a ela. Concluída a tarefa, aguardaram mais quinze minutos e depois decidiram mandar o membro mais jovem e menos essencial da equipe até a casa de John.

O estagiário, Joel Blanker, tinha 21 anos e era de Little Rock, Arkansas. Curtia *Dungeons & Dragons*, mulheres latinas e frango com *ketchup* extra. Enquanto eu estava no meu consultório ouvindo meu paciente

Phil Ankerly discorrer a respeito de um documentário que ele tinha visto sobre Ted Bundy, Joel estacionava na rua em frente à casa de John e mandava uma mensagem para o farmacêutico assistente a fim de avisar que o carro dele estava lá, próximo à entrada, atrás de um sedan branco. As instruções que Joel recebeu eram simples: toque a campainha. Pergunte a John se ele vai vir trabalhar. Abaixe-se e cubra os ouvidos se ele começar a gritar.

Então, Joel se aproximou da porta da frente da casa térrea, com as axilas úmidas sob o calor de Los Angeles enquanto ouvia a campainha ecoando pela casa. Depois de um segundo toque, sem detectar nenhum som lá dentro, ele foi até a garagem. Bateu suavemente à porta lateral e aguardou um pouco; daí, hesitante, botou as mãos em concha sobre o vidro e espiou lá dentro.

Ao ver o sangue e o corpo, ele cambaleou para trás, e seu sapato ficou preso no meio-fio da garagem. Seu celular caiu no chão e parou próximo a uma pilastra. Então, ele rastejou pela superfície impecavelmente varrida e recuperou o celular. Ignorando a nova teia de rachaduras na tela, desbloqueou o aparelho e digitou o número da emergência.

Quando finalizei a minha segunda consulta matinal, dei uma passada na academia da 45th Avenue. Minhas preocupações com os recados de John Abbott se foram, assim que vesti minhas roupas de ginástica e subi na esteira. Aumentei a velocidade e foquei minha atenção na fileira de telas de TV, concentrando-me em uma que mostrava o rosto de uma apresentadora e as iniciais BHK em negrito na legenda. Já num ritmo confortável, mantive meus olhos nas legendas do closed caption da coletiva de imprensa tentando entender as atualizações do caso. A imagem mudou, mostrando um adolescente bonito com camisa de botão e calça cáqui parado ao lado da mãe, exibindo um sorriso tímido enquanto ela o agarrava pela cintura.

"... estamos gratos por ele estar em casa. Por favor, peço que nos deem privacidade para ficarmos com nosso filho..."

Pausei a esteira e peguei meu celular. Como eu havia interrompido o ritmo, meus batimentos cardíacos estavam mais intensos. A última vítima do BHK tinha conseguido escapar? Assim como a maioria dos cidadãos de Los Angeles, eu havia passado os últimos três anos avidamente colada à cobertura da mídia, acompanhando cada caso trágico, desde o desaparecimento até a morte. A fuga de uma vítima, sobretudo em condições saudáveis, parecia impossível. O prazo de fuga coincidia com o intervalo de tempo em que o cadáver da vítima em geral era encontrado, com o pênis decepado de forma grosseira e o corpo nu descartado com o mesmo cuidado que se tem com um cigarro queimado até o fim.

Aquele assassino era único e meticuloso, sua experiência tinha sido devidamente comprovada por intermédio de suas seis vítimas encontradas. Fiquei surpresa por ele ter sido tão descuidado a ponto de permitir uma fuga. Ou será que estávamos lidando com um imitador? Um embuste? Ou uma falha na estratégia e na execução? Desbloqueei meu celular e procurei as últimas notícias; depois, voltei a olhar para a televisão sem som.

"... escapou do BHK e correu por quilômetros até encontrar o caminho de casa..."

Lá estava. A confirmação pura e simples. Como Scott Harden tinha conseguido escapar? Desci da esteira, circulei pela área de cardio lotada e subi as escadas, correndo pelos degraus amplos em direção ao andar inferior da academia. Quando cheguei ao último degrau, a tela do meu celular acendeu e meu toque soou nos fones. A ligação era do meu escritório. Coloquei o outro lado do fone de ouvido e atendi.

"Alô?"

"Doutora Moore?" Era Jacob, sussurrando. De imediato, o imaginei na recepção do consultório, com seus óculos de armação metálica escorregando pelo nariz e uma gota de suor descendo por um lado da testa marcada pelas cicatrizes causadas pela acne.

"Oi, Jacob." Abri a porta do vestiário feminino e apanhei, no topo da pilha, uma toalha felpuda com monograma.

"Tem um investigador aqui querendo falar com você. Ted Saxe. Ele disse que é urgente."

Me espremi para passar entre um grupo de entusiastas de ioga usando roupas cintilantes e encontrei meu armário.

"Ele disse qual era o assunto?"

"Ele não quis me falar, e se recusa a ir embora."

Merda. Fazia quase seis horas que John Abbott havia deixado aquele recado, e até esse momento a única coisa que obtive dele foi silêncio. Será que tinha acontecido alguma coisa?

Ou será que a visita do investigador era referente a algum outro paciente meu?

"Já estou voltando para o consultório." Equilibrei o celular no ombro enquanto passava o short de corrida pelos quadris. "Ah, e... Jacob?"

"Sim?"

"Não deixe esse sujeito entrar na minha sala. E não dê a ele nenhuma informação. Independentemente do que ele te pedir."

Nosso recepcionista de meio período, que afinava pianos e comia balinhas de goma em formato de tubarão no almoço, não perdeu tempo.

"Feito e feito."

"Valeu." Encerrei a ligação e fiz uma pausa, com meu short em volta dos tornozelos e minha calcinha vermelha de algodão à mostra para quem quisesse ver. Ouvi as mensagens até chegar ao recado de John, o qual rapidamente excluí; depois, entrei na lixeira de recados e deletei todos os registros de mensagens.

Essa atitude foi instintiva. Minha formação em psiquiatria atribuiria esse gesto à minha velha mania da infância de encobrir meus rastros e esconder qualquer coisa que pudesse irritar minha mãe alcoólatra. No entanto, agora, não havia risco de uma dona de casa beligerante me dar um tapão na cara. As consequências de uma agressão de John Abbott contra a esposa — se é que era este o caso — seriam bem piores. Poderia haver uma possível investigação da minha conduta. Uma advertência do conselho de medicina. A imprensa ficaria em cima de mim e dos meus pacientes — pacientes que exigiam confidencialidade total.

Afinal de contas, minha especialidade não é tratar *workaholics* com problemas de insegurança. Sou especializada em assassinos. Assassinos depravados e inconstantes.

Coloquei meu celular sobre o banco, tirei o short e girei o botão da tranca do armário, ansiosa para chegar logo ao consultório e dar um fim naquela história.

O detetive Ted Saxe era um sujeito alto, usava um terno cinza barato e o distintivo pendurado em um cordão no pescoço. Destranquei minha sala e apontei para a dupla de cadeiras verdes confortáveis postadas diante da minha mesa.

"Por favor, sente-se."

Por despeito ou teimosia, ele permaneceu em pé. Então, contornei a mesa e larguei minha bolsa na gaveta lateral e depois afundei na minha cadeira de couro.

"Como posso ajudá-lo?"

Inclinando-se para a frente, ele jogou um pacote de provas na superfície de madeira impecável. Peguei o saco plástico transparente e examinei seus itens.

Ali estava um dos meus cartões de visita, que tinha um estilo discreto — só o meu nome, minha especialidade médica e o número do consultório. No verso, havia o número do meu celular, com a minha caligrafia. Olhei de novo para ele.

"Onde você encontrou isto?"

"Na carteira de John Abbott." Ele tirou os óculos de aviador do alto da careca e os enganchou no decote da camisa de botões. O sujeito parecia ter saído de uma agência de atores. Esbelto e tonificado, com a pele bronzeada e uma carranca desconfiada.

"Você conhece o senhor Abbott?", ele perguntou.

A preocupação constante em relação às atitudes de John Abbott se transformou em alarme. O que ele havia feito? Soltei o saco plástico com as provas sobre a mesa e pigarreei enquanto minha mente analisava todas as possibilidades.

"Sim. Ele é meu paciente."

Os princípios éticos e o código de conduta do órgão regulador da minha profissão são rigorosos a respeito da confidencialidade dos pacientes. Contudo, também deixam claro que essa confidencialidade pode ser quebrada se eu considerar que meu paciente representa um risco para si ou para terceiros.

As sessões anteriores de John Abbott, nas quais ele descrevia sua luta contra a ideia de querer machucar a esposa, tecnicamente caía na vala dos relatáveis. E seu recado naquela manhã poderia ser facilmente classificado como um incidente alarmante digno de intervenção policial.

Porém, tinha sido só um recado. Um sujeito inseguro repetindo as mesmas coisas que já eram ditas ao longo de um ano de consultas. Só porque ele aventava a ideia de matar Brooke, isso não significava que o faria; e se eu fosse ligar para a polícia toda vez que um dos meus pacientes pensasse em matar alguém, teria muita gente inocente indo para a cadeia e, assim, minha lista de pacientes praticamente zeraria.

A verdade é que o desejo de machucar ou matar alguém é parte comum do circo mental humano. Embora existam por aí alguns santos morais incapazes de sequer desejar o mal a outrem, em algum momento de suas vidas, 20% dos seres humanos já pesaram os prós e os contras de cometer um homicídio.

Cinco por cento das pessoas têm flexibilidade moral suficiente para transformar a possibilidade em ação.

Um milésimo da população desenvolve obsessão pelo assunto e, nesse meio, os mais bem-intencionados buscam ajuda psiquiátrica para sanar sua fixação. Meus pacientes representavam os melhores do pior caso, e eu sempre fui tomada por um feroz senso de dever de protegê-los enquanto abordava suas confissões mais francas.

Afinal de contas, pensamentos não são ações. Ninguém morre se for atingido por uma atividade mental, a não ser que tais pensamentos se transformem em ações... Esse era o risco do jogo que eu encarava diariamente com meus pacientes.

Agora, com um investigador sentado bem à minha frente... Os sinais eram óbvios. No jogo proposto por John Abbott, eu perdi, e os riscos venceram.

Saxe pigarreou.

"John Abbott não apareceu para trabalhar nesta manhã. Seus colegas de trabalho ficaram preocupados, e um deles foi à casa de Abbott para verificar se estava tudo bem. Foi então que chamaram a polícia."

Coloquei a mão no peito, esfregando a seda macia da blusa e desejando que meus batimentos cardíacos se acalmassem. Eu estava prestes a perguntar se John estava detido quando o investigador continuou:

"Os dois corpos estavam no chão da cozinha. O funcionário da farmácia viu o senhor Abbott pela janela."

Todos os meus pensamentos pararam bruscamente. *Corpos? Do senhor Abbott?*

"Ao que parece, Brooke Abbott sofreu um ataque cardíaco enquanto tomava café da manhã. Encontramos o marido ao lado dela. Um aparente suicídio."

Franzi a testa.

"O quê? Tem certeza?"

"O homem foi esfaqueado na barriga. O ângulo e a cena toda nos levam a crer que foi autoinfligido."

Tentei não imaginar Brooke Abbott, aquela mesma com quem trombei em um mercadinho no mês passado. Uma mulher bonita. Olhar simpático. Um sorriso amigável. Ela me cumprimentou calorosamente, sem fazer ideia das dezenas de vezes em que argumentei com seu marido que matá-la era uma péssima ideia.

Um ano de sessões, e Brooke Abbott tinha morrido de infarto poucas horas depois de John me ligar? Era inacreditável.

"Qual era o motivo do tratamento de John?"

Estalei a língua.

"Isso é confidencial, detetive."

"Ah, qual é...", ele zombou. "Seu paciente está morto."

"Providencie um mandado", eu disse. "Olha, me desculpe, mas eu sou sujeita a um código de ética."

"Eu tenho certeza de que ele pode ser flexível." Ele bufou. "Todos sabemos qual é a sua especialidade, doutora Moore." Ele finalmente sentou-se, o que era lamentável, pois, por mim, ele já podia ir embora. "Doutora Morte? Não é assim que te chamam?"

Suspirei ao ouvir isso.

"Tendências violentas e obsessões são minha especialidade, mas não são o único tipo de transtorno que costumo tratar. Muitos dos meus pacientes são indivíduos perfeitamente normais e agradáveis." A mentira saiu suave. Eu não tinha um cliente normal há uma década.

Ele deu um sorriso sarcástico.

"Assassinos", ele disse. "Você trata assassinos. Ontem, hoje e sempre. Perdoe-me, doutora. Só estou dizendo o que sei."

"Bem, como eu disse, não posso discutir o caso do senhor Abbott."

"Quando foi a última vez que você falou com ele?"

Hora de desconversar. Escolhi minhas palavras com cuidado, consciente de que a polícia provavelmente já estava a par dos telefonemas de John.

"Nossa última consulta foi há duas semanas. Ele cancelou a consulta desta semana. E me ligou esta manhã. Perdi a ligação e retornei algumas horas depois, mas ele não atendeu."

Saxe não pareceu surpreso com a informação, o que significava que eles já tinham acessado o registro de chamadas. Graças a Deus, não deixei recado na caixa postal.

"O que ele disse quando ligou para você?"

"Só pediu para eu ligar de volta pra ele."

"Eu gostaria de ouvir esse recado."

Suspirei.

"Eu apaguei. Desculpe, não pensei que fosse importante."

Ele assentiu, como se compreendesse, mas, se ele estava encarando a situação como um infarto seguido de um suicídio, aquela 'compreensão' era balela.

"Este número no seu cartão... foi para ele que Abbott ligou?"

"O número no verso? Sim. É o meu celular."

"Você dá o número do seu celular para todos os seus pacientes?" Ele franziu a testa. "Até mesmo para os perigosos?"

"É um número de celular, ora." Recostei-me na cadeira. "Não é o endereço da minha casa ou a senha do alarme da minha porta da frente. Se eles abusam, deixam de ser meus pacientes. Se for preciso trocar de número, eu troco. Não é grande coisa."

"Vindo de alguém que fica vendo cadáveres o dia inteiro, devo dizer, doutora, que não acredito que você leve sua segurança a sério. Você é uma mulher atraente. Basta um desses malucos ficar obcecado, e você vai ter um grande problema."

"Agradeço o conselho." Forcei um sorriso. "Mas eles não são malucos. São pessoas normais, detetive. Algumas pessoas lutam contra a depressão; outras, contra impulsos violentos. Se meus pacientes não tivessem interesse em proteger as outras pessoas, eles não estariam em meu consultório."

"É por isso que John Abbott estava se consultando com você? Porque ele não queria machucar as pessoas?"

Mantive a expressão afável.

"Como eu disse, trato os pacientes com diversos problemas. Alguns só precisam de alguém para conversar. Se você quiser saber mais que isso, vai precisar de um mandado."

"Bem, eu tinha de tentar!" Ele riu, erguendo as mãos em sinal de rendição. Então, olhando em direção à minha janela, ele analisou a paisagem do parque por um bom tempo. "Há algum motivo para eu enxergar esse caso como algo diferente de um suicídio?"

Ele estava investigando a morte errada.

"Não que eu saiba."

"Você se submeteria a um juramento no tribunal?"

"Sem dúvida." *Por favor, só não pergunte sobre Brooke.*

Ele assentiu lentamente.

"Volto a entrar em contato, se tiver mais alguma dúvida, doutora Moore." Ele se apoiou nos braços da cadeira e então se levantou. "Obrigado pelo seu tempo."

Acompanhei-o até o saguão e dei um sorriso tranquilizador a Jacob, que nos fitou com interesse. Voltando ao meu consultório, enfim, soltei a respiração, tensa.

As chances eram altas, muito altas, de toda aquela história ter sido culpa minha. Eu tinha um trabalho a fazer e falhei de forma épica com Brooke — mas também com John. Por causa disso, duas pessoas estavam mortas.

CAPÍTULO 3

"Isso não é culpa sua." Meredith me olhava por cima de um sanduíche de atum com couve-de-bruxelas. "Diga pra mim que está ciente disso."

"Embora me sinta grata pelo seu apoio emocional, você está enganada." Espetei um pedaço de melão e prosciutto com o garfo. "Ele buscou tratamento comigo porque queria matar a esposa. Ele matou a esposa. Ele se matou. Se eu tivesse feito meu trabalho direito, os dois estariam vivos."

"Ok! Primeiro, você não tem provas de que ele matou a esposa." Ela falou com a boca cheia e um dedo levantado ao começar a listar um monte de baboseiras. "Ela infartou."

"Uma pessoa é capaz de provocar um infarto." Pousei meu garfo. "Ele era farmacêutico. Acredite no que estou falando."

"Então, chame o investigador, ué. Peça para ele fazer um teste toxicológico." Ela fez uma pausa com seu sanduíche pairando diante da boca.

"Você sabe que eu não posso fazer isso", eu disse de maneira ríspida, baixando a voz enquanto olhava ao redor da cafeteria lotada no centro da cidade.

"*Pode*, sim", ela disse. "Você apenas não quer. Porque aí você vai ter de admitir que estou certa e terá de se libertar dessa culpa autoimposta e seguir a sua vida de um jeito feliz e produtivo."

É por isso que eu evitava fazer amizade com colegas de profissão. A gente não consegue ter um simples almoço sem fazer uma análise mútua.

Fiquei observando o desenho que decorava a borda do meu prato.

"Eu não *deveria* fazer isso", emendei, "por vários motivos."

Eu poderia passar o nosso almoço inteiro tentando convencê-la de que aquela seria uma péssima ideia. Se eu estivesse enganada, se a morte de Brooke tivesse sido natural, eu viraria motivo de chacota por ter tentado macular o nome do meu paciente. Se eu estivesse certa e John tivesse mesmo matado a esposa, eu ficaria sob um microscópio, teria de entregar a ficha dele às autoridades... e para quê? Para fazer justiça por um homem que já havia imposto a própria sentença de morte? Um desperdício de recursos públicos e de tempo.

Meredith tomou um gole do chá de ervas e deu de ombros.

"Tanto faz. Fica aí cavando sua cova mental. Você ligou para aquele cara, do qual te dei o número? O faz-tudo?"

"Eu *não* liguei para o faz-tudo." Parti um pedaço do meu pão. "Agradeço por tentar dar uma de Cupido, mas já tem um cara novo na minha vida, e não preciso de outro."

"O cara do pacote de esponjas Mr. Clean não conta." Ela franziu a testa olhando para mim e catou um fiapo de broto de feijão que caiu em sua blusa.

"Sim, ora. Tirando o meu irmão, ele é o primeiro homem a morar na minha casa em..." Cerrei os olhos e fiz aquela conta deprimente. "Um ano e meio? Então, considero isso um passo na direção certa."

"Esse é mais um motivo para você ligar para o Mimmo. Você já ficou com um italiano?" Ela soltou um assobio baixo. "Delícia. É uma experiência espiritual. Além disso, ele é um docinho."

"Isso é o que você disse." Enfiei uma garfada de melão frio na boca.

"Ah, você soube...?" Ela se empolgou e mudou de assunto de repente. O faz-tudo foi devidamente esquecido. "Pegaram o BHK!"

Em meio às notícias da morte de John Abbott, eu tinha me esquecido desse assunto.

"Não vi a história toda. O que aconteceu?" Tomei um gole de água gelada. "O garoto escapou?"

"Isso. Aquele aluno do ensino médio no Beverly High... aquele que estava sumido há sete semanas, sabe? Ele..." Ela bebericou um gole de chá, fez uma pausa e, depois, tossiu, com o punho na frente da boca, enquanto tentava se desengasgar do que quer que a estivesse incomodando. "Desculpe."

"A vítima do BHK", a estimulei.

"Então, ele escapou do cara e voltou para sua mansão em Beverly Hills, aí os pais dele surtaram, a volta do filho pródigo, blá-blá-blá, e eles chamaram a polícia. Acontece que o garoto sabe quem o assassino é." Ela apontou o dedo para mim. "Segura essa... O cara é professor no Beverly High."

"Uau." Me aproximei mais dela. "O que já se sabe sobre ele?"

"É um cara solitário. Nunca se casou. Um sujeito inofensivo, tipo um Papai Noel de shopping. Há uns dez anos, ganhou um prêmio de professor do ano."

"Que interessante..." Fiquei refletindo sobre as informações. "Eu me pergunto por que só agora ele mirou num garoto do Beverly High. Normalmente, a primeira vítima é aquela que está mais próxima e vulnerável."

Ela deu de ombros.

"Os assassinos são a sua especialidade. Estou perfeitamente feliz no meu lado do consultório, com minhas mães e donas de casa ávidas por um orgasmo."

"Falando nisso..." Olhei meu relógio. "Tenho uma consulta daqui a quarenta e cinco minutos, então, vou pedir para embrulharem isto aqui!"

"Tá bom! Eu vou ter que passar correndo na lavanderia a seco, de qualquer modo." Ela levantou a mão um pouco, chamando a atenção do nosso garçom, que sacou a conta do bolso do avental e a colocou sobre a mesa.

Peguei o papel.

"Deixa comigo. Valeu pela sessão de aconselhamento."

Deixei o dinheiro em cima da mesa, roubei um último golinho de água e me levantei. Precisava me apressar. Provavelmente, a aspirante a assassina já estava na minha recepção, batendo o pezinho impaciente com seus saltos agulha.

CAPÍTULO 4

"Você sabe, a maioria dos assassinos faz a iniciação com um amigo ou um familiar."

Essa informação me foi entregue por Lela Grant, que usava um vestido amarelo chamativo com um cardigã branco e estava com uma bolsa de grife aninhada entre seus saltos azul-turquesa. Nos primeiros trinta minutos da nossa consulta, ela reclamou do marido, tagarelou animadamente sobre o novo bufê de saladas do clube de campo que frequentava e me mostrou fotos de duas opções de espreguiçadeiras que ela estava cogitando comprar para sua varanda de temática havaiana. Depois da dificílima escolha pela espreguiçadeira de bambu almofadada branca e verde, enfim, começamos a sondar o motivo de ela estar ali no meu consultório: suas fantasias violentas relacionadas à cunhada, irmã de seu marido.

"Sim, estou ciente dessa estatística." Desenhei uma fileirinha de rosas pelo topo da página do meu bloco e fiz uma nota mental para me lembrar de encomendar uma coroa de flores para o velório de John e Brooke.

"O problema é que ela mora perto demais. Ele quer passar o Natal na casa dela, e aí, eu vou dizer o quê? Não tenho uma boa desculpa. A casa de Sarah é maior que a nossa, faz meses que os filhos dela não veem o tio, e ele não para de falar da torta de limão que ela faz. Tipo... é só torta de *limão*. Como poderia ser espetacular?"

Dei de ombros.

"Eu não gosto de torta", eu disse.

"Bem, uma torta é uma torta. Falei isso pra ele, e ele ficou ofendido. Veja só, fiz centenas de tortas para aquele homem, e ele nunca ficou delirando por nenhuma delas. Eu é que deveria estar ofendida. Sinceramente, Gwen... Acho que, quando ela chegar valsando com a sobremesa na mão, eu não vou conseguir ficar sentada à mesa sem ter um surto e partir para o ataque. Tem noção de quantas facas vai ter naquela mesa?" Ela exibiu uma careta de preocupação, sugando as bochechas, gesto que só fez aumentar ainda mais seus lábios com preenchimento. Já sua testa, desafiando todas as forças da natureza, permaneceu perfeitamente lisa.

"Você não vai pegar uma faca e atacá-la", falei com toda a paciência.

"Acho que vou, sim. Você não sabe com que frequência já vi essa cena na minha cabeça." Uma expressão de tranquilidade quase sonhadora surgiu no rosto de Lela enquanto ela percorria o derramamento de sangue em sua mente. Foi revelador. "Você não pode me dar uma receita? Alguma coisa para me tirar disso?"

"Temos dois meses até o Natal", lembrei. "Uma coisa de cada vez!" Tentei redirecionar a conversa para um rumo mais agradável: "Eu gostaria que você me falasse alguma coisa boa sobre Sarah".

"Como assim?"

"Compartilhe algo que você gosta nela. Uma qualidade redentora."

Ela me olhou como se eu fosse doida. Aguardei com toda a paciência do mundo, com minhas mãos sobrepostas em cima do bloco. Lela não era uma assassina, embora com certeza quisesse ser. Ela estava entediada, tinha assistido a muitos documentários de *true crime* sobre mulheres homicidas e odiava sua cunhada. E quem não odiava alguém? Eu tinha uma lista de, pelo menos, três pessoas que não me fariam a menor falta. Eu pegaria uma faca de destrinchar peru e atacaria a jugular de alguma delas? Não. E nem Lela. Ela só gostava do paradigma de soar interessante, e essa fantasia de que ela era uma mulher cheia de segredos e com inclinações homicidas subjacentes era o mote perfeito para um dia entediante, mote esse que ela adotara com vigor quase obsessivo.

"Vou te passar alguns deveres de casa." Peguei minha caneta. "Antes da consulta da semana que vem, pense em três coisas de que você gosta ou que admira em Sarah." Ergui a mão para impedir seu protesto. "Não me diga que você não consegue pensar em três coisas. Descubra, ou adie nossa próxima consulta até descobrir."

Ela retorceu os lábios pintados da cor da polpa da melancia.

Dei-lhe um sorriso tranquilizador e levantei.

"Acho que fizemos um bom progresso hoje."

Ela se abaixou e pegou as alças de sua bolsa.

"Odiei esse dever de casa."

Sufoquei uma risada e, então, lhe entreguei uma muleta emocional.

"Se vamos manter seus impulsos sob controle, precisamos reciclar o modo como seu cérebro enxerga Sarah. Confie em mim, isso é importante para o seu tratamento." *E seu casamento*, acrescentei em silêncio.

"Tudo bem." Ela se levantou. "Obrigada, doutora."

"Tranquilo."

Aprumei-me e engoli a nova e desconhecida onda de insegurança que estava subindo em meu peito. Eu tinha me enganado completamente ao acreditar que Brooke Abbott estava a salvo do marido.

Será que eu estava errando na interpretação de Lela Grant também?

CAPÍTULO 5

Eu estava num mar de desconhecidos trajando preto e ouvia todo mundo falar sobre John como se ele fosse um santo.

"Era véspera de Natal e ele abriu a farmácia só por minha causa. Alguém tinha furtado minha bolsa na academia e fiquei sem meus remédios para o coração..." A senhora pôs a mão sobre o peito imenso, bem ao lado de um broche dourado de borboleta.

Ah, abençoado seja John e seu remédio cardíaco salvador. Sinceramente, as pessoas legais são aquelas com quem você mais deve se preocupar. Ed Gein, o assassino que costurava trajes feitos com pele feminina, era descrito como o sujeito mais legal da cidade. O doutor Harold Shipman, que assassinara mais de duzentos pacientes, fazia visitas domiciliares e era um doce de pessoa ao lidar com os doentes acamados. Para muitos assassinos, faz parte do jogo ludibriar os inocentes, esconder o monstro, enganar direitinho, pois isso lhes faz acreditar que são mais espertos e, portanto, superiores.

"Nos dias chuvosos, John trazia meu jornal. Dizia que ficava preocupado por eu ter que descer as escadas de bengala...", disse baixinho um sujeito um pouco mais jovem, com aparelho nas pernas.

Então, decidi me afastar do grupo e fui direto à mesa onde estava o café.

"Dava para sentir o amor entre eles. Eles iam completar quinze anos de casamento este ano, sabe..." Mais um grupinho de enlutados; desta vez, a discussão era liderada por uma mulher de cabelos curtos pintados num tom de magenta forte.

Claro, quinze anos de John pairando ao redor de Brooke com um olhar crítico. Impedindo-a de cultivar amizades inofensivas. Ao longo de um ano, mal consegui sondar a orĭgem das inseguranças e da personalidade controladora de John, mas posso dizer que tais questões pareciam sempre oscilar em torno do comportamento de Brooke.

Eles estavam casados havia quinze anos, mas a confusão de sentimentos que John nutria por Brooke só havia tomado inclinações violentas no último ano. Ele procurou minha ajuda depois que uma discussão entre eles o levou a esganá-la até que ela desmaiasse. Esse ato produziu nele uma descarga de endorfinas, responsáveis pelo prazer sexual, mas fez Brooke retrair-se no campo emocional... como se ela fosse uma criança fugindo de um cachorro grande. As orelhas erguidas, a cauda contraída, a postura anterior à perseguição.

John podia até pegar o jornal para os vizinhos com deficiência e abrir a farmácia no fim de semana para distribuir remédios para o coração, mas também sabia calcular e preparar combinações de medicamentos para matar sua esposa e falava em trancá-la no porta-malas do carro em um dia de calor para "lhe ensinar uma lição" sobre lealdade e confiança.

Com exceção do primeiro incidente, em que ele quase a sufocou, o restante das fantasias nós conseguimos controlar por meio de sessões de terapia regulares e medicação — sendo que essa última ele ingeria de modo irregular, ou até ignorava por completo.

Parei no final de uma longa fila. À minha frente havia um trio de familiares. Fiquei observando o semblante deles enquanto a fila avançava, curiosa para saber se alguém ali teria visto o monstro por trás do homem.

"Estrangulamento seria melhor. Eu ia achar mais gostoso, quero dizer. Gosto da ideia de olhar nos olhos dela. De ela entender o que está acontecendo. De outra forma, acho que ela ficaria distraída com a dor."

Eu havia passado os últimos quatro dias pensando nas nossas sessões. Em cada uma das respectivas noites, dediquei-me a escutar as gravações das nossas consultas, concentrando-me na cadência animada da voz dele ao descrever as diferentes maneiras de ferir a esposa. Fazendo um retrospecto, percebi que havia sinais até demais ali, um crescente gradual de intensidade entre a primeira e a última visita. Eu sempre ouvia tudo e fazia muitas anotações, mas fui tola o suficiente para acreditar que o poder dos meus conselhos bastaria para mantê-lo na linha. Meu ego, foi isso que matou Brooke.

Parei diante da irmã de John, que estava com o rosto borrado de rímel.

"Meus sentimentos", disse a ela. Dei um passo para o lado e repeti a coreografia com o irmão. Ambos eram magros e tinham um visual mais intelectual — um contraste marcante com o estilo corpulento de John.

"Senhora Caldwell." Acenei para a mãe de Brooke, que estava jogada na cadeira, com o rosto vincado por rugas profundas de tristeza, a pele descorada.

Eu causei isso. É por minha causa que ela não tem mais a filha.

Eu poderia muito bem ter quebrado o código de ética da profissão caso acreditasse que meu paciente era uma ameaça iminente e perigosa para terceiros.

Eu poderia ter ido à polícia. Poderia ter relatado tudo o que John me dissera.

Mas e aí? Ele seria interrogado. Brooke também. E então ele seria liberado. Ninguém vai preso só porque está pensando em matar alguém. Ele estaria livre, talvez Brooke optasse por largá-lo depois desse evento, e então John a mataria de qualquer jeito.

Justificativa. O problema do meu título acadêmico era que ele me permitia sentir de longe o cheiro das minhas mentiras.

Saí cedo do velório e acabei em um bar a dois quarteirões da funerária. Fiquei bem lá nos fundos, atrás de uma mesa de sinuca e ao lado de um alvo de dardos torto. Estava tranquilo, ainda meio vazio, então, acomodei-me em um assento de plástico e puxei para mim uma tigelinha de metal com uns amendoins empoeirados que eram oferecidos como cortesia.

A garçonete estava visivelmente grávida e se aproximou dando um bocejo desinteressado. Economizei algumas viagens para ela já pedindo um balde de cerveja.

"Algo para comer?" Seu olhar passeou pelo meu terninho preto com aquele tipo de curiosidade que indicava que raramente pessoas bem arrumadas pisavam ali.

"Só a cerveja mesmo." Forcei um sorriso.

"Vocês estão em algum tipo de convenção?"

"Perdão?"

Ela apontou para a entrada.

"Você e ele."

Segui o olhar dela e vi um sujeito usando terno de três peças em um banquinho junto ao balcão.

"Não."

Ela deu de ombros.

"OK. Se precisar de mais amendoins, me avise."

A *jukebox* começou a tocar uma música animada cuja letra falava *amarillo in the morning* ou algo assim. Me acomodei até minha cabeça descansar no encosto acolchoado. Fazia uma década que não ia a um bar, e talvez isso explicasse por que eu ainda estava solteira. É difícil conseguir um namorado quando você passa a maior parte do tempo cercada por colegas e pacientes psicóticos. Na última vez em que pisei num bar, sons delicados emitidos por um pianista emanavam em meio a conversas discretas sob luminárias caras. Naquela noite, bebi um drinque artesanal temperado com especiarias servido num copo de vidro fumê.

Esse bar em que eu estava agora era o oposto, o tipo de lugar onde você ia para cometer erros e afogar as mágoas, e foi exatamente por isso que resolvi entrar. Se eu ficasse umas duas horas ali enchendo a cara, talvez conseguisse apagar na cama sem ficar imaginando a mãe de Brooke Abbott soluçando ao lado do caixão.

"Aqui." A garçonete estava de volta e botou na mesa um balde de metal cheio de garrafas de Bud Light. "Se a casa lotar, você vai ter que se sentar ao balcão. As mesas são para duas ou mais pessoas."

Concordei com um aceno de cabeça. Se o lugar lotasse, eu ia sair e chamar um táxi. Peguei uma cerveja do balde de gelo, abri e fui bebendo até meu cérebro travar com o resfriamento.

Duas cervejas depois, voltei do banheiro para minha mesa; as garrafas que sobraram estavam inclinadas no balde de gelo à minha espera. Peguei um cardápio grudento e reli a listinha de pratos.

"Lamento interromper, mas há muito tempo fiz a promessa de interceder se eu visse alguma mulher prestes a cometer um grande erro."

Tirei os olhos do cardápio e ergui a cabeça. Vi um rosto que parecia tão extenuado quanto o meu, embora aquele homem o usasse melhor que eu. Sua beleza era quase ampliada pelas rugas profundas em sua testa.

"E que erro seria esse?", perguntei.

"Você estava pensando em pedir iscas de peixe frito, certo?" Ele deu um sorriso com o canto da boca, revelando um lampejo de dentes bem alinhados. Parecia ter a minha idade, trinta e tantos anos, e eu logo olhei para o dedo a fim de ver se ele usava uma aliança de casamento. Meu interesse aumentou quando vi seu dedo anelar sem nenhum anel.

Não porque eu estivesse atrás de um relacionamento. Naquele momento, com a culpa pesando cada coisinha que se passava na minha cabeça, eu só precisava de um erro. Um erro devasso e entorpecente. E se viesse embrulhado em um terno caro e com olhos sedutores, melhor ainda.

"Na verdade, eu estava pensando em pedir as ostras."

Ele estremeceu.

"Na posição do sujeito que passou a última hora experimentando cada item do cardápio, recomendo as asinhas de frango e nada mais."

"Fechado." Coloquei o cardápio sobre a mesa e estendi a mão. "Meu nome é Gwen, e o seu?"

"Robert." Ele apertou minha mão com firmeza, mas sem marcar território. "Teve um dia ruim?"

"Uma semana ruim." Apontei para a cadeira oposta à minha, convidando-o a sentar-se. "E você?"

"A mesma coisa." Ele se sentou, e sua perna encostou-se na minha. "Quer desabafar?"

"Credo! Não." Peguei uma garrafa e a ofereci a ele. "Cerveja?"

Ele aceitou.

"Devo dizer que nunca vi uma mulher bonita bebendo sozinha por tanto tempo sem ser abordada."

"Acho que consegui emanar uma vibração de 'Cai fora!'." Olhei ao redor. "Além disso, não tem mais ninguém aqui."

"O que é surpreendente, se considerarmos a elegância do ambiente", ele zombou.

Eu ri.

"É. Mas, sei lá, combina com o meu humor." Me inclinei para a frente e peguei minha garrafa. "'Com este copo, cheio e rotundo, botamos nossas tristezas em sono profundo.'" Dei um sorriso melancólico. "Meu pai costumava dizer isso. Embora ele fosse fã de uísque, não de cerveja."

Ele me observou.

"Por que está aqui? Você tem cara de ser da parte mais nobre da cidade."

Tive que sorrir com a piada bem-educada.

"Sou uma esnobe", emendei. "É isso que você está querendo dizer?"

"Percebi que você tem um frasquinho de álcool em gel pendurado na bolsa e que botou Taylor Swift na *jukebox*", ele ressaltou. "Dizer que você não se encaixa aqui é um eufemismo."

Fiquei empolgada ao saber que ele estivera me observando, mas de imediato me lembrei do motivo de eu estar ali. Castigo. Expiação. Duas pessoas morreram sob a minha vigilância.

"Eu estava nos arredores." Captei a atenção da garçonete. "E você?"

Ele fez uma careta.

"Eu estava em um funeral."

Fiz uma pausa, surpresa.

"O funeral dos Abbott?"

Ele ergueu a sobrancelha.

"Sim. Você também?"

"Também." Franzi a testa. "Não te vi lá."

Não que eu estivesse avaliando a multidão com tanto afinco.

"Saí bem cedo. Não gosto de funerais. Principalmente nos últimos tempos." Uma sombra passou pelo rosto dele. "Tem sido um ano ruim para mim. Muitas mortes."

Não era preciso meu diploma de psiquiatria para saber que eu deveria evitar aquele campo minado. A dor irradiava dele, e, se o velório dos Abbott tinha causado aquilo, minha culpa estava prestes a piorar. Assenti sutilmente em resposta.

Ele franziu a testa, pensativo.

"De quem você era amiga? Da Brooke ou do John?"

Amiga? Fosse qual fosse minha resposta, estaria mentindo.

"Da Brooke", respondi, e desejei que fosse verdade.

Ele assentiu.

"John era meu farmacêutico."

"Uau." Bebi um gole da minha cerveja. "Que bom para você. Eu nem sei o nome da minha, muito menos compareceria ao velório dela."

"Meu filho era diabético", disse ele calmamente. "Éramos clientes assíduos da farmácia em que John trabalhava."

Ah. *Era diabético. Um ano ruim, com muitas mortes.* A menos que alguém tivesse encontrado a cura para a diabetes juvenil recentemente, eu já tinha minha resposta para o olhar assombrado dele.

"Bem." Ergui minha cerveja. "Ao John e a Brooke."

"Ao John e a Brooke."

Ele tilintou a garrafa na minha e bebeu o restinho numa só golada.

A garçonete se aproximou e pegou o balde vazio.

"Você deseja mais alguma coisa?"

"Sim. Uma porção de asinhas, por favor. Pimenta moderada."

"E mais um balde de cerveja." Robert apoiou o braço no recosto e seu paletó se abriu um pouco, revelando os contornos do colete caro. Um terno de alfaiataria. O brilho de um Rolex aparecendo sob a manga do paletó. Um relativo nível de conforto naquela atmosfera em que ele obviamente não se encaixava, oriundo de pura confiança. Deveria ser um empresário ou um advogado. Provavelmente, o último.

"Acho que é melhor eu parar de beber." Virei meu relógio para ver o mostrador. Sete e meia. Parecia muito mais tarde.

"Então, eu bebo todas." Ele enfiou a mão no bolso e sacou dois comprimidos. Pôs um na boca e o outro no guardanapo à minha frente. "Pegue um destes. Vai ajudar na ressaca amanhã."

Olhei para o comprimido branco redondo sem tocá-lo.

"O que é?"

"Vitamina B6. Tem que tomar antes, durante e depois de beber, mas mesmo um pouco já ajuda." Ele meneou a cabeça e apontou para a pílula. "Pode tomar. Não morde."

Deslizei o guardanapo na direção dele.

"Não vai rolar. É todo seu."

Ele riu.

"Ou você é avessa a remédios, ou está bebendo para se punir por alguma coisa, ou não confia em mim."

"As duas últimas." Tomei um golinho de cerveja. "Sem ofensa."

"Não me ofendi." Ele pegou o comprimido e o colocou na língua, e eu vi um brilho de dentes brancos que desapareceu logo a seguir. "Por que você está se punindo?"

"Cometi um erro no trabalho." Comecei a brincar com a garrafa de cerveja, fazendo um pequeno círculo na mesa, observando o rastro de condensação.

"Deve ter sido um erro daqueles."

"Foi."

"Deixa eu adivinhar." Ele inclinou a cabeça para um lado e olhou meu terninho de cima a baixo. "Contadora."

Retorci a boca em reprovação.

"Não."

"Executiva de estúdio de cinema."

Gargalhei, pois nessa cidade todo mundo queria estar no cinema.

"Não. Sou psiquiatra."

"Ah. Definitivamente não é avessa a remédios, então." Ele me observou. "Relógio e bolsa caros, e liberdade para entrar em bares em regiões questionáveis bem a tempo do *happy hour*. Você deve ter um consultório particular. Deixe-me adivinhar: atende donas de casa com complexo de inferioridade?"

"Consultório particular, sim. Donas de casa, não." Semicerrei os olhos, o encarando. "Olha, se você for policial, não é lá muito bom nisso."

"Definitivamente, não sou. Eu fico do outro lado da sala, no tribunal." Ele deu um sorriso presunçoso. "Sou advogado, defensor público."

Sentei-me mais ereta, interessada por aquela especialidade.

"Crimes de colarinho branco?"

"Basicamente, penal."

"Aqui em Los Angeles?"

"E em Orange County."

"Crime contra a pessoa ou contra a propriedade?"

Ele me olhou por cima de sua cerveja.

"De repente você ficou cheia de perguntas."

"Sou convocada com muita frequência para depoimentos técnicos. Estou surpresa que nossos caminhos não tenham se cruzado antes."

"São milhares de casos por ano", disse ele de um jeito lânguido. "Eu ficaria surpreso se já tivéssemos nos esbarrado. Qual é a sua especialidade?"

Eu estava bêbada demais para aquela entrevista. Pigarreei e tentei fazer uma cara séria.

"Transtornos de personalidade e compulsões violentas."

"Você fica cada vez mais interessante, doutora Gwen."

"Asas de frango?" Um homem usando chapéu de *cowboy* parou à nossa mesa com um cestinho na mão; o conceito de bar ao estilo faroeste estava indo longe demais.

Ergui a mão.

"São para mim."

Minha casa era a mais próxima do bar, e eu estava rindo horrores quando saí cambaleando do táxi, com meus dedos entrelaçados aos dele enquanto atravessávamos a rua sobre os paralelepípedos mal iluminados e subíamos os degraus de pedrinhas empilhadas do meu jardim. Do balanço no canto da varanda, Clementine miou. Robert a olhou em meio à penumbra.

"Lindo gatinho."

Eu o ignorei e abri a porta. Ele entrou colado em mim, com as mãos passeando pelo meu corpo enquanto tirava meu paletó e beijava minha nuca. Tombei a cabeça para trás, adorando a pressão delicada dos lábios dele naquele ponto tão negligenciado, sentindo um tremor de desejo percorrer minha espinha. Meu último contato sexual tinha sido resultado de um encontro às cegas, e a única coisa que rendeu foi uma ereção meia bomba e muitos bocejos abafados enquanto eu olhava o relógio e ansiava por dormir.

A lâmpada do *hall* de entrada estava acesa; a luz refletia as pinceladas turquesa da pintura a óleo da Ilha de Alcatraz. Robert me empurrou contra a parede azul-escura, agarrando meus seios por cima da blusa enquanto sua boca pousava sobre a minha. Ele beijava bem, confiante, porém delicado, e eu encaixei as costas na moldura do quadro e permiti que ele assumisse o controle. Chutei um sapato, depois o outro, perdendo alguns centímetros de estatura enquanto ele abria o botão superior da minha blusa.

"Vem." Dei um passo para o lado, segurando a mão dele enquanto começava a subir as escadas de madeira escura que levavam até o meu quarto. Abrindo a porta, senti uma onda de tranquilidade e segurança ao ver a cama perfeitamente arrumada e tudo na mais bela ordem. Embora eu tivesse escolhido tonalidades intensas e escuras para a sala de estar e o *hall* de entrada, meu quarto era todo branco, desde as paredes, passando pela roupa de cama, até o tapete macio e felpudo que se estendia sobre o chão de nogueira. A única cor vinha dos lírios frescos e da pilha organizada de romances na minha mesa de cabeceira e da lareira imensa que reluzia em virtude dos cacos de espelho incrustados nos tijolos. Paguei uma fortuna por aquela lareira, e valeu cada centavo.

Se Robert ficou impressionado com o quarto, não disse nada; ele permaneceu em silêncio enquanto eu me acomodava na imensidão do meu edredom branco com monograma e me virava para encará-lo.

Ele tirou o paletó lentamente e então desabotoou a camisa, dando-me tempo para pensar, refletir, recuar. Talvez fosse o álcool, talvez fosse o fato de eu já estar há um ano sem transar, mas não houve nenhuma hesitação da minha parte. Desabotoei minha calça e a arranquei.

A cama afundou quando ele se juntou a mim, e então o puxei, ávida pelo calor de sua pele e pela reconexão do nosso beijo. O calor de nossos corpos se amalgamou e aquilo provou-se exatamente o que eu precisava que fosse: uma conexão de vida em um dia repleto de morte.

CAPÍTULO 6

Acordei com cheiro de torrada e de café. Era reconfortante e familiar, uma lembrança forte da minha infância. Então, fechei os olhos por mais um instante antes de despertar por completo.

Meu quarto estava perfeitamente arrumado, como sempre. Cômoda limpa e organizada. Cortinas fechadas. Relógio num ângulo de quarenta e cinco graus em relação ao vaso de lírios, que agora começavam a murchar. Meu relógio de pulso estava na mesinha de cabeceira, ao lado dos romances.

O cheiro de comida não fazia sentido. Assim como os passos vindos do andar de baixo. O advogado! Fechei os olhos com força e tentei me lembrar do nome dele. Robert. Robert sem sobrenome. Ficamos debatendo a pena de morte durante o trajeto do táxi até aqui. Ai, meu Deus, meu carro. Ainda estava no estacionamento a três quarteirões da funerária.

Sentei-me lentamente, curtindo a dor nos meus músculos. Robert tinha sido... Um sorriso surgiu nos meus lábios. Fantástico. Então, era assim que o sexo deveria ser? Deus, e pensar em todos aqueles anos que desperdicei em transas medíocres. Afastei as cobertas e botei as pernas para fora da cama alta, surpresa por estar nua, exceto pela camiseta imensa do Star Wars que eu tinha comprado pela internet. Robert tinha gostado da camiseta, rindo ao voltar do meu *closet* com ela na mão. Procurei minha calcinha, mas não achei. Ficando em pé, estremeci com a dor de cabeça. Eu devia ter tomado aquela B12... ou B6, ou sei lá o quê. Só o fato de ele já estar acordado e preparando o café da manhã era prova de que funcionava.

Escovei os dentes e vesti uma calcinha limpa e uma calça jeans desbotada. Fechei o zíper e desci as escadas silenciosamente em direção à cozinha.

O sorriso que ia até minhas bochechas desapareceu assim que passei pelas portas duplas abertas do meu escritório e vi Robert parado à minha mesa, examinando uma ficha de um paciente. A ficha de John Abbott. Eu tinha largado ali. Abandonei a revisão do caso no meio da tarde porque precisava me arrumar para o velório. Enquanto eu observava, ele virava uma página.

"O que você está fazendo?"

Ele olhou para cima, inalterado, mesmo diante do meu tom.

"Achei que você tivesse dito que era amiga de Brooke."

Entrei no escritório. Minha raiva foi aumentando pelo fato de ele sequer ter se desculpado por aquela invasão.

"Estas fichas de pacientes são confidenciais."

"Fichas confidenciais de pacientes como John Abbott." Ele tocou na página. "John era seu paciente?"

"Está na hora de você ir embora", retruquei, sentindo meu arrebatamento pela noite anterior desaparecer ao pensar no que ele teria visto ali. Qual seria a responsabilidade civil cometida ali? Eu havia deixado a pasta com a ficha do paciente à mostra, mas na privacidade da minha casa. Ele havia infringido alguma lei? Eu havia?

Ele largou a pasta sobre o tampo da mesa e se afastou.

"O que você está fazendo aqui?" Fechei a pasta e a travei com o elástico. "É isso que você faz? Você dorme com as pessoas para fuçar as coisas delas?"

"Bem, eu tive de verificar meus recados de trabalho. Só que a bateria do meu celular morreu. Eu estou sem meu carregador, e não tem nenhum telefone na cozinha. Este foi o primeiro lugar em que vi um telefone." Ele apontou para o telefone fixo na minha mesa. "Desculpe. O nome na pasta acabou chamando minha atenção."

Abri minha gaveta e botei a pasta dentro dela.

"É melhor você ir embora. Posso chamar um carro para você, já que seu celular está sem bateria."

Ele sequer se mexeu, e minha frustração aumentou.

"Você sabe, estou sujeita à questão de confidencialidade da minha profissão. Você deve vivenciar a mesma coisa com seus clientes, acredito", eu disse.

"Você deveria ter me contado que era a psiquiatra do John."

"Por quê?" Dei uma risada estrangulada. "Você era um desconhecido num bar. Eu não te devo informações confidenciais sobre um paciente."

"Um paciente morto", ressaltou ele.

"Não importa. Minhas obrigações legais permanecem." Cruzei os braços e o encarei.

"Tudo bem", disse ele, enfim, com a mandíbula tensa. "Tudo bem. Não tem necessidade de chamar um carro. Agradeço a hospitalidade."

Ele pegou o paletó que havia deixado dobrado sobre uma cadeira e seguiu para o corredor. Fiquei parada ouvindo seus sapatos ecoarem piso afora até chegarem à porta da frente. Houve um estalo silencioso quando a porta foi fechada. Na cozinha, alguma coisa fumegava.

Peguei o gancho do telefone e ouvi o tom de discagem. Olhei para o teclado e, então, apertei o botão de rediscagem. Apareceu no visor um número desconhecido com código de área 310. Prendendo a respiração, ouvi chamar uma vez e a seguir fui direcionada para uma caixa postal da empresa Cluster & Kavin Advogados Associados.

Desliguei. Então, ele tinha ligado para o escritório, mesmo. Cluster e Kavin... Parei no meio do corredor e respirei fundo, subitamente consciente de quem era Robert.

Robert Kavin. O pai de Gabe.

CAPÍTULO 7

Robert Kavin parou no final da entrada da garagem de Gwen e olhou para os lados, examinando a vizinhança tranquila. Era muito bem organizada, com os jardins bem cuidados e os carros todos guardados atrás das portas das garagens. Ele tinha gostado bastante da casa dela, da organização perfeita e de todo o cuidado com tudo. Era uma casa com personalidade, que refletia o estilo elegante e arrojado de Gwen. O peso de papel de caveira na estante. Os quadros simulando respingos de sangue emoldurados no lavabo. As belíssimas paredes azul-marinho. Livros por todos os lados. Arte que parecia carregar uma história por trás de cada peça. Ele queria conhecer aquelas histórias, queria desvendar a mulher inteligente e sexy que havia sentado no colo dele no banco de trás do táxi enquanto dava uma risada contagiante que contrastava com seu visual todo sério.

No entanto, a afeição por ela se dissolveu no momento em que ele viu aquela ficha na mesa. Ele só conseguiu ler algumas páginas antes de ela interromper, mas foi o suficiente para saber que as sessões com John Abbott eram de natureza altamente pessoal. Particulares e dominadas pela violência.

Ele olhou para trás, para a casa estilo Tudor de dois andares, e então virou à esquerda, resmungando sozinho por causa da bateria descarregada do celular. E o pior é que ele não tinha prestado a menor atenção no caminho quando o táxi os levara até lá, na noite anterior, então, ele resolveu seguir para o norte, na expectativa de que o fim da rua levasse a uma saída do bairro, de preferência uma que tivesse um posto de gasolina ou uma galeria de lojas. Ele botou o paletó na mão esquerda e foi para o lado sombreado da rua. Mesmo em outubro, o calor da Califórnia era infernal.

Se o seu filho estivesse vivo, ia dar umas boas risadas de sua cara. Ia fazer alguma piada sobre Robert ter literalmente se fodido. E perguntaria por que ele decidira ir embora em vez de se sentar e conversar direito com Gwen. E se Robert respondesse que tinha tentado, e que ela ficara resistente, alegando confidencialidade, Gabe argumentaria que Robert teria feito a mesmíssima coisa se a situação estivesse invertida.

E isso era verdade. Vinte anos lidando com clientes — alguns realmente difíceis —, e ele jamais havia quebrado a confiança de algum deles. Claro, nenhuma de suas ficantes havia bisbilhotado sua documentação confidencial. Ele fez uma careta ao pensar na própria reação, caso alguém fizesse uma coisa daquelas. A cabeça fria não era seu ponto forte.

Um Volvo cheio de adesivos da Universidade de Stanford passou e Robert ficou olhando, meio relutante em sinalizar para um desconhecido. Mais adiante, viu uma placa na qual estava escrito Clube de Golfe, com uma setinha indicando a direção. Não devia estar muito longe.

O bairro começou a lhe parecer familiar, semelhante àquele onde morava a primeira namorada de Gabe. Os pais dela deram uma festa no Dia da Independência e praticamente o obrigaram a comparecer. O evento aconteceu bem durante o julgamento de Zentenberg, e ele mal se aguentava em pé, mas compareceu assim mesmo. Três dolorosas horas. O papo-furado repetitivo sobre os Chargers no futebol americano, depois sobre os incêndios florestais e então sobre as eleições. Um círculo ininterrupto de conversas enfadonhas.

Se Natasha estivesse viva, ela teria ido àquela festa com ele. Ela gostava dessas coisas. E então ela ficaria numa boa ali, com uma bebida na mão, rindo de comentários estúpidos como se fossem a coisa mais espirituosa do mundo. E ao mesmo tempo ela não soaria falsa, o que era louvável, considerando que ela ia detonar os interlocutores chatos tão logo se afastasse deles. Eis aí uma coisa nela da qual Robert não sentia a menor saudade. A eterna maledicência e a mania de julgar os outros.

Depois da curva, lá estava o tal clube de golfe. Robert subiu no meio--fio e virou na entrada ampla, acelerando o passo diante da perspectiva de achar um telefone e ar-condicionado. Olhou o relógio de pulso, perguntando-se se o bar estaria aberto, embora ainda fosse muito cedo.

Ele estava precisando muito de uma bebida.

O bar estava aberto e vazio, e o pedido de uísque foi recebido com um grunhido do *barman*. Recostando-se no banco, Robert esticou as costas, suspirando, quando algum músculo se reencaixou. Estava velho demais para maratonas sexuais, e a noite anterior tinha sido a primeira em muito tempo na qual ele fora tão... ativo.

Gwen provou-se uma bela surpresa na cama. Calorosa e ávida, mas também confiante. Ela não se cobriu quando ele a olhou com afinco nem se desculpou pela celulite nas coxas. Talvez aquela confiança viesse do fato de ela passar o dia inteiro sentada diante de assassinos.

Sentindo-se mal-humorado, ele puxou o copo para mais perto de si.

"... um reencontro emocionante."

Olhou para a televisão e viu o finalzinho de uma reportagem, com uma família se abraçando. Ficou mais mal-humorado ainda.

"Doideira, né?" O *barman* encostou-se no balcão, com os braços cruzados, as palmas das mãos aninhadas sob as axilas.

"Pois é." Robert olhou para seu copo. A última coisa sobre a qual ele queria ouvir era uma notícia de Scott Harden e sua fuga milagrosa.

"Você ouviu falar disso, né? O garoto desaparecido... Sabe... Aquele que eles achavam que tinha sido levado pelo tal *serial killer*? Ele escapou do cara."

O garoto desaparecido. Não Gabe, que não conseguiu escapar. Scott Harden. Scott Harden, seu sortudo.

As emoções de Robert entraram em ebulição quando os apresentadores da TV começaram a recapitular a fuga e o reencontro. A câmera cortou para um resumo da história do BHK enquanto Robert virava o restinho do uísque aguado. O nome de Gabe foi mencionado, e nesse momento ele bateu o copo na mesa. Ele sacou a carteira, pegou uma nota de vinte dólares e a colocou sobre o balcão.

"Obrigado."

"De nada."

Sua ansiedade transbordou quando ele ouviu o nome de Gabe de novo. Eles estavam mesmo mostrando as fotos? Seus pés descalços aparecendo sob a lona? A jaqueta da escola toda ensanguentada?

Ele saiu do saguão, passou pelas portas da frente e viu um táxi vindo em sua direção. Erguendo a mão para chamar a atenção do motorista, Robert fechou os olhos, mas não conseguiu bloquear a imagem, aquela que mostravam na TV todas as vezes. Seu filho, sorrindo para a câmera, usando o uniforme de futebol americano — aquela foto tirada dois meses antes de Gabe ser assassinado.

CAPÍTULO 8

Nita Harden esperava encontrar seu filho raquítico. Mas, de algum modo, apesar das expectativas para o contrário, ele havia até engordado. Agora, Scott estava sentado em uma poltrona no escritório, e a camisa branca de botões marcava o peito pontilhado com pequenas queimaduras de cigarro que estavam começando a formar crostas. Sentada diante dele, a investigadora Erica Petts apertou o botão de um gravador de voz e o colocou sobre os joelhos. Ela foi a primeira a chegar na casa no dia do desaparecimento de Scott, e também era a pessoa que mais tinha ouvido as inúmeras perguntas, as lágrimas e lamúrias de George e Nita durante o sumiço dele.

"Se você ficar cansado ou sentir a necessidade de fazer uma pausa, é só me avisar. E não tenha pressa se precisar pensar mais um pouco sobre algo específico." Ela se inclinou para a frente na cadeira, com a atenção totalmente voltada para Scott.

"Sim, senhora."

Que rapaz educado. George tinha feito um ótimo trabalho nesse quesito. Já na primeira série do fundamental, Scott sabia usar *por favor* e *obrigado* antes mesmo de aprender a escrever. O orgulho de Nita só fez crescer enquanto ela apreciava seu filhinho querido, acariciando seu belo rosto.

"Ok, vamos gravar esta conversa, só para não perder nenhum detalhe." O outro policial estava acomodado na terceira cadeira daquele grupinho. O detetive Ed Harvey era um sujeito grande e corpulento que usava óculos. Ele sempre emanava uma *vibe* de "Saia da frente e deixe a gente fazer nosso trabalho!", que, aliás, deixava Erica irritada. Agora, que Scott estava de volta, a postura de Ed migrara para um quê de desconfiança, embora ela não conseguisse identificar exatamente quem seria o alvo dele.

Nita se recostou na parede entrelaçando as mãos enquanto observava Ed oferecer refrigerante para Scott. Era uma marca da qual ele não gostava, então, ela saiu da sala e correu para a cozinha. Na imensa geladeira de portas duplas, ela encontrou uma lata da bebida de que ele gostava. Ela voltou ao escritório e prontamente colocou a lata na mesa diante dele.

"Valeu, mãe." Ele sorriu para ela.

Erica pigarreou.

"Como você está, Scott?"

Ele deu um sorriso tímido.

"Estou bem. Feliz por estar em casa."

Ela deu uma risadinha.

"Aposto que está. Tem algum plano importante?"

"Bem, minha mãe vai fazer lasanha hoje à noite. Estou bem animado com isso. E depois vamos ver *Duro de Matar*."

Nita tinha sugerido um filme menos violento, mas Scott revirou os olhos e convenceu George a apoiá-lo. Não que tenha sido necessário muito esforço. Nita era incapaz de recusar qualquer pedido dele. Nesse momento, toda vez que ela olhava para Scott, seu coração parecia prestes a explodir.

Ela estava até insone de puro alívio e alegria por tê-lo de volta sob seu teto. Já havia até cogitado botar uma cama portátil ao lado da cama dele, mas George vetara a ideia, sacudindo a cabeça com firmeza para reforçar sua negativa.

"Ótimo filme", comentou Ed. "Adoro o Bruce Willis."

"Pois é." Scott abriu seu refrigerante.

Houve uma pausa, e Nita transferiu o peso para o outro pé.

"Você passou quarenta e quatro dias desaparecido, Scott." Erica pôs a caneta em ação. "Quanto você se lembra do dia em que foi sequestrado?"

"Eu me lembro de tudo. Quero dizer... bem, me lembro de tudo até eu desmaiar. E então me lembro de estar numa casa."

"Muito bem, então, vamos para a última coisa de que você se lembra, antes de desmaiar."

"Bem, a gente teve um jogo de futebol americano contra o Harvard-Westlake." Ele coçou a nuca. "E aí eu, hum... tomei banho depois do jogo. Os caras estavam falando de buscar comida, então, eu peguei minhas coisas e fui para o meu carro."

O carro de Scott tinha sido um presente de aniversário de 17 anos. Um utilitário prata de quatro portas com pneus *off-road* e um motor barulhento além da conta, mas ele amou. No auge do sequestro, Nita costumava sentar-se no banco do motorista e passar horas ali, inalando o ar desesperadamente, necessitando sentir o cheiro do filho.

"Mas você não chegou ao carro, certo?", perguntou Ed.

"Não, eu cheguei. Aí tinha alguém estacionado ao lado. Era... hum... o professor de ciências da escola. O senhor Thompson."

"Este homem aqui?" Erica sacou uma foto de uma pasta que estava em seu colo. Nita se aproximou para ver melhor. Era um sujeito de quase 60 anos, com uma barba grisalha bem cuidada, cabelos ralos e um sorriso simpático. Era uma foto corporativa, então, ele estava usando um cordão com um crachá e uma camisa branca de botões meio amarrotada. Nita olhou para ele. Aquele era o monstro que tinha levado seu filho. O homem que havia torturado e matado outros seis garotos. O homem com quem ela provavelmente cruzara uma dúzia de vezes no colégio Beverly High, sem jamais dar a ele a devida atenção. Onde estava seu instinto maternal? Como é que sua intuição falhou ao não alertá-la de forma alarmante a respeito daquele sujeito, ao não enquadrá-lo sob a luz de um holofote gigantesco?

"Isso, é ele."

Bem, o problema era que ela acabou relaxando. Como Scott pesava quase oitenta quilos e era praticamente um adulto, ela presumira que ele estivesse a salvo do *serial killer*. Uma suposição estúpida, uma cilada na qual ela nunca mais cairia de novo.

"Então, o que aconteceu?", perguntou Ed.

"Ele precisava de ajuda para tirar alguma coisa do porta-malas. Me abaixei para ajudar, e ele enfiou alguma coisa em meu pescoço. Não sei o que era, mas me fez apagar assim, ó." Scott estalou os dedos.

"Onde você estava quando acordou?", perguntou Erica.

Ele hesitou. Levou o refrigerante à boca e deu um gole. Então, olhou para sua mãe.

"Hum... em um quarto. Em uma cama. Eu estava amarrado nela."

Nita manteve contato visual com ele, até que Scott desviou o olhar. Ela sentiu uma pontada no estômago. Durante aquelas semanas em que seu filho estivera ausente, à medida que iam ficando mais certos de que o sumiço era obra do BHK, a polícia ia compartilhando informações sobre as outras vítimas. Os detalhes das necropsias... Nita deixou escapar um calafrio involuntário.

Scott sempre foi um garoto bem inocente. Nunca tivera uma namorada séria, embora ele tivesse vivido muitas paixões ao longo dos anos. Antes de seu sumiço, ela seria capaz de jurar sobre uma Bíblia que ele era virgem. Agora, o olhar dela pousava nos pulsos enfaixados dele. Foi a primeira coisa da qual ela cuidou depois de dar a ele um prato de comida e ajudá-lo a tomar um banho quente. Ela ligou para Erica enquanto Scott estava no banheiro, e a investigadora praticamente a instruiu aos berros para que o tirasse de lá a fim de preservar possíveis provas.

Só que Scott tinha chegado imundo. E ele já sabia quem tinha idealizado o sequestro, então, por que se preocupar com evidências físicas? Nada disso. O importante, ali, era a cura. A polícia precisava era parar com aquele interrogatório e deixá-lo em paz, para que ele pudesse voltar a ser um adolescente normal junto à família.

"Você sabe onde fica essa tal casa? É esta aqui?" Ed mostrou uma foto, para a qual Scott olhou rapidamente.

"Talvez. Quando fugi, só pensei em correr. Não olhei para a casa."

Nita o observava com atenção, e ela percebeu o momento em que ele esfregou a lateral do rosto com o dedo indicador. Era um de seus tiques, e ela franziu a testa, se perguntando qual seria a mentira naquele relato.

"Você ficou em um quarto? O quarto dele?", quis saber Erica.

"Não, acho que ele não morava lá. Passei a maior parte do tempo dopado, então, não tenho certeza."

Os dois investigadores se entreolharam.

"Ele precisa ser preso", disse Nita. "Antes que ele suma ou antes que resolva aparecer aqui."

"Randall Thompson está com a polícia neste momento." Erica encontrou o olhar dela. "Estamos aguardando um mandado para revistar a casa. Não se preocupe. Ele está na nossa mira."

"E se ele disser que não foi ele?", perguntou Scott. "E se for a minha palavra contra a dele?"

"As provas decidem", disse Ed. "Vai dar tudo certo."

Scott assentiu, mas não pareceu convencido. Nita se intrometeu.

"Vocês já fizeram perguntas suficientes esta noite. Ele está exausto, e eu acho que nosso advogado deveria estar presente se vocês forem fazer novas perguntas."

George só assistia à cena, parado perto da porta, e concordou com ela. Na verdade, ele chegou a pedir para ligarem para o advogado logo de cara, mas Nita se opusera, insistindo em dizer que o mais urgente, agora, era prender o tal professor. Então, ela acompanhou os policiais até a porta da frente, deu um abraço de despedida em Erica e sussurrou um agradecimento ao seu ouvido. Parando à porta, olhou para o filho, que ainda estava sentado. Ele a fitou e rapidamente desviou o olhar.

Nita ficou ainda mais desconfortável. Scott estava escondendo algo da polícia.

O que poderia ser? E por quê?

CAPÍTULO 9

A Cluster & Kavin Advogados Associados ficava no mesmo prédio da Creative Artists Agency, o que significava que, uma vez por semana, Robert Kavin esbarrava com alguma celebridade no elevador. Esse factoide lhe rendera enorme credibilidade junto ao filho quando o garoto ainda era jovem o suficiente para ficar impressionado. A magia desapareceu quando ele estava entrando na puberdade e foi substituída por uma expressão de tédio que só parecia mudar quando o assunto era dinheiro ou garotas ou quando ele queria o carro do pai emprestado.

Um dia, muito em breve, Robert ia atear fogo em toda a sua papelada de trabalho e se mudar para uma casa na praia. Ia passar o tempo todo de short e boné de beisebol, e ia ficar um ano inteiro sem fazer a barba. Ele só ia aceitar pegar os casos que envolvessem o acesso à praia e os depósitos de aluguel das casas de temporada, e ia ser o assessor jurídico de bares que pagassem com álcool e camarão ao leite de coco. Aquele prédio elegante, os terninhos bem passados e engomados... tudo isso ia ficar para trás.

"Você está sonhando acordado de novo", disse sua recepcionista, que estava bem ali ao seu lado no elevador, com um sorriso sabichão em seu rosto de senhorinha. "Deixe-me adivinhar. Aruba?"

"Agora, estou pensando no Uruguai." As portas do elevador se abriram e Robert as travou com a mão, gesticulando para que ela passasse. "A alíquota de imposto é mais baixa. Quer vir comigo?"

A pomposa mãe de três filhos e avó riu ao sair do elevador.

"Não consigo nem convencer Fred a fazer uma viagem de quarenta e cinco minutos até o supermercado. Não há a menor chance de ele entrar em um avião neste século."

Eles dobraram a esquina e passaram pelas portas de vidro altas; depois, entraram no saguão do escritório.

"Martin já chegou?" Robert pegou o chaveiro e começou a selecionar as chaves até encontrar aquela que abria a porta de seu escritório; então, a enfiou na fechadura. Dos três sócios da empresa, ele era o único com aquela camada extra de segurança, mas não se importava com isso. Essa era a diferença entre ele e alguém como Gwen, que deixava suas anotações para quem quisesse ver. Era por causa de um descuido como aquele que processos eram perdidos, segredos eram espalhados e carreiras acabavam destruídas.

"Ele está aqui desde às sete."

"Imaginei." Ele acendeu as luzes e jogou as chaves sobre a mesa; depois, seguiu para o escritório do sócio.

Martin estava ao telefone e encarou Robert assim que ele entrou. Meneando a cabeça para a mesa de reunião na ponta da sala, ele ergueu o dedo num gesto de "Um minuto!". Robert puxou uma das cadeiras de couro com rodinhas e pegou um *donut* grudento de um prato na beira da imensa mesa.

"Tem coco nisso aí", avisou Martin ao encerrar a ligação. "Eu te juro, essa loja deve estar num complô com a minha mulher para me fazer emagrecer."

"Eu gosto de coco", disse Robert com a boca cheia.

"Beleza." Martin pegou a ponta da gravata e a examinou, raspando uma sujeirinha com a unha. Olhando de volta para Robert, fez uma pausa. "Presumo que você já esteja sabendo que Scott Harden voltou para casa."

"Sim, já sei." Robert limpou a boca. "Um dos investigadores me ligou."

"Eles têm alguma pista?"

"Na verdade, o garoto disse que foi um dos professores dele. Levaram o cara para interrogatório, e o juiz Glenn emitiu um mandado esta manhã."

"Encontraram alguma prova?" Martin pousou as mãos sobre a barriga, sua atenção toda voltada para Robert. Juntos, eles já haviam libertado centenas de criminosos, que, de outro modo, estariam condenados a passar a vida atrás das grades, e, na maioria das vezes, o veredito era ditado por alguma pequena evidência ausente que enfraquecia o processo.

"Eles acharam uma caixa de sapatos na casa dele." Robert cruzou o olhar do outro. "Tinha *souvenirs* de cada um dos meninos, inclusive do Gabe."

Martin estremeceu.

"Sinto muito, Rob."

"Está tudo bem." Ele deu uma última mordida no *donut* e se obrigou a mastigar com sua mente resistindo em esquecer as palavras da polícia... *Eles encontraram alguns fios de cabelo de Gabe na caixa. O* DNA *bateu. E mais algumas outras coisas. Um chaveiro. Precisamos que você venha para identificá-lo.* Robert tossiu e, então, engoliu, tentando manter a voz serena. "Eles estão acusando o professor pelos seis homicídios, e ele vai ficar detido na delegacia central."

"Bem." As densas sobrancelhas brancas de Martin se ergueram até o meio de sua testa escura. "Isso é ótimo. E talvez te traga um pouco de paz."

Robert permaneceu em silêncio.

"O que foi?" Martin se inclinou para a frente. "O que você está pensando?"

"Tem algo errado." Robert balançou a cabeça. "Está fácil demais. Scott Harden escapa e anda por quilômetros até em casa sem ser flagrado por ninguém no caminho. E ele conhece o assassino? As outras vítimas do BHK não frequentavam o Beverly High. Então, por que quebrar o roteiro? Por que sequestrar um rapaz capaz de identificá-lo? É arriscado demais."

"Você está procurando uma motivação e se esquecendo de que o BHK é humano. Um humano instável. Não tente enxergar pelas lentes de um promotor de justiça."

"Mas eu preciso fazer isso. Estou apontando as mesmas coisas que a polícia vai apontar."

"Robert...", Martin tentou dizer alguma coisa, mas foi interrompido.

"Não tem mais o que ver. É a palavra de um adolescente e uma caixa que pode ter sido plantada..."

"Qual é..." A voz de Martin era tranquila e reconfortante, e havia um motivo para ele ser um dos advogados mais bem-sucedidos da Califórnia. Ele era capaz de manipular o humor de um júri inteiro só com a cadência de sua voz. "Você tem uma testemunha ocular e as provas da tal caixa. É ele. Vamos garantir que ele pague pelo que fez."

"Eu acho que não foi ele." Robert se recostou na cadeira e cruzou os braços, já se preparando para a réplica que viria a seguir. Tinha passado a noite acordado pensando na prisão de Randall Thompson e nas provas contra o sujeito. Com certeza, ele ia precisar de um advogado, e todos os defensores da região iam ficar brincando de batata quente para evitar pegar o caso. Martin sempre fora um tanto tolerante com Robert nas situações relacionadas a Gabe, mas o que ele estava prestes a dizer ia gerar um conflito. "Quero representá-lo nos tribunais."

Martin olhou para ele por um longo instante e então gargalhou.

"Você está de sacanagem?"

"Como eu disse, temo que não tenha sido ele."

"Não, você disse que acha que não foi ele."

"Então, tá." Ele suspirou e consertou: "Não creio que tenha sido ele."

Martin se inclinou e apoiou os cotovelos no tampo da mesa, encarando-o com olhos de mira *laser*.

"Estamos falando do assassino de Gabe. Seu filho era como se fosse meu filho. Olha, acho que eu o apoiaria mais se você me dissesse que pretende fazer justiça com as próprias mãos. *Você* é que não acha isso uma boa coisa, Rob. Se você quer que esse nojento vá a julgamento sem antes cortar as bolas dele, beleza, tudo bem. Mas querer que eu me sente ao seu lado na mesa da defesa?" Ele o observou. "Se você fosse qualquer outra pessoa, eu partiria da premissa de que você estaria tentando sabotar o caso, mas você é ético demais para isso."

"Eu não tenho nenhum motivo oculto aqui. Não acho que tenha sido ele, o que significa que a polícia parou de procurar o verdadeiro assassino." Robert deu de ombros e esperou que aquilo soasse verossímil. "Pensei bastante no assunto, Martin. Vou entrar em contato com a vara esta tarde para marcar uma reunião."

Martin soltou um suspiro.

"Você é um homem adulto, Rob. E conhece o caso melhor do que ninguém. Mas isso me parece insano. Não sei o que te dizer."

"Você não precisa me dizer nada. Não estou pedindo permissão." Robert embolou o guardanapo e o jogou no cesto redondo ao lado da mesa de Martin. Precisava encerrar aquela conversa antes que o questionamento começasse. Martin iria enquadrá-lo com perguntas brilhantes, precisas e inevitáveis, para às quais Robert não teria respostas; afinal de contas, não fazia sentido ele sequer se aproximar do caso Randall Thompson, a menos que fosse para comparecer ao julgamento no papel de pai de uma das vítimas.

"Ok, mas uma última coisa precisa ser dita. Temos aqui um enorme conflito de interesses." Martin se levantou e contornou a mesa, cruzando os braços sobre o peito largo e os travando no lugar à frente da gravata vermelho-sangue. "Se você perder esse caso, ele vai processar a gente. Digamos que você tenha estragado tudo intencionalmente. Ele vai dizer que você destruiu provas e manipulou as testemunhas e que não o representou de maneira adequada."

"Eu não vou perder."

Martin soltou uma risada frustrada.

"Cara, tem algo neste caso que eu não esteja vendo? Você acha mesmo que ele é inocente? Está bem. Deixe a polícia e a defensoria pública cuidarem disso. Se você se meter nessa história, garanto que não vai resultar em nada de bom."

"Eu preciso me encontrar com ele. Ver o que ele diz. Se eu me colocar como pretenso advogado dele, vamos ter um tempo cara a cara que eu não conseguiria de outra forma." Ele apertou o ombro de Martin com força. "Se eu não acreditar no que ele diz, me levanto e vou embora. Você sabe disso."

Martin balançou a cabeça.

"Ele não vai querer você como advogado. Não creio que ele vá querer discutir suas atividades com o pai de um dos rapazes que ele mesmo assassinou."

Robert ficou calado. Tinha passado a noite procurando todas as informações possíveis sobre Randall Thompson. O sujeito era professor de ciências no ensino médio, dirigia um Honda Accord de cinco anos e morava em um apartamento de dois quartos em um prédio caindo aos pedaços. Ele não poderia se dar ao luxo de dispensar a representação jurídica gratuita do principal advogado de defesa criminal de Los Angeles, independentemente de quem ele fosse, ou de quem fosse o filho dele — de quem *tivesse sido* o filho dele. Robert soltou o ombro de Martin e seguiu em direção à porta, parando quando o outro falou:

"A imprensa vai te crucificar por isso. Eu sei que você acha que ele pode ser inocente, mas e se não for? E se ele tiver matado Gabe e todos os outros garotos?"

Robert olhou para trás e, então, abriu a porta, desejando poder contar tudo ao colega.

"Apenas confie em mim."

O grandalhão estremeceu.

"Este é o problema. Eu não confio."

CAPÍTULO 10

Eu estava à mesa da sala de jantar, comparando uma peça do quebra-cabeça com a foto na caixa, tentando encontrar o encaixe. Clementine passou entre as minhas pernas, seu rabo fez cócegas na parte de trás dos meus joelhos nus. Me contorci.

"Clem, pare."

Ela saltou sobre a cadeira mais próxima e miou pedindo atenção. Coloquei a caixa na mesa e acariciei sua cabeça olhando para as peças montadas.

Aquele não tinha sido um bom dia. Meu paciente das duas da tarde resolveu que era uma boa ideia permanecer num silêncio total, o que poderia ter sido uma bela mudança de ritmo se eu já não estivesse paranoica em relação às minhas habilidades como psiquiatra.

Eu nunca havia me preocupado com isso até então. Sempre fui até meio arrogante demais, convencida de que era só fazer uns trejeitos com a minha caneta, abrir a boca e vomitar um diálogo brilhante capaz de torcer o cérebro dos meus pacientes para que eles agissem ao meu bel-prazer. No entanto, desde que John e Brooke morreram, passei a me afundar cada vez mais na crença de que meu radar emocional estava por ora — ou talvez até permanentemente — desligado.

É só analisar minha última conversa com John. Ele estava furioso com Brooke. Lembro-me de estar sentada em frente a ele e de sentir os perdigotos no meu rosto enquanto ele vociferava sobre o tal sujeito que ele imaginava estar se encontrando com ela.

Eu não estava acreditando em nada daquilo, porém minha função não era julgar a inocência de Brooke, mas, sim, apenas filtrar e analisar as ideias de John. Em geral, a incapacidade de confiar em terceiros está enraizada nas experiências cotidianas e costuma se originar na infância. John sempre foi avesso a discutir sua adolescência, o que só fazia dar mais crédito à minha tese de que sua dificuldade para estabelecer confiança era um mecanismo de defesa natural. Se meu diapasão psicológico estivesse afinado, eu teria ignorado essa minha insistência em diagnosticar a raiz de suas inseguranças e, em vez disso, teria focado na possibilidade mais evidente: John ter um surto de raiva e transformá-la em violência física.

Começou a passar um *game show* na minha televisão da sala. Dei uma espiada e observei o apresentador caminhando pelo palco, saudando o público enquanto avançava.

Eu sempre fui adepta de uma hipótese um tanto negativa sobre o casamento: em algum momento, um dos cônjuges começa a desejar secretamente que o outro morra.

Não é uma teoria lá muito popular. Quando abordo o assunto em eventos e fóruns de psiquiatria, isso sempre incita uma discussão, e sempre tem algum médico que protesta, revoltado e indignadíssimo, alegando estar casado há quarenta anos e jamais, NEM UMA VEZ, ter desejado a morte de seu cônjuge. Mas lá no fundo, no lugarzinho escuro que eles escondem e fingem não existir... sei que algum dia houve um momento de sinceridade e fraqueza em que tal pensamento — tal esperança — tremeluziu. Para a maioria das pessoas, é passageiro. Para alguns — como John —, era uma farpa. Uma lasquinha que se embrenhara e partira sob a pele, do tipo quase impossível de extirpar, a menos que toda a região fosse despelada junto, e, como ninguém ousava fazê--lo, acabava infeccionado. E, assim, lá estava ele, tomado pela infecção. A infecção matando e correndo os tecidos circundantes saudáveis, latejando, doendo e dominando cada pensamento e cada ação até chegar ao ponto de controlar toda a vida dele.

Ouvi tantas deliberações e ideias para ferir Brooke, que isso acabou se tornando uma espécie de conversa de fundo, uma coisa secundária. Tornei-me insensível a ela. Passei a acolher o fato de que John vivia da fantasia de matar Brooke e parei de ficar horrorizada com a ideia, pois não acreditava que seria levada a cabo. Eles estavam casados havia quinze anos. Se ele de fato fosse matar a mulher, já o teria feito. E o que importava *se* ele achava que Brooke estava tendo um caso? Quase um ano antes, ele já havia manifestado um episódio de ira, quando Brooke estacionara o carro junto a uma colina e não acionara o freio de mão corretamente, o que fez com que o sedan deles batesse em outro veículo estacionado.

Não foi minha culpa. Encaixei uma peça de cinco lados do quebra-cabeça e comecei a cantarolar as palavras mentalmente, tentando encontrar a verdade nelas.

Não foi minha culpa. Em algum momento, cheguei a discutir com ele para defender Brooke. Defendi a mulher. Recordei a história deles e listei todas as falsas inseguranças de John.

Não foi minha culpa. Talvez ela tenha infartado, de fato.

Levantei minha taça de vinho e dei um gole caprichado, segurando o *merlot* suave na língua, por um instante, e então permiti que escorresse garganta abaixo.

A campainha tocou, um ruído invasivo, e eu me virei ao escutar o som enquanto Clementine saía correndo e se escondia debaixo do sofá.

Robert Kavin estava na minha varanda com um buquê de flores na mão. Parei no *hall* de entrada e hesitei.

Já era tarde, quase nove da noite. Tarde demais para uma visita, embora eu tivesse uma política rígida contra visitantes em qualquer horário. Bem, era só eu dar meia-volta e me embrenhar no corredor escuro. Afastar-me das janelas na expectativa de que ele se cansasse e fosse embora.

"Gwen." Ele pôs a mão na porta. "Estou te vendo através do vidro."

Claro que estava. Achei que a pouca iluminação dentro de casa fosse me esconder, mas a dona sorte não vinha sendo muito boa comigo ultimamente. Engolindo um palavrão, abri a tranca.

"Oi, Robert", disse secamente, com a maior frieza possível, considerando que ele segurava um buquê de tulipas cor-de-rosa e ostentava uma expressão arrependida. Fazia anos que eu não ganhava flores. Peguei o buquê e fiz um esforço para não enterrar a cara nos botões e inalar seu cheiro.

"Sei que é tarde, mas eu precisava me desculpar."

Como estava com as mãos ocupada pelas flores, fiquei sem mobilidade para fechar a porta na cara dele, então, restou-me recorrer ao meu tom mais severo:

"Vá em frente."

"Eu não deveria ter olhado as fichas dos seus pacientes. Não deveria ter entrado no seu escritório. Sinceramente, não deveria nem ter preparado o café da manhã sem a sua presença. Desculpe."

Digeri o pedido de desculpas e o considerei bem sincero. Uma mulher mais forte teria discutido alguns pontos-chave daquela argumentação, teria lhe dado um esporro daqueles, e então estraçalhado as flores e atirado os ramos quebrados na cara dele, mas estava frio lá fora, meu pijaminha curto não estava tolerando muito bem a porta aberta e era difícil ser cruel com alguém que havia sofrido a perda de um filho.

"Está bem", eu disse, sendo condescendente. "Obrigada pelas flores."

Ele pareceu surpreso com a facilidade da minha concordância, então, assentiu lentamente, afastando-se da porta.

"Claro. Me desculpe, mesmo."

"Tudo bem." Fiquei avaliando-o à luz da varanda. Ele estava de terno, mas sem colete, com a gravata frouxa, o botão de cima da camisa aberto. Parecia carente de comida e sono, e eu poderia ajudar com pelo menos um dos dois.

Dei um passo para trás e segurei a porta aberta.

"Quer entrar? Fiz lasanha. Posso esquentar, se você estiver com fome."

Ele sorriu timidamente, e foi um crime o jeito como seu rosto ficou lindo.

"Claro", respondeu ele com suavidade. "Se você quiser companhia."

~

Robert comeu três quadrados enormes de lasanha e então se pôs a atacar o quebra-cabeça em andamento. Sentei-me de pernas cruzadas em uma cadeira acolchoada à mesa de jantar e fiquei observando suas mãos correrem pelo tabuleiro como as de um garoto superdotado com um cubo mágico nas mãos.

"Além disso, tem as viagens." Ele encaixou um pedaço escuro na borda do desenho. "Não quero ficar com essa sensação de que os deixei presos em um canil."

Ele estava citando os motivos para não ter um animal de estimação; seriam todos válidos se animais de estimação fossem objetos estéreis e se você ignorasse totalmente a alegria que eles trazem à sua vida.

"Você viaja muito?" Girei a taça de vinho e fiquei observando o líquido escuro ondular pelas paredes de vidro.

"Não muito", ele admitiu. "Fui ao lago Tahoe no verão passado. Mas... Você sabe. Em algum momento, vou acabar viajando."

"Claro." Tomei um gole. "Um *workaholic* casado com o emprego. Olha, de uma viciada para outro... você não vai viajar. E você tem plena noção disso, certo?"

Ele fez uma careta.

Peguei uma peça e analisei seu desenho.

"Lamento muito o que houve com seu filho."

Alguns dias depois de Robert ter ido à minha casa, fiz uma pesquisa *on-line* para saber mais a respeito dele. Seu impressionante histórico e o reconhecimento por seu trabalho jurídico só apareciam lá na sexta página dos resultados de busca, logo depois das muitas notícias veiculadas em âmbito nacional, dos comunicados de assessorias de imprensa e das centenas de vídeos e postagens em busca de pistas e justiça por Gabe Kavin. Metade das notícias referia-se apenas ao desaparecimento. A outra metade era da época em que o corpo foi encontrado atrás de uma usina de reciclagem em Burbank, com um coração grotesco esculpido no peito e os órgãos genitais descartados. Aquelas eram as marcas registradas do BHK, e lá estava sua sexta vítima oficial.

Robert ergueu os olhos, deixando de lado o quebra-cabeça, e nossos olhares se encontraram. À penumbra do bar, eu não tinha notado a extensão de sua tristeza. Uma onda de dor assombrava seus olhos. Repuxava seu rosto. Pesava em sua postura. Em meu consultório, cheguei a tratar alguns pais que tinham perdido um filho. São casos em que a dor jamais se esvai. Ela só faz diluir-se nos olhos de seu hospedeiro. E então eles aprendem a mascará-la, a disfarçá-la, mas ela sempre se faz presente. Perder um filho é como perder um membro. Você é lembrado disso toda vez em que se mexe, até que os ajustes constantes da vida, enfim, tornam aquilo parte permanente de você.

Ele contraiu a boca numa linha reta.

"Não precisa prestar condolências. Nenhum lamento vai trazê-lo de volta."

Não, não traria mesmo. Mudei de assunto.

"Imagino que você esteja bem informado sobre a prisão do suspeito."

"Sim." Ele vasculhou a pilha de peças soltas. "Você está a par das notícias sobre os assassinatos do BHK?"

Assassinos eram minha obsessão, e o *serial killer* mais famoso de Los Angeles estava sob o meu microscópio desde o início. Eu meio que me ergui da cadeira, peguei a garrafa de vinho e servi mais na minha taça. Sem perguntar, completei a taça dele também.

"Faz parte da minha especialidade, então, sim. Acompanhei os assassinatos com interesse profissional."

"Na noite em que a gente se conheceu, você disse que presta muitos depoimentos técnicos."

"Isso."

"E traça perfis psicológicos?"

"Às vezes."

Onde ele queria chegar?

"Já fez algum sobre *serial killers*?"

"Só na faculdade."

Ele não disse mais nada, e então eu fiquei aguardando o desenrolar de seu raciocínio. Detectando uma possível conexão no quebra-cabeça, encaixei uma peça e a travei no lugar.

"Eu gostaria de te contratar."

"Para quê?"

"Para traçar o perfil psicológico do BHK, para início de conversa."

Com o que eu já sabia sobre as mortes, seria possível criar um perfil razoável em 24 horas. Mas provavelmente Robert Kavin queria algo mais do que razoável.

"Por quê?"

"Meu filho morreu nas mãos dele." Seu olhar me desafiou a questionar o pedido. "Preciso de outro motivo?"

"Não", respondi lentamente. "Mas seu filho foi encontrado nove meses atrás. Por que fazer um perfil psicológico agora? Já prenderam o assassino."

"Eu não te conhecia nove meses atrás."

Ganhei alguns segundos tomando um gole de *merlot*. Não é que eu não quisesse ajudar. Eu estava ansiosa para mandá-lo para casa e começar a apontar meu lápis. Mas tinha algo errado naquela história, e eu precisava identificar o que era.

"Você tem a cópia do processo do caso do seu filho?"

Ele não deveria ter. Seria um *souvenir* macabro. No entanto, algo em sua postura confiante me dizia que sim.

Ele confirmou com a cabeça.

Ah, o trauma psicológico causado por cada foto da necropsia, por cada anotação...! Tentei disfarçar um calafrio.

"Tenho do caso dele e posso conseguir o material dos outros meninos em breve... nos próximos dias."

Dos outros? Respirei fundo, com a possibilidade de analisar todos os detalhes de todas as seis vítimas.

"Como você vai conseguir isso?"

"Apenas fique ciente de que eu vou conseguir."

Fiz uma careta, descrente.

"Está bem", eu disse, por fim.

Se aquilo acontecesse, se eu pudesse analisar todas as seis vítimas do BHK e as respectivas circunstâncias de suas mortes... Seria o sonho de qualquer profissional da minha área. E, para melhorar ainda mais, o assassino já estava atrás das grades. Eu poderia visitá-lo. Conversar com ele. Fazer uma análise psicológica detalhada, supondo que eu conseguisse autorização da sua equipe jurídica.

Percebi que estava encarando Robert. Endireitei-me na cadeira.

"Certo. Eu faço." Tentei não deixar a empolgação afetar a minha voz, mas sei que ela ainda tingia as palavras.

Os cantinhos da boca de Robert se ergueram, mas não foi bem um sorriso. Foi um sinal de decepção... Bem, não tive tempo de interpretar o gesto direito, pois ele voltou a falar.

"Amanhã trago para você uma cópia do arquivo de Gabe."

"Seria ótimo." Observei enquanto ele jogava uma pecinha sobre a mesa, pois não tinha conseguido encontrar seu encaixe.

"Agora vou pra casa. Obrigado pela comida e pela hospitalidade."

Fiquei em pé.

"Tudo bem. Obrigada pelas flores. São lindas."

Duas pessoas bem-educadas circundando um adolescente morto.

"Obrigado por não ter batido a porta na minha cara." Ele fez uma pausa no saguão de entrada e, então, se inclinou e me deu um beijo carinhoso na bochecha. A barba por fazer roçou minha pele, e ele cheirava tão bem quanto na noite em que nos conhecemos, só que sem o cheiro da fumaça de cigarro do bar. Bom. Muito bom.

"Boa noite." Ele se afastou e saiu, tropeçando no primeiro degrau da varanda e recobrando o passo de imediato.

"Opa! Cuidado! Boa noite." Mantive a porta aberta até ele chegar à metade do caminho, rumo a uma Mercedes preta reluzente estacionada à minha entrada. Então, fechei a porta e a tranquei; depois, engatei o trinco de cima.

Voltei à sala de jantar, peguei nossas taças e a garrafa de vinho vazia e apaguei a luz, deixando o quebra-cabeça para outra noite. De pé junto à pia, esguichei detergente de lavanda em uma esponja limpa e lavei o prato dele.

Robert era um sujeito interessante. Dotado de muita inteligência emocional. Ele conseguia me decifrar tão bem ou até melhor do que eu conseguia decifrá-lo. Por trás de todo aquele charme, ele escondia bem suas emoções. Meu pai diria que o sujeito sabia esconder suas cartas no jogo, uma definição perfeita. Era um homem enlutado, com uma história pesada, mas também... tinha algo mais profundo ali. Só que eu não conseguia definir o que era, e isso estava me enlouquecendo.

Talvez fosse a mera atração nua e crua. Meu corpo reagia à presença dele de forma desconcertante, e, ao nos despedirmos, tive que lutar para não me oferecer para um beijo.

Peguei um pano de prato branco e macio e lustrei o prato de cerâmica vermelha. Eu também precisava encarar a possibilidade de a minha atração por Robert Kavin ter ficado ainda maior no momento em que percebi sua ligação com o BHK. E agora, com ele me contratando para fazer o perfil psicológico do assassino, minha pele estava praticamente formigando de empolgação.

Carreiras se consolidavam a partir de oportunidades como essa. Se Randall Thompson fosse o assassino — e todos os relatos pareciam indicar que era —, então, tais eventos seriam estudados por profissionais de saúde mental ao longo de décadas. Motivações. Histórico. A transição do campo das ideias para a ação, do ponto de vista clínico. Randall Thompson seria comparado a Lonnie Franklin Junior, a Joseph James DeAngelo, e eu teria acesso a cada detalhe. E se Robert ia me dar esse acesso... eu ia dar um grande foda-se para as flores e os orgasmos. Isso era importante demais e, por mais inacreditável que parecesse — todos os seis casos? —, acreditei piamente quando ele me disse que conseguiria os inquéritos de todos.

Aquela arrogância, a oportunidade, as lembranças da nossa noite juntos — lençóis amarrotados, bocas cálidas e frenéticas —, agora, eu não conseguia mais parar de pensar em Robert Kavin. Uma fixação, e não exatamente a considerada saudável.

O homem estava em luto. Ferrado. Gabe Kavin tinha morrido, assim como outros cinco meninos inocentes. Um monstro tinha sido o responsável, e eu não deveria estar com água na boca só de pensar na ideia de estudar o caso. Abri o armário e guardei o prato sobre a pilha de outros pratos iguais.

Seis rapazes haviam morrido, e muito em breve eu ia ganhar as chaves que me levariam às motivações daqueles assassinatos.

CAPÍTULO 11

No dia seguinte, enquanto ia até a recepção do meu andar para levar meu paciente das quatro e meia até o elevador, dei de cara com Robert Kavin. Ele estava parado, em toda a sua magnitude, junto à mesa de Jacob, e meus olhos de cara identificaram a pasta grossa na mão dele. Voltei a olhar para o meu paciente, um *voyeur* assombrado por problemas maternos.

"Te vejo na semana que vem, Jeff."

Jeff Maven assentiu e seguiu direto para a escada.

"Doutora Moore?" Robert veio em minha direção com a confiança de um macho alfa. "Tem um minuto?"

"Claro." Segurei a pesada porta do meu consultório aberta e acenei para Jacob. "Por favor, segure minhas ligações."

Robert entrou em minha sala, e senti a leve brisa de uma colônia cara. Lá dentro, ele fez uma pausa, examinando o ambiente.

"Bela alcova."

"Tivemos sorte no contrato de aluguel. Se tivéssemos assinado hoje, estaríamos pagando o triplo." Sentei-me em uma das poltronas baixas de couro ao lado do divã.

Ele notou o cantinho do café na ponta da sala.

"Se importa se eu pegar uma xícara de café?" Pôs a pasta na minha mesa.

"Claro que não. Na verdade..." Me inclinei e peguei minha caneca quase vazia na mesinha lateral. "Pode servir para mim também?"

"Claro." Ele pegou a caneca, e seus dedos roçaram os meus. Nossos olhares se encontraram, e então soltei a asa de cerâmica.

Ele se virou e parou diante da cafeteira.

"Você é médica, então, presumo que nossas conversas estejam protegidas pelo sigilo médico-paciente, certo?"

Uma pergunta interessante.

"Você está me contratando, então, sim. Mas, como você já deve estar ciente, essa confidencialidade é limitada."

"Ah, sim, estou ciente." Ele se virou para mim, com a xícara dele e a minha caneca nas mãos. "Se um paciente representa um perigo iminente para si ou para terceiros, você é obrigada a informar às autoridades. Certo?"

Que interessante a maneira como ele fazia as perguntas, como se todas as perguntas fossem acusatórias. Um subproduto de milhares de horas acompanhando depoimentos nos tribunais e — igualmente provável — uma inclinação profunda a sempre esperar o pior das pessoas. Ignorei a vontade de apontar o tique psicológico e concordei.

"Sim. Se um paciente for suscetível a causar danos a si ou a outra pessoa, somos obrigados a reportar."

"Considerando o tipo de paciente que você atende, tenho a sensação de que você já violou essa regra." Ele se acomodou no assento à minha frente e levou a xícara de café aos lábios.

O que ele pretendia com aquilo? Cruzei as pernas, mas seu olhar permaneceu no meu rosto. Que concentração impressionante, principalmente se levássemos em conta o comprimento da minha saia. Era uma peça que eu raramente usava e que chegava à beira de burlar o profissionalismo, mas era uma boa cartada quando eu precisava testar um homem. Robert Kavin tinha passado no teste. Ignorei o comentário e olhei para a pasta que ele tinha colocado na minha mesa. Era grossa e vermelha, e tinha um elástico no meio.

"Qual é a sua dúvida com relação à confidencialidade?" Coloquei meu bloco de anotações na mesa entre nós e relaxei, na expectativa de que aquela nova linguagem corporal aliviasse a tensão nos ombros dele.

Não aliviou. Na verdade, a testa dele ganhou rugas mais profundas.

"Só estou me perguntando se você é confiável."

Peguei a caneca de café que ele tinha servido para mim.

"É uma necessidade na minha área. Se os clientes não puderem confiar em mim, eles não vão se abrir e revelar seus problemas."

"Eles costumam confessar as coisas que fizeram?"

Fiz uma careta, incomodada com a pergunta, que, aliás, era o tipo de pergunta que me faziam com frequência.

"Às vezes, as ações deles transparecem quando abordamos questões sobre culpa." Abracei a caneca com as mãos, reconfortada pelo calor da cerâmica. "Cada paciente é diferente. Para alguns, falar tem efeito curativo."

Ele cerrou a mandíbula, e eu avaliei sua expressão com afinco, tentando decifrar a pausa entre cada pergunta. Era de se esperar algum tipo de evasão, considerando a profissão dele. Mas o fato é que havia mais do que apenas curiosidade em seu tom. E mais do que receio. Havia também uma camada impermeável de... raiva. Que interessante.

Eu provoquei a emoção.

"Por que todas essas perguntas?"

Em resposta, ele apontou para a pasta.

"Eis aí a documentação do caso de Gabe. Me avise se tiver alguma dúvida." Ele ajeitou a gravata, mas não me encarou.

Se fosse qualquer outra pessoa, eu consideraria o gestual uma tentativa de me lograr, mas, no caso dele, especificamente, interpretei como dor — pura e simples.

Aquilo ali era importante para ele. Importante o suficiente para ele encarar o trânsito na hora do *rush* e vir resolver pessoalmente, com uma cópia novinha do inquérito em mãos. Me levantei e peguei o material. Puxei o elástico, abri a pasta e passei a unha pela fileira de abas codificadas por cores que organizavam cada etapa.

"Para quantos psiquiatras você mostrou isto?"

"Terapeutas? Nenhum."

"Eu não sou muito fã desse termo", falei com delicadeza, abrindo a aba marcada com 'Evidências'. Estava tudo listado em tópicos, e meu sangue zuniu nas veias de empolgação.

"Desculpe."

"Há melhores formas de se curar, sem ficar obcecado pelo assassino."

Eu estava doida para estudar a papelada, para ler cada página detalhadamente, para encontrar as pistas escondidas. Sempre adorei pistas, por isso larguei a pasta e voltei minha atenção para Robert. *Ele* estava me fornecendo pistas — só que eu simplesmente parecia estar falhando em segui-las.

"A cura não é meu objetivo aqui", ele disse.

"Seria bom se fosse. Talvez você não queira admitir, mas a prisão do assassino do seu filho nesta semana é um evento de grande impacto emocional."

"Não tente me analisar. Apenas leia a documentação e me diga o que você pensa."

Deixei escapar um riso.

"Analisar pessoas faz parte do meu trabalho."

Seu olhar endureceu.

"Não neste trabalho."

"Para desenhar um perfil adequado, eu precisaria de mais do que a papelada do caso." Recostei-me no sofá, ignorando a pasta, que estava me chamando num grito silencioso. "Você disse que poderia conseguir os relatórios sobre as outras vítimas?"

"Sim. Mas, primeiro, veja este, aí me diga se tem estômago para o restante."

Olhei meu relógio de pulso, consciente de que teria um paciente em quinze minutos.

"Meu estômago não vai ser problema, mas meu tempo está apertado. Vou precisar de alguns dias para revisar tudo."

"Na noite em que nos conhecemos, você me disse que é especialista em indivíduos com inclinações violentas."

"Isso mesmo."

Seu joelho tremeu de leve, um *staccato* que cessou tão logo olhei para ele. Uma revelação, a qual cataloguei junto ao contato visual evasivo e ao toque de hostilidade em seu tom. Frustração? Angústia?

Ele se inclinou para a frente e apoiou os antebraços nos joelhos, proporcionando o contato visual direto que eu queria. Foi um tanto invasivo, um confronto de interrogatório, e eu gostei.

"Por que passar seus dias com os indivíduos mais vis da sociedade?"

"Não os vejo como vis", respondi com sinceridade. "Eu os vejo como humanos. Todos nós lutamos contra nossos demônios. Se eles estão no meu consultório, é porque estão tentando consertar essa parte deles. Consigo compreender isso. Você compreende?" Arqueei uma sobrancelha para ele, interrogativa.

Ele sustentou meu olhar por um bom tempo; depois, se levantou, abotoando o paletó com uma determinação desenvolvida em anos de prática.

"Não preciso que você me analise. Apenas leia o caso de Gabe e me mande suas impressões iniciais, Gwen."

"Quer saber... Acho que vou deixar passar." Fiquei plantada no lugar. "Pode levar a pasta embora."

Foi uma cartada sacana e uma aposta daquelas, visto que, nos últimos tempos, eu não me lembrava de ter desejado tanto um trabalho quanto aquele. Ainda assim, o risco era necessário. Eu precisava ver o quanto ele necessitava da minha ajuda. Afinal de contas, há muitos especialistas por aí, mas ele estava no *meu* consultório, a pasta estava na *minha* mesa. Por quê?

Ele fez uma pausa e, quando se virou para me encarar, a frustração estava evidente.

"Estou te contratando para um trabalho. Você está recusando?"

"Há um possível conflito de interesses aí."

"E qual seria..." Ele pigarreou e reformulou a pergunta: "Que conflito seria esse?".

"Nós dormimos juntos", apontei. "Não sou exatamente uma terceira parte imparcial. Você pode acabar dando muito peso à minha opinião, ou eu posso acabar por distorcê-la, com base em nossa história."

Era um argumento válido e excelente, o qual, aliás, fora proposto pela minha consciência tão logo comecei a ficar empolgada com o possível projeto.

"Foi uma noite só." Ele deu de ombros. "Não é exatamente uma história."

Meu ego desinflou um pouco, e eu sorri para esconder a ofensa.

"E, além disso, você está de luto."

"E daí?"

"A morte de um ente querido pode ser corrosiva", falei com tranquilidade. "Olhar fotos da cena do crime... essa obsessão pelo assassino... Eu só quero me assegurar de que isso não vai te devorar."

Ele deu um sorriso desdenhoso.

"Tarde demais." Então, ele avançou e pegou a pasta. "Mas, se você não quiser fazer isso, não faça. Vou encontrar outro especialista. O país está lotado de psiquiatras."

Ele aguardou um pouco, e por um bom tempo ficamos naquela jogada silenciosa de psicologia reversa; e eu perdi.

Estendi a mão.

"Dê-me alguns dias, e pode trazer o que mais você conseguir desse caso."

Então, ele me entregou a papelada e, como um leão afastando-se de uma carcaça, saiu da sala.

Olhei para a pasta e, depois, olhei para o meu relógio de pulso. Faltavam oito minutos para a próxima consulta. Tempo suficiente para dar uma espiadinha no material.

CAPÍTULO 12

A cidade de Los Angeles recebeu Scott de braços abertos, e todo mundo queria um pedacinho dele. Ele apareceu no noticiário local ao lado de Nita e, depois, sentou-se com a equipe da revista *People*. A mãe o acompanhava nas sessões para fazer cabelo e maquiagem, na passagem de som e nas entrevistas diante das câmeras. A cada aparição, a história de Scott ia ficando mais branda e sua confiança florescia. Então, a câmera era desligada e ele voltava para o quarto, para o celular, desinteressado na vida.

Agora, Nita estava sentada em uma sala verde, observando o filho por meio de um conjunto de monitores, com um refrigerante *diet* gelado na mão. De repente, uma assistente de produção com um *piercing* de brilhante no nariz e um fone de ouvido engraçado veio falando alto.

"Seu filho é um herói", ela disse. "Nossa... ter conseguido fugir daquele jeito! E ainda por cima ter toda essa coragem de contar o que aconteceu!"

"Sim, ele é um herói mesmo." Nita ficou olhando o filho na tela, a covinha aparecendo quando ele virou a cabeça para encarar um dos apresentadores. Scott *foi* muito corajoso, mesmo. No entanto, ele sempre tinha sido um menino corajoso. Uma vez, quando tinha uns 6 anos, ele viu uma cobra no quintal e então a agarrou e puxou a cauda do bicho sem pensar duas vezes.

A câmera cortou para o rosto do entrevistador.

"Sei que é doloroso contar, mas você pode relatar aos nossos telespectadores como conseguiu fugir?"

Scott olhou para baixo, do jeito que sempre fazia quando se deparava com uma pergunta difícil. A câmera focou na multidão de espectadores interessados e muito atentos. Nita pensou na primeira vez em que ouvira o relato dele, na imensa sala de jantar, com a prataria toda exposta enquanto era polida pela empregada. A sala estava na penumbra, as cortinas, cerradas, escondendo a paisagem deslumbrante dos jardins. Em outros tempos, aquela havia sido a casa dos seus sonhos. Agora, seria para sempre o lugar onde ela perdera e reencontrara o filho.

"Ele costumava me algemar." Scott esfregou um pulso, como se estivesse se lembrando das amarras. "Nos pulsos e nos tornozelos."

Nita já tinha ouvido a história uma dezena de vezes, mas obrigou-se a conter suas reações. Se ele foi capaz de sobreviver àquilo, ela seria capaz de ouvir pacificamente.

Nu. Era assim que o monstro mantinha o filho dela. Esse era um fato que Scott deixava de fora das entrevistas, e ela sentia-se um pouco culpada por ficar feliz pela omissão. A tortura sexual sofrida pelas vítimas do BHK era um aspecto que a polícia não divulgava aos noticiários. Conscientes disso, e das famílias das outras vítimas, Nita e Scott tomaram a decisão — intimamente e junto à polícia — de manter aquela informação no âmbito privado.

"Eu escondi um garfo que ele me deu para jantar. Normalmente, ele ficava me vigiando comer, mas naquela vez ele não vigiou. Ele tinha um telefonema para dar ou uma reunião. Alguma coisa assim."

Scott sempre hesitava um pouco naquela parte da história. A irmã de Nita, que era conselheira escolar, dizia que a perda de memória era normal e esperada em momentos de grande estresse e trauma. Nita chegou a perguntar a Scott se ele estava identificando apagões em sua memória, mas ele simplesmente balançou a cabeça, negando. Ela também perguntou se ele gostaria de conversar com a tia, e, mais uma vez, ele negou.

As únicas coisas que ele jamais recusava eram as entrevistas para a televisão. E foram muitas. Nem era saudável para ele submeter-se a tantas entrevistas assim. Ele precisava descansar, se curar, passar um tempo com a família e os amigos. Mas Scott parecia estar gostando daquilo. A multidão de seguidores a cada filmagem. Os *e-mails* e as cartas aos borbotões. Os seguidores nas redes sociais. Nas duas semanas depois de sua fuga, Scott ficara obcecado com seu número de seguidores, verificando de hora em hora, e parecia encontrar alegria a cada novo pico. Com o aumento de seguidores também vieram os convites. Scott era um *influencer* agora, seja lá o que isso significasse. Ele recebia produtos das empresas; montes de caixas diferentes chegavam todos os dias — de tudo, desde óleo de coco a *shakes* proteicos e *kits* de clareamento dental. E ele também estava ganhando dinheiro. Ele ganhou dez mil dólares só para fazer uma entrevista por vídeo em uma fábrica de calçados.

Todas aquelas pessoas e toda aquela atenção pareciam deixá-lo feliz. Se tivesse passado sete semanas amarrada em um porão, talvez Nita também ficasse feliz por ser recebida por multidões e fãs alvoroçados. E talvez também se sentisse propensa a se desvencilhar dos abraços da mãe.

"Amassei os dentes do garfo e então consegui abrir as algemas. Posso mostrar como fiz, se você quiser."

O programa era ao vivo. O apresentador, assim como todos os presentes, abraçou a ideia, e logo um membro da produção apareceu com umas algemas baratas que provavelmente poderiam ser desmontadas à mão. Ainda assim, Scott seguiu em frente, com seu sorriso se ampliando à medida que ele destravava as algemas com sucesso, em meio aos aplausos, para o deleite da plateia no estúdio.

"Então, foi um garfo. Bastou um garfo para derrubar o BHK", disse o entrevistador. "E depois, o que aconteceu?"

Depois, segundo Scott, ele ficou esperando atrás de uma porta até o BHK voltar trazendo o café da manhã. Foi então que Scott o empurrou no chão e saiu correndo pela casa, até chegar à porta da frente e, a partir dali, correr cerca de oito quilômetros até chegar em casa. No momento em que ele chegou cambaleando pelos portões, estava desidratado e exausto.

Scott estava diferente agora. Nita não pretendia dizer aquilo a ninguém de fora da família, mas a verdade era essa. Bem, mas quem não estaria, depois de tanta provação? Sob as roupas novas, ele sempre carregaria as cicatrizes do que fizeram com ele. Abuso físico. Mental. Sexual.

"É simplesmente impressionante", comentou a produtora ao lado dela. "Inacreditável."

Nita observou o sorriso largo de Scott, o aceno para a multidão ao se levantar e sair do palco.

A produtora estava certa. Era impressionante, mas também... inacreditável. Scott estava mentindo a respeito de alguma coisa, mas Nita ainda não conseguia identificar bem o que era. Talvez isso não importasse. Talvez Scott estivesse dizendo o que fosse preciso só para evitar algumas verdades em sua cabeça. Nita sentiu seu estômago apertar e colocou a mão na barriga para aplacar a dor, desejando que ela sumisse.

"Senhora Harden?" Outro produtor apareceu à porta da sala. "Vou levar você até Scott, agora."

Nita levantou-se de um modo obediente e acenou um adeus para a mulher, deslocando-se entre as fileiras de cadeiras e engolindo o medo crescente de que aquele pesadelo estivesse longe de terminar.

CAPÍTULO 13

Sentei-me à minha mesa e dediquei-me a ler as primeiras páginas da papelada de Gabe, examinando as fotos e as capturas de tela das redes sociais dele. Pelo que eu estava vendo ali, ele devia ser um cara bem legal. Não dava patadas em ninguém nem fazia postagens babacas. De acordo com os registros, ele não tinha inimigos conhecidos, mas eu estava curiosa para saber como os investigadores vinham abordando as possíveis motivações do crime, visto que seu desaparecimento era parte do caso do BHK. Um rapaz bonito, no último ano do ensino médio. Família rica. Tudo dando certo em sua vida até que, um dia, o filho de Robert estava...

Morto.

Gabe desapareceu numa quarta-feira. Tinha saído da escola por volta das quatro da tarde, de acordo com os registros do sistema de câmeras do portão da escola particular caríssima em que ele estudava. A câmera flagrou quando seu clássico Mustang 1969 virou para a esquerda sem dar seta e desapareceu de vista. Na câmera seguinte, o rapaz esbelto e astro do time de futebol americano da escola apareceu em um *drive-thru* de uma rede de *fast-food*, onde pediu um combo de sanduíche duplo e um copo de 7UP grande.

A partir dali, seu destino já não ficou muito claro. O Mustang foi encontrado em um estacionamento nos fundos do shopping Beverly Center, em uma área fora do alcance das câmeras. O interior do carro foi inútil para a investigação, pois tinha impressões digitais de centenas de pessoas diferentes. Conforme observou um investigador, teria sido mais fácil descobrir quem *não* esteve no carro do que quem esteve. Além do mais, não havia sangue, e as chaves tinham sido deixadas debaixo do banco do motorista.

Ao tentarem rastrear o celular, o mapa inteiro ficou marcado pelas triangulações, e por fim descobriram que o aparelho estava na traseira da caminhonete de um motorista qualquer, que não fazia ideia do que havia acontecido e não tinha nada a ver com a história.

Gabe — assim como cinco adolescentes antes dele — simplesmente evaporou na cidade.

Recostei-me na cadeira, abri a gaveta do meio e peguei um pacote de balas de goma de ursinho que eu guardava ali. Selecionei uma verdinha.

Eu não sabia muita coisa sobre o desaparecimento de Gabe. Embora tivesse lido praticamente todas as notícias sobre o caso, àquela altura, a imprensa já estava começando a se cansar das mortes. Era sempre tudo muito semelhante. Jovem bonito, inteligente, atlético e rico. E todos assassinados, um após o outro. Quando Gabe desapareceu, todos os habitantes de Los Angeles já estavam um pouco calejados ante o desfecho inevitável: um cadáver nu e mutilado.

Dentro da configuração urbana, o caso acabou perdendo importância porque todos já estavam emocionalmente exaustos. E, assim, começaram a ignorar, cegos para os cartazes com as fotos dos desaparecidos e entediados com as ofertas de recompensas vultosas e os apelos lamentosos das famílias.

Peguei uma balinha vermelha. A cidade e a imprensa podiam até estar entediadas, mas eu jamais ficaria. Devorei cada vírgula sobre aqueles homicídios.

Ajeitando-me na cadeira, virei a página e fiquei surpresa ao descobrir detalhes da família de Gabe. A mãe dele tinha morrido sete anos antes, e nesse trecho me inclinei para a frente, ignorando o chiado da cafeteira alertando que o café estava pronto. De fato, quando assisti às reportagens, não percebi que Gabe não tinha mãe. Então, pensei em Robert, sem aliança, com menções fugazes e sem dar grandes detalhes sobre a falecida esposa. Parecia algo importante demais para ser ignorado, principalmente se considerássemos a causa da morte dela. *Ferimento a bala*. Encarei as palavras no inquérito policial piscando para confirmar que meus olhos não estavam me enganando.

Ora, ora, *eis aí* um fato interessante.

CAPÍTULO 14

Sentei-me à minha mesa redonda de café da manhã e fiquei observando Clementine se espreguiçar deitada no tampo, com o rabo em cima de um monte de fotos. Enfiei uma colher em um pote grande de manteiga de amendoim, peguei uma quantidade farta da mistura cremosa e comecei a revisar o inquérito sobre a morte de Natasha Kavin.

Alguns destinos familiares eram amaldiçoados, outros, orquestrados. As chances de Robert Kavin perder tragicamente um filho e uma esposa era um tanto suspeita, e havia evidências disso naqueles documentos. Página após página de anotações detalhadas dos investigadores. Várias entrevistas com Robert. Uma reabertura do outrora arquivado caso da morte da esposa.

Natasha Kavin era bonita. Gostosa, na verdade. É assim que um homem a descreveria. Magra e loira, com seios grandes e empinados, provavelmente falsos, mas quem se importava, já que eram lindos? Meus seios, um tanto avantajados, me davam mais aparência de gorda do que de gostosa.

Coloquei a colher de volta no pote de manteiga de amendoim e empurrei-o de lado. Bom, é um fato, Robert pareceu gostar bastante dos meus seios. Olhei para baixo e juntei os cotovelos, observando meus peitos se contraírem lindamente ao movimento, formando um decote profundo na gola V do meu suéter.

Clem bocejou e estendeu uma pata, derrubando uma página no chão. Abaixei-me e a recolhi e, então, me voltei para a pasta. Natasha Kavin foi baleada em casa enquanto Robert estava fora da cidade e Gabe estava no andar de cima, dormindo. Um tiro à queima-roupa, bem no peito. Uma empregada encontrou o corpo na manhã seguinte. Gabe, com 10 anos à época, estava no quarto na hora, a porta trancada por fora.

A porta trancada por fora. Alguém sublinhou a frase duas vezes e anotou ao lado: *Perguntar a Kavin.*

Válido, pensei. *Quem fecharia o quarto de uma criança por fora?*

Encostei-me na parede e pensei na coisa toda. Era difícil relacionar o homem daquele inquérito — viúvo e pai enlutado — àquele que tinha invadido minha mesa no bar. Àquele que contava piadas com um sorriso tímido. O mesmo homem que beijou meu pescoço no táxi. Que agarrou meus pulsos e que gemeu ao meu ouvido enquanto se movimentava em cima de mim. Que bisbilhotou as fichas dos meus pacientes enquanto preparava o café da manhã. Que me trouxe flores e fez um pedido de desculpas e depois foi embora como um perfeito cavalheiro.

Com certeza, Robert tinha dois lados. O sujeito solteiro, romântico e sensual, e o litigante endurecido — aquele que esteve no meu escritório pedindo confidencialidade, que fuçou as fichas confidenciais de John Abbott sem hesitar, aquele que tinha acesso fácil aos detalhes da morte de seu filho.

Contudo, ter dois lados não faz de ninguém um maníaco. Eu também tinha dois lados: minha casa e meu trabalho. A maioria das pessoas tem.

Clem ronronou pedindo atenção, e eu passei meus dedos por sua barriga, abrindo caminho em meio à pelagem preta.

A pasta continha uma longa lista de possíveis suspeitos do assassinato de Natasha. Bem... Advogados não são exatamente as pessoas mais amadas do planeta, e um advogado de defesa criminal sempre toma chumbo tanto da acusação quanto da defesa. Entre os suspeitos, havia criminosos que Robert não representara de forma adequada e também indivíduos que ele enfrentara nos tribunais. Havia simplesmente duas páginas de assassinos em potencial, e muitos deles tinham sido investigados e descartados, mas ainda havia alguns... Meu dedo parou no meio de uma lista.

James Whittle. Que bela surpresa do passado... James tinha sido um dos meus primeiros pacientes, quando eu fazia residência e ainda trabalhava *pro bono*. Ele era um rapazinho do interior, tinha vindo de... Fechei os olhos, tentando me recordar de fatos de quinze anos atrás... Dakota do Sul? Não sei, não me lembro. Na época, eu ainda não tinha chegado à fase de especialização, e James foi encaminhado a mim por ordem judicial, para que ele aprendesse a controlar sua raiva. Ele não era um cliente fácil, e eu era tímida e insegura — uma combinação terrível que acabou fazendo com que outro membro mais experiente da nossa equipe precisasse assumir o caso.

Até hoje, minhas bochechas ainda queimam quando me lembro do jeito como ele apoiava as mãos no topo da careca e sorria maliciosamente para mim, com seus lábios formando uma curva diabólica em meio à barba ruiva desalinhada. Ele costumava ignorar metade das minhas perguntas enquanto se recostava na cadeira de plástico, com seus olhos passeando pelo meu corpo de um jeito tão obsceno que não era preciso diploma para entender o gesto.

Corri o dedo na página para seguir as palavras ao lado do nome dele. *Sem álibi. Não foi possível verificar seu paradeiro.*

Bom, aquilo não significava nada. Metade dos nomes da lista continha anotações semelhantes. Continuei, esquecendo James e examinando o restante da lista. Nenhum outro nome me era familiar.

Na noite em que Natasha morreu, Robert estava em São Francisco. Ele apresentou uma fatura do hotel em seu nome, junto a um recibo de cartão de crédito comprovando o pagamento de um jantar em uma churrascaria. Um filé T-Bone. Uma garrafa de vinho. *Mousse* de chocolate. Caro. Ele também deu exatamente 20% de gorjeta, cada centavo.

Havia também alguns registros telefônicos e registros de depoimentos, todos citando números de fichas e nomes que não estavam inclusos ali. Fui até o final da pasta e suspirei; daí, coloquei-a de lado e peguei o pote de manteiga de amendoim de novo.

Então, Robert Kavin conhece Natasha. Está se formando na faculdade de Direito. Exerce advocacia criminal por três anos. Ela engravida. Nasce o filho — Gabe. Quando Gabe está com 10 anos, Natasha é assassinada. O caso continua sem solução. Sete anos se passam, e Gabe é sequestrado e, na sequência, assassinado. Nove meses se passam e Robert dorme comigo e, depois, aparece em minha casa me pedindo para fazer um perfil psicológico do assassino do filho.

Meto na boca outra colher cheia de manteiga de amendoim e deixo minha mente flutuar na linha do tempo. Ainda tem o restante da pasta, um calhamaço dedicado ao sequestro e à morte de Gabe Kavin. Faltava-me coragem para ver aquilo esta noite. Antes, eu ia precisar ver alguma porcaria na TV e, depois, tomar um bom banho de imersão, com uma dose extra de sais de Epsom.

Me levantei da cadeira, tampei o vidro de manteiga de amendoim e o guardei no armário. Clem veio fuçar minha colher suja, e a afastei.

"Pare com isso. Vá para o chão." Levei a colher até a pia e estava lavando-a quando ouvi um toque fraco do meu celular. Voltando à mesa, vi uma mensagem de Jacob. Ele raramente entrava em contato comigo fora do horário de expediente, então, me preparei, já esperando um aviso de que ele não ia poder trabalhar no dia seguinte.

Você viu isso?

A pergunta veio seguida pelo *link* de uma notícia. Cliquei, abrindo a página.

SUSPEITO DE SER O BHK PREPARA SUA DEFESA

As desventuras jurídicas de Randall Thompson parecem solucionadas, e com certeza o resultado é surpreendente. O suspeito, detido sob a acusação de ter cometido seis assassinatos na região de Los Angeles, será representado por Robert Kavin, litigante criminal e... veja só... pai da sexta vítima do BHK, Gabe Kavin.

Robert Kavin é dotado de um histórico jurídico impressionante, e seus honorários advocatícios fazem jus à sua fama. Mas como um professor do ensino médio vai arcar com honorários tão vultosos? Não vai, pois Robert Kavin vai representá-lo *pro bono*.

Se esse acordo lhe soa intrigante, caro leitor, saiba que você não está só. Localizamos o famoso advogado para tentar conseguir algumas respostas.

"Vou representar Randall porque acredito na inocência dele", declarou Kavin. "Acredite quando digo que desejo justiça pela morte do meu filho. A justiça não será feita se um inocente cumprir pena pelo crime."

Mas que diabos... Rolei de volta para o início do artigo e li tudo de novo; depois, abri uma nova janela no navegador e pesquisei a expressão "advogado de Randall Thompson", na expectativa de que aquele texto fosse uma paródia.

Não era. Havia dezenas de outros textos de conteúdo semelhante, todos postados nas últimas horas. Robert ia mesmo representar Thompson. Meu perfil psicológico... ia ser utilizado pela defesa, e não pela acusação.

Virei e revirei as informações, para poder analisar o quadro por completo. Não havia nenhuma razão lógica para Robert proteger o homem que tinha matado seu filho. Isso sem falar no gigantesco emaranhado jurídico que aquilo ia se tornar, com a papelada ganhando carimbos de *anulação* e *recurso* a torto e a direito.

Olhei para a pasta de novo, ali inocentemente aberta, zombando de mim, da mesa, com os detalhes tenebrosos de Gabe Kavin ao meu alcance.

Que joguinho era aquele que Robert estava fazendo? E por que ele estava me arrastando para aquela confusão?

CAPÍTULO 15

O primeiro encontro de Robert com Randall Thompson foi supervisionado por quatro guardas e durou menos de dez minutos. Uma oferta de defesa foi apresentada, a papelada foi assinada e, depois, cada um seguiu seu rumo. Robert entrou em seu Mercedes e seguiu para Beverly Hills. Randall voltou para sua cela isolada, com as algemas dos tornozelos tilintando enquanto ele avançava pelo corredor largo.

Hoje, mais uma vez, com as devidas permissões e as proteções em vigor, Robert voltava à Cadeia Central Masculina. Tinha passado pela segurança e feito seu registro na recepção e aguardava Randall Thompson em uma das salas de reuniões privativas; seu assento era separado do assento de Randall por um vidro de cinco centímetros de espessura. Sentado a uma mesinha, ele aproveitava seu valioso tempo para acertar a data no relógio de pulso.

Randall era considerado um preso de alta periculosidade e ficaria em confinamento isolado até seu julgamento. Ficar sozinho era uma bênção para alguém como ele. A população, em geral, recebia pedófilos violentos com um entusiasmo único.

A porta foi aberta e dois policiais trouxeram Randall, que ocupou a única cadeira soltando um suspiro pesado.

"Quando terminar, basta bater na porta", disse o guarda.

"Esta sala tem privacidade?", quis saber Robert.

"Estaremos observando através do espelho falso, mas não há câmeras nem microfones."

Robert assentiu.

"Obrigado."

"Você tem uma hora." O guarda fechou a porta com um estalo veemente.

O professor de ciências, que tinha em seu horizonte pelo menos três penas de prisão perpétua, examinou Robert com desconfiança.

"Você de novo?"

"Eu de novo." Ele desbloqueou seu *tablet*. "Precisamos revisar os detalhes iniciais do seu caso."

Randall se inclinou para a frente e passou as mãos pela barba grisalha.

"Eu gostaria de sair daqui e ir para casa. Tenho um cachorro. Preciso que alguém veja como ele está."

"Uma instituição de resgate de animais está com seu cachorro. Ele vai ficar lá até sua condenação ou sua libertação. Se você for condenado, o cachorro vai para adoção. Se algum conhecido seu quiser ficar com ele, posso providenciar os trâmites."

Randall esfregou o bigode branco e espesso com os dedos indicadores.

"E você está fazendo isso de graça? Foi o que você disse."

"Sim. Totalmente de graça."

"É meio esquisito", murmurou o sujeito. Então, ele tossiu e algo úmido ressoou em sua garganta.

"Meu escritório aceita uma boa quantidade de casos *pro bono*."

"Claro, entendo", retrucou Randall. "Mas eu estou me referindo ao seu filho. Ele foi assassinado por esse cara, não foi?"

Robert tirou a caneta digital do suporte do *tablet*.

"Sim, foi. Eu disse isso para você em nosso primeiro encontro."

"Bem, acho que eu estava um pouco distraído. Mas, desde então, tive tempo para pensar." O sujeito aproximou a cadeira do vidro e baixou a voz. "Como você sabe que não fui eu?"

"Não precisa sussurrar. Ninguém está ouvindo a gente."

Ele sacolejou o joelho um pouco sob a mesa.

"Seu filho... Qual era o nome dele?"

"Gabe."

Randall tamborilou os dedos grossos no tampo da mesa.

"Não tive filhos, mas tenho um sobrinho de quem sou bem próximo. É, hum... Nem consigo imaginar o que você está passando."

Não, não mesmo. Ninguém conseguiria. E era o tipo de sentimento que você não desejaria a mais ninguém. A única vantagem de Natasha por ter morrido foi que ela não precisou viver esse inferno ao lado dele.

"Há quanto tempo..." Ele parou de tamborilar os dedos e olhou para cima, encontrando o olhar de Robert. "Ele, hum... foi levado?"

A ignorância de Randall a respeito do histórico do BHK chegava a ser constrangedora. No entanto, se Randall fosse um especialista em mortes, Robert não estaria ali para representá-lo.

"Faz nove meses que ele morreu."

Randall assentiu com a cabeça.

"Então... hum..."

"Precisamos examinar as evidências contra você."

"Bem, eu nem entendo como eles têm evidências."

Ele era estúpido de um jeito frustrante. Ou se mostrava relutante, ou incapaz de compreender o fato de que estava sujeito a enfrentar uma vida inteira atrás das grades. E se ele tivesse sido preso um ano antes, antes da legislação estadual mudar, seria um sério candidato à injeção letal.

"Bem, há dois argumentos que precisamos refutar. Primeiro, Scott Harden identificou você como a pessoa que o sequestrou e o manteve em cativeiro por sete semanas."

"Ele está mentindo", disse o homem categoricamente, cruzando os braços sobre o peito largo. "Eu falei isso para a polícia."

"Há algum motivo para ele mentir a seu respeito? Ele já foi seu aluno? Você deu alguma nota baixa para ele? Ou o confrontou na escola por causa de alguma coisa?"

Randall fungou e, então, limpou o nariz com a manga do uniforme.

"Ele não foi meu aluno. Eu o conhecia de vista? Claro. Ele era uma daquelas crianças... você conhece o tipo." Ele encontrou os olhos de Robert através do vidro arranhado. "Acha que é intocável. Sempre atrasado. Sempre grudado com a namoradinha. Os dois sempre chamando atenção."

Ele podia até estar descrevendo Scott, mas era praticamente um espelho de Gabe. O sorriso infantil e travesso que atenuava cada vacilo. A confiança que ele exalava. O bando de garotas ligando de hora em hora, mandando mensagens durante o jantar e comentando todas as postagens nas redes sociais.

"Mas..." Randall coçou a nuca. "Mesmo sabendo quem ele era, eu nunca... Bem, acho que nunca interagi com ele. Não sei. Talvez eu tenha gritado com ele para que fosse para a aula ou para que não ficasse fazendo algazarra nos corredores... algo assim. Talvez."

Talvez? Os jurados odiavam o 'talvez'. Entretanto, por ora, Robert não ia se aprofundar naquilo.

"Os policiais colocaram em questão seu álibi na noite em que cada vítima foi sequestrada e também quando seus corpos foram desovados. Você disse, vou citar suas aspas do depoimento: 'Não sei. Provavelmente, eu estava em casa!'." Robert olhou para ele. "A gente vai ter que fazer melhor do que isso."

Randall se remexeu na cadeira de plástico rígido e as correntes de seus tornozelos chacoalharam.

"Eu moro sozinho. À noite, fico lendo ou corrigindo provas. Não sei bem o que te falar. A menos que você consiga fazer com que meu cachorro testemunhe por mim, eles simplesmente vão ter de acreditar no que eu digo."

"Vai ser difícil eles acreditarem, considerando a tal caixa que encontraram." No *tablet*, Robert mostrou a foto, aquela que fez sua raiva inflar de forma quase incontrolável. Era um *close* de uma caixinha de madeira com uma variedade de *souvenirs* cruéis. Uma carteira de motorista da primeira vítima. O lóbulo de uma orelha. Um pedaço de pele de bíceps com uma tatuagem inscrita. Um relógio, com uma data de formatura gravada no verso. Uma foto Polaroid de um rapaz com o rosto machucado, os lábios cortados e os olhos fechados e inchados. *Gabe*.

"Sim." Randall mal olhou para a foto. "Eles disseram que encontraram isso na minha casa."

"Debaixo da sua cama. Como foi parar lá?"

O professor ergueu as mãos.

"Quem pode saber? Não tenho o hábito de olhar embaixo da cama, a menos que meus óculos caiam ali. Você olha? Qualquer um pode ter colocado ali."

"E como alguém entraria na sua casa?"

Ele sacudiu a cabeça, frustrado.

"Você está do lado de quem?"

"Estou bancando o advogado do diabo. Todas essas perguntas vão ser feitas durante o julgamento."

"Olha, EU NÃO SEQUESTREI, NEM MACHUQUEI NINGUÉM", trovejou Randall. Se agisse com aquela mesma convicção no julgamento, haveria uma boa chance de alguém do júri acreditar nele. Basta um deles acreditar.

"Reitero: como alguém entraria na sua casa?"

"É só abrir a porta e entrar", disse ele de forma desafiadora. "Eu não tenho nenhum objeto de valor. Ninguém teria motivos para me roubar. Às vezes, tranco as portas. Na maioria das vezes, não. Se o clima está bom, abro uma janela. Então, pode me processar, se quiser."

Ele não precisava ser processado. O litígio civil é a menor das preocupações quando a realidade é a detenção por seis homicídios. Seis homicídios e sete sequestros, com agravantes por agressão e premeditação.

Mesmo que Robert o livrasse, a vida de Randall, estivesse ele ciente disso ou não, nunca mais seria a mesma.

CAPÍTULO 16

Nita Harden parou em frente ao quarto de Scott e colou o ouvido na porta de madeira, esforçando-se para ouvir o que o filho dizia.

Ela não conseguia entender. Ele estava falando baixo demais. Muito discreto. Quase um sussurro. Scott não tinha o hábito de cochichar. A música estava sempre alta, ele só se expressava aos berros, e se subia de nível ou vencia em algum jogo, eram gritos e comemorações, nunca sussurros.

Ela bateu suavemente à porta, e ele ficou em silêncio.

"Scott?", ela o chamou.

Houve um barulho de objetos sendo remexidos, passos no piso de madeira e, então, ele abriu a porta e olhou para ela pela fresta.

"Sim?"

"Você está bem? Achei que tivesse ouvido alguém conversando."

"Só estou vendo vídeos no celular." Ele deu um sorriso contido. "Está tarde, mãe. Vá para a cama."

Ele estava certo. Eram quase duas da manhã. Algumas semanas atrás, Nita teria tomado um comprimido para dormir e ficaria babando no travesseiro, com o corpo grudado ao de George. Mas, agora, nessa nova realidade, com o filho de volta, ela só conseguia dormir depois que ele apagava a luz, depois que os roncos baixinhos escapuliam por debaixo da porta; no entanto, ultimamente, isso só vinha acontecendo por volta das três ou quatro da manhã.

"Está bem", respondeu ela, relutante, desejando que ele abrisse a porta e a deixasse entrar. Desde quando ele só abria uma frestinha assim? O que ele estava escondendo? Normalmente, ela teria desconfiado de que houvesse alguma garota, mas, desde que ele voltara para casa, nunca mais recebera nenhuma menina. Pensando bem, nunca mais recebera nenhum amigo. E Scott costumava ter um monte de amigos.

Talvez por isso a casa ainda parecesse tão vazia. Nita continuava esperançosa de que o ambiente fosse voltar à vida. Costumava ser um lar tão repleto de atividade e barulho... Ela tropeçava na bolsa de beisebol de Scott, largada na cozinha. Reclamava porque ele deixava os livros na bancada, queixava-se das latas de refrigerante vazias espalhadas por toda parte na sala de TV, dos sacos de batatas fritas abertos na despensa, que atraíam formigas. E, ah, as crianças. Era normal para ela acordar no domingo de manhã e flagrar meia dúzia de amigos do filho na sala de estar. Aquele menino lá mesmo, Ralph, tinha passado dois meses no quarto de hóspedes, e a impressão que dava era de que os times inteiros de futebol e beisebol da escola tinham o código do portão e carta branca para se servir de qualquer coisa na geladeira, inclusive cerveja.

E, agora, onde estava aquele pessoal todo? Nos primeiros dias, todos ligaram e deram uma passadinha lá, mas Scott se negara a vê-los. Dizia que estava ocupado e cansado, e Nita não achara nada de mais, afinal, é óbvio que ele não iria querer ver ninguém depois de tudo o que havia acontecido. No entanto, já havia se passado duas semanas, e Scott tinha disposição para ficar na frente das câmeras de TV ou para conversar com novos seguidores nas redes sociais, mas não para retornar uma mensagem sequer de seus amigos verdadeiros?

George dizia que ela deveria cuidar da própria vida, e talvez ele tivesse razão. E daí que Scott estava distante? Ele estava em casa e a salvo. Ela estava caçando pelo em ovo, em vez de valorizar suas bênçãos.

Sendo assim, ela desejou boa-noite a Scott e desceu as escadas até o quarto que dividia com George, prometendo que não ia pensar mais no assunto. Mas que Scott estava conversando com alguém, isso estava. Nita tinha certeza. Mesmo com a porta pesada, mesmo com os cochichos, ela podia jurar ter ouvido a voz do filho implorando para alguém ligar de volta.

CAPÍTULO 17

Na minha última década como profissional de saúde mental, distribuí mais de mil cartões de visita. E nunca tinha sido um problema. Olhei para o cartão de visitas que estava na carteira de John Abbott, que agora tinha voltado para mim, ainda no saquinho de provas do crime. Debaixo dele, e sem o plástico de proteção, estava a única coisa que eu odiava ver. Um mandado.

"Qual é o lance deste café aqui? Tem hortelã?" O detetive Saxe espiava a caneca azul-clara, que provavelmente tinha sido servida por Jacob.

"Se for do saguão, sim. Pode jogar fora, se não tiver gostado", eu disse.

Virei a primeira página do mandado e examinei os trechos pertinentes, esperando encontrar um milagre nas descrições curtas e precisas. De acordo com o documento, eu era obrigada a responder às perguntas sobre o estado de espírito do senhor Abbott e também sobre qualquer atividade criminosa de que tivesse conhecimento; no entanto, não seria preciso entregar a ficha dele à justiça. *Graças a Deus.*

"Não. Está bom assim. Nada mal, na verdade." Ele puxou uma das cadeiras e olhou para minha mesa. "Pode ficar com este mandado. É a sua cópia."

"Obrigada", respondi veemente.

Então, ele se sentou e abriu um bloco de anotações.

"Estamos analisando a vida de John Abbott com um pouco mais de cuidado." Ele olhou para mim. "Sujeitinho interessante."

"Em que aspecto?"

Ele sorriu.

"Ora, doutora, sem joguinhos. Eu trouxe o mandado. Agora, vamos conversar abertamente, ok? Há muitos bandidos para eu caçar por aí."

Sim, e eu tinha um consultório para proteger. Se a família de Brooke Abbott me processasse por negligência, poderia ser o meu fim, tanto no âmbito financeiro quanto no profissional.

"Não estou fazendo joguinhos", eu disse. "Você não pode fazer uma observação aleatória e simplesmente esperar que eu lhe forneça informações. Faça-me uma pergunta, e a responderei com prazer."

Sua expressão azedou.

"Temos queixas relacionadas a voyeurismo contra o senhor Abbott. O que você tem a me dizer sobre as perversões sexuais dele?"

"O quê?" Se um queixo pudesse literalmente cair de surpresa, seria o caso do meu naquele momento. Um ano inteiro de sessões, e aquilo era total novidade para mim. "Quem ele estava espionando?"

"Um monte de mulheres ricas. Em quase todos os casos, foi flagrado por câmeras de segurança. Você vai me dizer que não sabia nada a respeito disso?"

Ergui minhas mãos, em um gesto de inocência.

"Sou capaz de afirmar em juízo. E, para ser sincera, eu mesma estou chocada. Eu..." Fiz uma pausa, não queria violar a privacidade de John além do necessário.

"O quê?"

"Tem certeza de que era ele?"

"Três queixas isoladas de três mulheres diferentes ao longo de sete anos?" Ele assentiu. "Sim. Por quê?"

Fiz uma careta.

"Simplesmente não faz jus à personalidade dele. John era muito metódico e organizado. Tinha o hábito de refletir sobre tudo, às vezes, obsessivamente. E no aspecto sexual? Para início de conversa, este mandado foca as mortes de Brooke e John Abbott, por isso não entendo qual é a relevância de abordarmos alguma obsessão ou um desvio sexual, mas, claro, não me importo de responder à pergunta, pois a resposta é simples. John Abbott não tinha nenhuma tendência, usando as suas palavras, à perversão sexual. Pelo menos, não que tenha compartilhado comigo."

"Ele nunca te deu uma cantada? Nunca falou nada inapropriado? Nunca fez você se sentir desconfortável?"

Balancei a cabeça incrédula.

"Estou chocada por saber que ele perseguia mulheres. Na verdade, ele era totalmente obcecado pela esposa, e praticamente assexuado na minha presença."

"Alguma vez, você se sentiu insegura perto dele? Teve alguma sensação de que ele estivesse demonstrando um interesse anormal pela sua vida íntima?"

"Com certeza, não."

"Então, nada de perversões sexuais." Ele me olhou como se não acreditasse.

Abri as mãos, evidenciando mais uma vez minha inocência.

"Não que eu tivesse conhecimento ou que houvesse alusão ao assunto." Mantive a voz contida e preferi guardar o restante da minha opinião.

Quando John me falava de suas constantes desconfianças em relação a Brooke e outros homens, muitas vezes, suspeitei que houvesse algum sentimento homossexual ou bissexual latente. Mas isso era pura especulação da minha parte, e jamais seria um argumento digno de ser exposto numa audiência. Seria tão fácil quanto imprudente alegar que um homem predisposto a matar a esposa o faria em virtude de uma frustração relacionada com a própria incapacidade de sentir atração por ela ou de ter relações sexuais com ela. Compartilhar essa hipótese, agora, seria um desserviço para John, bem como para a investigação de Saxe, que ainda parecia incerto em seu objetivo e foco.

Mergulhei um dedinho do pé em águas perigosas.

"O que exatamente você está investigando?"

Ele me observou.

"Não sei bem. Mas sei que tem algo errado. Com a cena na cozinha, com o fato de ele estar passando por tratamento psiquiátrico... e há outras coisas."

Fiz mais uma careta.

"Que outras coisas?"

Ele deu de ombros, e aí foi sua vez de desconversar.

"Tenho uma última pergunta, pelo menos por enquanto."

E lá estava. O momento em que tudo desmoronaria. O começo do fim. Me forcei a não enrijecer e a não recuar.

"Da última vez em que estive aqui, perguntei se deveria encarar o caso como algo diferente de suicídio." Ele me encarou. "E você disse, *com estas palavras*, 'Não que eu saiba!'."

Eu concordei. "Certo."

"Você ainda manteria essa afirmação?"

"Claro."

Ele ainda estava nessa? Investigando a morte de John Abbott e ignorando o suposto infarto de Brooke?

"Deixe-me modificar um pouco a pergunta. Se eu lhe contasse que John Abbott foi encontrado morto com um ferimento de faca, você suspeitaria de suicídio?"

Bem, era uma pergunta interessante. Sorri, apreciando o jogo mental.

"A esposa dele estava morta ao lado dele, certo?", questionei.

"Ignore esse fato."

Bufei. "Isso não é exatamente algo que se possa ignorar."

"A maioria dos maridos não se mata depois que a esposa morre de infarto."

Excelente ponto.

"Para esclarecer", retruquei, "a maioria dos maridos emocionalmente estáveis não se mata depois que a esposa morre". *A menos que ele a tenha matado.* "Mas John Abbott não era emocionalmente estável. Não estou dizendo que ele era um predador sexual", apressei-me em esclarecer, "mas ele não era emocionalmente..." Fiz uma pausa. "Talvez *estável* não seja a palavra certa. Deixe-me voltar à sua pergunta. Se você me dissesse que John Abbott foi encontrado morto com um ferimento a faca, meu primeiro palpite seria o mesmo de qualquer pessoa: que alguém o esfaqueou." Inclinei-me para a frente. "Mas se você me dissesse que Brooke Abbott morreu primeiro, desconfiaria imediatamente de suicídio. Sem hesitação."

Inclinei-me ainda mais e pousei os antebraços na mesa, gostando daquele exercício hipotético.

"Para começar, qual cenário seria factível? Brooke morreu, e aí de repente uma pessoa qualquer apareceu e assassinou John?" Fiz uma expressão cética. "Improvável. Além disso, e eis aqui o ponto que você deveria focar..." Escolhi minhas próximas palavras com cuidado "... John tinha uma ligação emocional doentia com Brooke. A morte dela poderia afetá-lo de uma forma diferente da que afetaria um marido *normal*. Concordo que a reação-padrão de um marido não seria suicidar-se. Mas John?" Recostei-me na cadeira. "Com ele, essa hipótese seria totalmente provável."

"Hum."

Todo aquele *insight* brilhante, aquele jogo de xadrez com as palavras e aquela conclusão complexa... e tudo o que ele me deu como resposta foi pouco mais de um grunhido. Não que eu esperasse uma ovação em pé e uma salva de palmas, mas, ah, me poupe, né?!

"Deixe-me jogar algo maluco no seu colo." Ele pousou a xícara de café.

Esperei, minha pulsação acelerando.

"Brooke *mata* John e depois enfarta."

Tentei conter uma gargalhada.

"Não."

"Não?" Ele ergueu uma sobrancelha escura.

"Não." Balancei a cabeça e, então, fiz uma pausa, observando se a reação instintiva dele era genuína.

Seria possível que John tivesse falado a Brooke sobre suas fantasias sombrias, ou tentado matá-la, e que ela tivesse revidado e acabado por assassiná-lo em legítima defesa?

Era uma possibilidade moderada, mas fraca diante da verdade muito mais certeira: John a envenenara e depois se matara. E de jeito nenhum eu iria permitir que eles arrastassem o nome da falecida Brooke Abbott para a lama. Eu quebraria a confiança de John e arriscaria minha própria reputação se fosse necessário. Balancei a cabeça.

"Não mesmo", arrematei.

"Certo." Ele se levantou. "Como eu disse, era só uma teoria maluca. Obrigado. Entrarei em contato de novo, se tiver mais alguma dúvida."

Peguei meu cartão de visitas, que ainda estava no plástico, e o ofereci a ele.

"Aqui."

Ele o pegou e, então, estendeu a mão para mim.

"Obrigado pelo seu tempo, doutora Moore."

"Disponha."

Fiquei observando-o sair e implorei em silêncio que ele não voltasse nunca mais.

CAPÍTULO 18

"Tem algo diferente em você." Meredith me observava por cima do cardápio do restaurante tailandês.

"Eu cortei o cabelo." Virei o cardápio laminado gigante. "Nem sei o que é metade do que está listado aqui."

"Pega o arroz frito com camarão e pronto." Ela recostou-se quando uma tigela de bolinhos de carne de porco cozidos no vapor foi entregue e, então, recitou seu pedido para a garçonete.

Segui o exemplo e fiquei observando enquanto a garçonete se afastava.

"Eu queria fazer uma franja, mas me acovardei e fiz algo diferente com as camadas."

"Não é o seu cabelo que está diferente. É a sua aura."

Engoli a vontade de dizer o que eu achava daquela baboseira exotérica. Aquilo podia funcionar com as donas de casa de Calabasas, mas, se eu mandasse qualquer um dos meus pacientes ficar esfregando uma pedra para desencadear a positividade, perderia minha licença em uma semana.

"Estou falando sério. Qual é o problema?"

"Estou um pouco estressada", consegui dizer.

"Por causa do assassino da esposa?" Ela pegou um trio de pacotinhos de adoçante e bateu na palma da mão.

Olhei ao redor, certificando-me de que ninguém estava ouvindo.

"Contenha-se, Meredith."

"Ninguém está ouvindo." Ela desconsiderou minha preocupação. "Pode falar. Você ainda está se sentindo culpada pelo suicídio do farmacêutico?"

"Sim, mas essa não é a fonte principal da minha preocupação." Fiquei observando um casal se levantar. "Estou montando um perfil psicológico para um cliente novo."

Ela pegou um bolinho e o mergulhou no molho.

"Acusação ou defesa?"

"Defesa."

Contei, então, sobre o pedido de Robert, deixando de fora nossa noitada de bebedeira e paixão.

Os olhos de Meredith se arregalavam conforme eu avançava na história.

"Peraí." Ela estava de boca cheia e engoliu rápido antes de falar. "Ele te contratou, entregou uma pasta com tudo e você simplesmente não falou mais com ele?"

"Não."

"Por quê?"

"Deixei recado no escritório dele, mas ele não retornou."

"Eu vi uma notícia sobre esse cara...", ela recomeçou a falar lentamente. "O filho dele foi uma das vítimas do BHK, certo? Tipo... o quinto?"

"O sexto", confirmei.

Ela arregalou os olhos ainda mais enquanto conectava as peças.

"E ele é bonitão, né?"

"É um cara muito bonito", admiti.

"Não", ela insistiu. "Ele é um tesão. Você tem que acabar com o luto e a tristeza e montar nele como se ele fosse um garanhão premiado."

Tive que fazer um esforço para manter a naturalidade.

"Enfim, estou..."

"Ah, isso está cada vez melhor." Ela empurrou os bolinhos e se curvou para a frente, com seus olhos verdes brilhando de interesse. "Você já montou nele, não é?"

"Não, não o selei e montei nele como um garanhão premiado", falei ironicamente. "Eu estava mais para uma avó com artrite num gira-gira de parque de diversões."

Ela caiu na gargalhada e bateu palmas.

"Ah, cacete, sua safada maravilhosa."

Corei involuntariamente. Afinal, aquela tinha sido a minha conquista sexual da década. Eu nem acreditava que tinha conseguido esconder aquilo de Meredith por tanto tempo. Ela normalmente farejava uma indecência no minuto em que a calcinha da pessoa atingisse o chão.

"Então, não é estresse", ela disse, pegando os *hashis* de novo. "É o brilho da satisfação sexual. A menos que tenha sido uma decepção...?" Ela me olhou em busca de confirmação.

Corei de novo, tentando não pensar nos êxtases sexuais daquela noite.

"Foi muito satisfatório", assegurei. "Mas acho que ainda é o estresse. Faz semanas que não tenho uma noite de sono decente."

A resposta dela foi interrompida pelo celular. Enquanto ela atendia, peguei a chaleira e me servi de uma xicarazinha de chá.

Era um pouco irritante não ter notícias de Robert. Afora nossa história sexual, eu tinha sido contratada para uma missão e estava aguardando o restante dos inquéritos das outras vítimas, conforme ele mesmo prometera. Claro, é fato que nos últimos cinco dias ele tinha se oferecido para defender o assassino de maior destaque da história da Califórnia. Seu escritório devia estar inundado de ligações da imprensa, além de solicitações para a polícia e de toda a preparação para a audiência. A mensagem de voz que deixei provavelmente estava atolada numa montanha de outras mensagens.

"E, então, o que tem na pasta que ele te deu?" Meredith encerrou a ligação e ignorou minhas façanhas sexuais com a mesma facilidade com que devorava os bolinhos. "Você já começou a traçar o perfil psicológico do assassino?"

"Não tenho material suficiente para continuar. Preciso ver todos os inquéritos possíveis das vítimas, os quais, tecnicamente, ele ainda vai me dar." Não era de surpreender que Robert estivesse tão confiante de que iria consegui-los. Ele teria acesso a uma tonelada de informações agora que tinha Randall Thompson como cliente.

"Menina, isso é ouro na sua mão. Todos os dados do caso BHK?"

"Eu sei... São seis homicídios." Dei um sorriso.

"Tente não parecer tão animada com isso."

Dei de ombros. Eu *estava* empolgada, sobretudo porque o sujeito já estava preso. Falei isso para Meredith, que assentiu devagar, pensativa.

"Por que você acha que Robert se ofereceu para representar o cara? Assim, eu assisti ao noticiário. Você acredita no que ele diz, que Randall é inocente?"

Era a pergunta do momento. Eu suspirei.

"Sei lá. Se alguém matasse meu filho, eu seria incapaz de ficar no mesmo cômodo que o sujeito sem arrancar os olhos dele, então, parte de mim diz que Robert, de fato, acredita na inocência de Thompson. Mas, daí, como ele saberia?"

"A menos que *ele* seja o verdadeiro assassino", apontou ela.

"Você acha que ele matou o próprio filho?" Balancei a cabeça.

Uma década estudando assassinos reincidentes me ensinou que eles jamais colocariam o próprio filho como sexta vítima e depois seguiriam em frente como se nada tivesse acontecido.

"Não me olhe assim. A princípio, as pessoas são capazes de matar os próprios filhos. E Robert poderia ser o BHK e não ter matado o filho. Talvez Gavin..."

"Gabe", corrigi.

"Talvez Gabe tenha morrido de outro jeito. E todo mundo presumiu que fosse o BHK porque o rapaz era um gatinho mulherengo, e aí o pai dele resolveu desovar o corpo igual ao *serial killer*."

Desviei o olhar de um casal que tinha acabado de entrar no restaurante; o sujeito estava com uma mão firme no ombro da namorada. Ela ia ter problemas com ele, se é que já não os tivesse. Refleti sobre a hipótese de Meredith, que em algum universo poderia fazer sentido. "Você está viajando um bocadinho."

Ela deu de ombros.

"Por quê? Só porque ele é bom de cama? Acredite, quanto mais gostoso o balanço do navio, mais conturbado é o oceano."

Eu ri.

"Tá bom", concordei, acompanhando o raciocínio dela. "Então, você está me dizendo que Gabe Kavin morreu por algum outro motivo. E que Robert Kavin é o verdadeiro BHK, e que Scott Harden está acusando Randall Thompson por alguma outra razão, e então Robert Kavin resolveu defendê-lo porque ele até pode matar adolescentes como passatempo, mas tem consciência social e não gostaria de ver um inocente pagando pelos seus crimes..."

"Ou ele matou o filho e encenou para parecer coisa do bhk... embora isso exigisse que ele o mantivesse em cativeiro por mais de um mês..." Ela franziu a testa. "Tá, tem umas lacunas nessa lógica", ela admitiu.

"Muitas lacunas. E praticamente nenhuma lógica." Afastei meu chá do centro da mesa quando nossas entradas chegaram.

Durante a meia hora seguinte, comemos e falamos de programas ruins de tv e da política do nosso setor, e não mencionamos mais os adolescentes mortos.

Foi um bom descanso do assunto — o qual chegou ao fim assim que saí do restaurante e olhei meu celular.

Tinha uma chamada perdida e um recado na caixa postal. Robert Kavin finalmente havia retornado minha ligação.

CAPÍTULO 19

O recado foi deixado pela secretária de Robert, que solicitou que eu me encontrasse com ele na manhã seguinte, às sete. Retornei para ela com uma recusa convicta, mas depois acabei cedendo ao seu tom respeitoso e maternal e, assim, concordei em fazer uma reunião às sete e meia.

Depois de mais uma noite insone, combinei um vestido conservador de gola alta com meus saltos mais altos e gastei mais dez minutos prendendo meu cabelo volumoso em um coque. Cheguei rápido a Beverly Hills e entrei na elegante e intimidante portaria do prédio de Robert com quinze minutos de antecedência. Saí do elevador e encontrei uma mulher mais velha com um corpo escultural à minha espera na recepção da Cluster & Kavin.

"Doutora Moore", ela me saudou de forma calorosa, "Robert a está aguardando em nossa sala de conferências."

Robert estava sentado à cabeceira de uma mesa comprida, com o celular no ouvido, e seu olhar imediatamente se fixou em mim. Ele não sorriu, não reagiu, então coloquei minha bolsa na primeira cadeira da fileira e sentei-me na cadeira seguinte. Cruzei as pernas e, desta vez, ele fixou a atenção nelas e ali permaneceu.

Eu sentia o calor daquele olhar acariciando minha panturrilha e meu tornozelo. Cruzei os braços e adotei um ar indiferente. Apesar do nosso histórico, tínhamos uma relação comercial que traçava uma linha muito nítida aos olhos da profissão dele e da minha.

Ele encerrou a ligação.

"Caso você não saiba, agora, estou representando Randall Thompson. Tenho cópias dos seis inquéritos restantes para sua análise, incluindo o de Scott Harden. Você já terminou de ver o material de Gabe?"

E assim, sem mais nem menos, ele abordou o elefante na sala. Analisei aquela evasiva e, por ora, achei melhor deixar passar.

"Sim." Peguei a pasta na minha bolsa. "Também havia informações sobre a sua esposa."

"E...?" A expressão no rosto dele seguia impassível, e percebi que seria um inferno enfrentá-lo em uma mesa de pôquer.

"Eu revisei o caso."

"Eu esperava que você fizesse isso." Ele se levantou da cadeira e caminhou ao longo da mesa até chegar a mim. Apoiou-se nela. "Você parece cansada."

Fiz uma careta, irritada com meu próprio afinco na tentativa de me arrumar naquela manhã.

"Obrigada."

"Não era minha intenção te ofender." A voz dele ficou um pouco mais grave, e me lembrei de quando ele se inclinou para mim no táxi, do seu peito morno, do cheiro sutil da colônia, de sua voz rouca. Ele beijando a lateral do meu pescoço e me deixando instantaneamente perdida.

Obriguei aquela lembrança a desaparecer.

"Bem, eu ando cansada. Efeito das reuniões no raiar do dia."

Ele comprimiu a boca um pouco, mas não conseguiu disfarçar um sorriso. Então pegou a pasta de Gabe e se pôs a folheá-la lentamente, verificando seu conteúdo. Depois, olhou para mim por cima da papelada.

"Alguma ideia?"

Dei a ele minha opinião sincera.

"Dada a perda que você sofreu, não sei se eu estaria em plenas condições mentais se estivesse no seu lugar."

Ele olhou para a pasta de novo e então a colocou na mesa, bem ao seu lado, sem pressa.

"O trabalho, doutora Moore, tem sido a única coisa responsável por me manter funcional." Ele voltou sua atenção para mim, e seu olhar foi inconfundível. "O trabalho e algumas raras distrações."

Achei melhor não responder. Nunca tinha sido tentada por um cliente antes, e aquele era um território novo e perigoso. Nós já sabíamos como nossos corpos se encaixavam. Conhecíamos o som de nossa respiração ofegante, o gemido de nossos orgasmos, os batimentos cardíacos violentos, mas afetuosos, quando nossos corpos se encontravam.

Em um cenário normal, ele estaria se aproximando e eu estaria cedendo. Entregue. Em vez disso, pigarreei e voltei a abordar nosso imenso elefante.

"Por que você resolveu assumir a defesa de Randall Thompson?"

Ele agarrou a borda da mesa.

"Acredito que ele seja inocente."

"Por quê?"

"É isso que preciso que você prove." Ele meneou a cabeça em direção à pasta. "Além da preocupação com meu bem-estar psicológico, você tem alguma perspectiva sobre o perfil do assassino de Gabe?"

"Você está fugindo da pergunta. Não quero saber como você vai convencer um júri da inocência de Randall, estou questionando por que você acredita na inocência dele."

"Sou pago para decifrar as pessoas, doutora Moore. Assim como você." Ele sorriu, mas o gesto não chegou aos olhos.

"Não." Balancei a cabeça. "Você é pago para manipular as pessoas. Você as manipula para que caibam e acreditem na sua narrativa. Você brinca com emoções e, às vezes, com os fatos."

Ele riu.

"Você tem uma opinião um tanto negativa sobre advogados. Tudo bem. Já estou acostumado com isso. Para ser sincero, os psiquiatras também não são lá minhas pessoas favoritas no mundo. Eu faço o meu trabalho, você faz o seu. E, neste momento, é você quem está se esquivando das minhas perguntas. O que você sabe sobre o assassino do meu filho?"

Sua voz era puro aço, e talvez ele estivesse certo. Eu já estava sentada ali havia dez minutos e não tinha dito nada sobre as minhas conclusões para ele. Eu tinha algumas teorias, mas era difícil falar com segurança depois de ter acesso a apenas um sexto das evidências.

"Preciso ver as outras pastas. Identificar padrões. Não dá para saber muita coisa agora, exceto que ele é sagaz e paciente. Alguém que planeja bem as coisas e não age por impulso." Um novo pensamento me ocorreu, um pensamento que eu deveria ter cogitado tão logo soube da intervenção de Robert na defesa. "Vou ser arrolada como testemunha?"

"Vai depender das suas conclusões, depois de ver as evidências. Se suas conclusões corresponderem às minhas desconfianças, então, sim."

Seu contato visual era entorpecente, e seu olhar estava fixado em mim por um tempo muito maior do que o ideal.

"E se eu achar que Randall Thompson é culpado?"

Ele soltou um riso abafado, mas, se havia alguma piada entre as minhas palavras, não percebi.

"Se você achar que ele é culpado, não vai ser chamada para depor." Ele empurrou a pasta de Gabe para mim de novo. "Pode ficar com esta. Vou mandar cópias do restante. Assim que você tiver a oportunidade de revisar tudo, vou marcar uma conversa entre você e Randall." Ele se levantou, e o tecido da calça dele roçou nos meus joelhos nus.

Me levantei e me virei para encará-lo.

"Por que eu?"

Ele fez uma pausa.

"Esta é a segunda vez que você me pergunta isso."

"Da última vez em que perguntei, eu sabia que você queria obter um perfil psicológico do assassino do seu filho. Mas isto aqui é outra coisa. É algo bem maior. Talvez você esteja se empenhando para soltar um assassino. Tem vidas em jogo."

"A vida do meu filho estava em jogo, e eu vou passar todos os dias em que estiver respirando nesta terra assegurando que qualquer pessoa que pudesse ter evitado ou causado a morte dele responda pelos seus atos." Ele me encarou com um olhar tão raivoso que eu dei um passo para trás.

"Nós dormimos juntos", reiterei isso mais uma vez. "Qualquer advogado poderia usar essa informação para desacreditar meu testemunho. Há outros psiquiatras por aí a quem você pode recorrer e que não exporiam você a esse risco."

"Ninguém vai ficar sabendo. Eu não contei para ninguém." Ele me encarou. "Você contou?"

"Sim. Acabei contando para uma colega." Corei, envergonhada pela confissão.

"Você confia nela?"

"Confio."

Ele deu de ombros.

"Então, está tudo certo."

Não estava tudo certo. Nada ali estava certo. Era uma equação imperfeita. O pai de uma das vítimas defendendo Randall. A morte recente de Gabe, apenas nove meses antes. E eu lutando contra o desejo enquanto vasculhava os detalhes mais íntimos da vida dele.

Éramos um desastre iminente, um carro acelerado pela estrada com os faróis apagados e o volante travado. Eu até poderia colocar o cinto de segurança. Eu até poderia acender as luzes de emergência. Mas era impossível desligar o carro ou abrir a porta e fugir.

Havia uma calamidade à nossa espera, logo adiante — e eu simplesmente não fazia ideia do que ia encontrar.

CAPÍTULO 20

Scott estava a meio caminho da varanda lateral quando Nita o viu fechando a porta com muito cuidado para que não atingisse o batente com força e fizesse barulho.

"Scott!", ela o chamou.

Um olhar de culpa relampejou no rosto dele. Com a mesma rapidez, foi substituído por um olhar de adolescente entediado.

"Oi."

"Para onde você está indo?"

"Só vou dar uma volta. Pensei em dar uma passadinha na escola."

Beverly High. O cenário do sequestro. A escola particular que ele não frequentava mais, pois agora suas tarefas eram enviadas toda semana junto a ofertas de aulas particulares e assistência especial impregnadas de culpa. Um membro da docência tinha sido responsável por aqueles atos. O mesmo sujeito que comia *donuts* na sala dos professores havia enfiado cigarros acesos nas costelas do filho dela. Tinha violado o corpo dele com objetos. Mantivera-o nu amarrado em sua cama por dias a fio.

"Eu te levo", ofereceu Nita, colocando a bolsa no ombro e abrindo a porta para sair.

"Ah, não. Deixa! Você disse que Susan estava vindo." Ele bloqueou o caminho dela.

"Eu não preciso estar aqui quando ela chegar." Ela descartou a preocupação dele. Susan era a faxineira da casa há quase uma década. Ela saberia muito bem o que fazer sem a ajuda de Nita, muito embora Nita agora estivesse fazendo uma nota mental para lembrá-la de tirar o pó das pás do ventilador do *loft*.

"Mãe, eu posso ir sozinho." Scott ergueu as mãos segurando as chaves do carro, as mesmas que ela jurava ter deixado trancadas no cofre.

"A bateria está descarregada", ela protestou. "Faz meses que você não dirige."

"Papai instalou uma bateria nova ontem."

Porra, George. Ele sabia que Nita não queria que Scott dirigisse. Ela não estava preparada para ver o filho sair, não suportava a ideia de vê-lo saindo com a possibilidade de nunca mais voltar.

"De qualquer maneira, preciso passar no supermercado." Ela abriu caminho pela porta com o cotovelo. "Vou fazer torta de frutas esta noite. Aquela que você gosta, com morango e manga. A gente pode passar no supermercado depois que formos à sua escola."

"Mãe. Pare."

Ela cruzou o olhar de Scott e implorou silenciosamente para que ele permitisse sua presença. Ele não precisava ir à escola agora. Ele poderia ir durante a próxima semana. Ou na outra. Ela precisava apenas de mais alguns dias para vencer o medo que tanto apertava seu coração.

"Eu te amo, mas preciso sair desta casa e ter uma vida normal por algumas horas, ok? Não preciso de acompanhante."

"Prometa que não vai sair do carro", ela pediu já em desespero. "Fique só dirigindo por aí. E se um pneu furar ou alguma coisa quebrar..."

"Não vou sair do carro." Ele a conduziu delicadamente para dentro da casa. "Volto em algumas horas."

"Uma hora", rebateu ela. "A escola fica a dez minutos daqui. Uma hora é o suficiente."

Ele resmungou.

"Tá bom."

"Eu te amo."

Ele sorriu, e foi quase do jeito que costumava ser.

"Também te amo, mãe."

Nita ficou observando enquanto ele seguia para a garagem, a porta mais distante se erguendo e revelando o utilitário. Eles deveriam ter comprado para ele um sedan da Volvo. Cinco estrelas nas classificações de segurança. Ainda dava tempo. Ontem mesmo ela tinha conferido o modelo. Aquele utilitário de Scott era um capotamento iminente. E aqueles pneus gigantescos? O centro de gravidade era perigoso. A visibilidade era horrível. E ele sempre deixava o rádio muito alto. Não era seguro ficar com a música tão alta. Ele não conseguiria ouvir uma buzina ou se alguém gritasse em alerta.

O motor a diesel barulhento ganhou vida, e Nita se perguntou se George havia abastecido o carro. Os postos de gasolina naquela região eram seguros, mas e se Scott resolvesse seguir uma rota panorâmica e parasse em algum local perigoso...?

"Pare de se preocupar." George surgiu atrás dela e passou um braço em volta de sua cintura. "Eu conheço essa expressão sua."

Ela permaneceu ali, observando enquanto o carro de Scott avançava.

"Não acredito que você colocou uma bateria nova no carro dele. Ele não pode ficar dirigindo sozinho por aí..."

"Você prefere que ele saia escondido e então fique preso em algum lugar com a bateria descarregada?", perguntou ele rispidamente. "Nita, você precisa acreditar que ele vai ficar bem."

Ela se desvencilhou dos braços dele e seguiu para o escritório, acelerando o passo enquanto o carro de Scott atravessava o portão principal.

"Nita?", chamou George.

Ela se instalou em sua escrivaninha, abriu o *laptop* e o ligou. Prendendo o cabelo em um rabo de cavalo apertado, ficou olhando a tela com impaciência; depois, abriu um navegador e fez *login* em um *software* de rastreamento. Pontos azuis, vermelhos e verdes apareceram no mapa, e ela soltou um suspiro de alívio.

Nita havia instalado um dispositivo de rastreamento no carro de Scott e também um aplicativo espião no celular dele. O telefone era novinho em folha, comprado logo após o retorno dele; o original tinha ficado inutilmente esquecido na mochila na noite de seu sequestro. Ela não poupara despesas ao escolher o aparelho substituto e as *tags* de rastreamento, agora escondidas em uma das solas dos tênis favoritos dele, embaixo do selim da bicicleta e também em sua mochila e carteira.

Ela não iria perdê-lo de novo. Contando lentamente até dez e inspirando profundamente para aliviar a tensão, Nita ficou observando o aglomerado de pontos se movimentando pela rua, em direção à escola.

Uma horinha só era perfeitamente administrável. Ela poderia vigiá-lo de casa e chamar a polícia caso alguma coisa acontecesse; e, depois que ele retornasse, encher a cara de Xanax para afogar aquele evento estressante em um mar de êxtase farmacêutico.

"Nita." George surgiu à porta aberta do escritório.

Na manhã em que Scott voltou para casa, ele estava no apartamento da amante. Nita lidou com o desaparecimento do filho se jogando nos braços da tristeza; George, se jogando nos braços de outra pessoa. Mas ela não o culpava por isso. Alguém precisava manter a vida nos eixos, manter o dinheiro entrando, as contas pagas, os funcionários ativos, e George dera conta de tudo. E, desde que Scott voltara, George ficara ao lado do filho. Os cheiros de outras mulheres tinham sumido de suas roupas, e as missões misteriosas que o faziam sair na calada da noite também cessaram.

"Vamos nos sentar no jardim. Está lindo lá fora."

"Não posso." Ela clicou em um botão para trocar o ângulo capturado pelo satélite, e um cata-vento girou lentamente no centro da tela.

"Ele vai ficar bem. Ele só está..."

"Por que, George?" Ela olhou para ele. "Por que ele vai ficar bem? Por que ele é um jovem adulto? Olhe só, mesmo assim, ele foi sequestrado. Por que ele mora em uma região bacana? A escola dele também era bacana!"

"Randall Thompson foi preso", disse ele gentilmente. "Ele está na cadeia. Scott está seguro."

Que declaração estúpida. Scott não estava seguro, e o mais enlouquecedor daquilo tudo era que Nita não tinha como protegê-lo. Ele não estava a salvo em casa, e não estava a salvo lá fora, e a vida era muito mais fácil quando ela não precisava se preocupar com nada daquilo.

George resmungou alguma coisa e saiu, e o escritório ficou em silêncio enquanto Nita observava a imagem de satélite preencher a tela. Os pontos continuavam a se deslocar, e ela deu um *zoom*. Semicerrou os olhos. Por que ele estava dirigindo para o Sul de Santa Mônica? A escola ficava na direção oposta. Ela pensou em ligar para ele, mas se conteve. Embora Scott estivesse ciente da paranoia e dos medos da mãe, ele surtaria se soubesse que ela estava rastreando seus movimentos.

Em vez disso, ela resolveu olhar o *software* espião do celular dele. Bateria cheia. Serviços de localização ativados. *Ele vai ficar bem*, disse ela a si mesma. Ele só estava dirigindo por aí. Até porque ele nem tinha um motivo específico para passar pela escola, afinal. Ele provavelmente estava indo para aquele *drive-thru* de hambúrgueres, que passava pela Westwood Boulevard. Ela tirou os saltos, pousou os pés descalços no apoio ergonômico que mantinha embaixo da mesa e obrigou-se a relaxar a mão no *mouse*.

Sua preocupação era insana. Foi isso que George e seu terapeuta disseram. Sua obsessão com os 'e se' e os possíveis perigos só estavam servindo para drená-la emocionalmente. Além disso, de acordo com Nan Singletary, que se tornara uma espécie de guru depois de ela assistir a um documentário na Netflix, ficar o tempo todo imaginando e esperando um acontecimento aumentava seriamente o risco de provocá-lo. Quando ouviu aquilo, Nita de imediato cortou o contato com Nan, porque agora era impossível não ficar pensando em todos os perigos que cercavam Scott, e ela não estava disposta a alimentar mais um caminhão de culpa pelo potencial de desencadear um evento só com a força de seus pensamentos.

A viagem de Scott continuava por um trajeto estranho rumo ao Sul, e depois para o Leste. Nita ficou vigiando enquanto ele dirigia pela Sepulveda, depois por Venice, e então ele virou numa rua lateral residencial, onde, por fim, fez uma curva e parou bem no meio do quarteirão. Ela conferiu os pontos piscantes, na expectativa de que o celular se separasse do veículo quando Scott descesse do carro. Só que os pontos permaneceram no lugar. Um minuto se passou. Depois dois.

Nita olhou o relógio, anotando a hora. Talvez ele tivesse parado para responder a alguma mensagem. Talvez para ligar para ela. Talvez para conferir o GPS e descobrir onde estava e como voltar para casa.

Ela soltou um suspiro lento e controlado. Não havia motivo para pânico, lembrou-se. Se ele ficasse sentado ali por um bom tempo, ela sempre teria a opção de telefonar para verificar.

O pontinho verde ficou roxo e ela franziu a testa, aproximando-se para tentar entender qual era a mudança.

Serviços de localização desativados durante uma chamada.

Ele estava ao telefone. Uma explosão de alívio a atingiu. Ele estava ao telefone e havia parado por questão de segurança. Durante anos, Nita sempre recomendara a Scott que jamais falasse ao celular enquanto dirigisse, mas sempre presumia que o conselho era ignorado, já que tanto ela quanto George frequentemente violavam essa regra.

O ponto roxo ficou verde de novo, então começou a se deslocar, separando-se dos outros, indicando que o celular se afastava do carro. O ponto se deslocava de forma errática — primeiro, para a esquerda, depois, para a direita —, era como se ele estivesse andando de um lado para outro. Então, ficou imóvel por um longo momento; depois, voltou para o carro.

Nita franziu a testa e, na sequência, trocou de tela, acessando os registros do celular de Scott.

A atividade do dia estava melancolicamente vazia, exceto por aquela ligação mais recente, para um número desconhecido, e a chamada havia durado menos de um minuto.

Ela cogitou ligar para o tal número, mas, antes, resolveu inseri-lo no mecanismo de busca. À medida que os resultados eram carregados, o carro de Scott dava sinais de que voltava a se deslocar, o grupo de pontos fez meia-volta na rua residencial.

Que esquisito... O número era de uma imobiliária em San Diego. Num lapso de brilhantismo, Nita procurou endereços próximos ao lugar onde Scott parara. O endereço do local onde ele estacionara — Terrace

Drive, número 22 —, especificamente do outro lado da rua, era uma das unidades disponíveis para visitação. Scott provavelmente tinha visto a placa no portão e havia ligado para pedir informações.

Nita então assentiu, triunfante por ter conseguido juntar as peças do enigma.

Exceto... Por quê? Será que ele tinha resolvido passar por ali aleatoriamente e o telefonema para saber do imóvel foi mera curiosidade? Ou Scott estava querendo comprar uma casa?

A segunda opção parecia absurda. Ele tinha 17 anos e — se dependesse de Nita — viveria sob o mesmo teto que eles por mais três ou quatro anos, no mínimo. E ele não tinha emprego — com certeza, nunca seria aprovado para um financiamento, não sem que ela ou George assinassem a documentação.

Muito bem, então. Um passeio aleatório era a única explicação, embora aquela teoria estivesse cheia de furos. A menos que houvesse uma garota atraente no jardim da casa, Scott não teria por que se interessar por empreendimentos imobiliários, e era quase certo que ele jamais tinha feito aquele tipo de ligação antes. Ela olhou para o *software* de rastreamento, o carro de Scott agora fazia uma rota de retorno para casa.

"Aqui." George entrou no escritório com uma taça de vinho gelado. Contornou a mesa, e Nita fechou a janela do aplicativo antes que ele visse a tela. Ele estendeu a taça, a qual ela aceitou com um sorriso grato.

"Obrigada." Ela tomou um gole.

"Sinto muito por não ter falado nada sobre a bateria do carro de Scott."

"Apenas me diga que você abasteceu."

"Sim, abasteci." Ele deu um aperto reconfortante no ombro dela. "Ele vai ficar bem, Nita."

Ela assentiu e permitiu que George a abraçasse. Ele não precisava saber sobre a ligação para a tal corretora de imóveis. Não agora. Não enquanto ela não descobrisse o que realmente estava acontecendo com o filho deles.

CAPÍTULO 21

Passei dois dias mergulhada nas pastas dos casos, cercada de morte.

Se Randall Thompson fosse mesmo o BHK, ele havia assassinado seis rapazes. Seis mortes e uma fuga. Meu trabalho era fazer uma avaliação independente, com base nas informações que eu tinha dos inquéritos, o que significava descartar qualquer informação prévia que eu tivesse sobre Randall Thompson e abordar o perfil dele sem preconceitos.

Bem, seria relativamente fácil, considerando a quantidade de documentos que eu tinha à disposição. Os inquéritos completos de cada crime? Eu não tinha acesso a tantos dados desde os meus tempos de doutorado.

Eu estava no meu consultório e olhei para a parede que dividia a minha sala do consultório de Meredith. Tirei da parede as duas gravuras emolduradas que ficavam penduradas ali e as deixei encostadas no meu sofá de dois lugares, e isso me deu espaço para ter um grande painel para rabiscar. Usei um pedaço de giz e dividi a parede verde-escura em três colunas, cada uma com cerca de um metro e oitenta de largura. A primeira coluna foi intitulada 'Cenas dos Crimes', a segunda, 'Vítimas', e a terceira, 'Possíveis Suspeitos'. Olhei para cada coluna.

Todo *serial killer* é alimentado por um motivo.

Alguns não conseguem lidar com seus impulsos violentos. Cada interação com uma pessoa é um risco, e eles vão fazendo o possível para manter o controle até surtarem. Depois disso, eles vivenciam uma espécie de reinicialização e continuam. A matança é como uma refeição, que satisfaz a fome por um período antes que a fome volte a surgir. Esse tipo de assassino costuma ser desleixado; seus crimes ocorrem de acordo com a conveniência e eles podem ser imprevisíveis na escolha da vítima.

Alguns deles são sociopatas que consideram os outros seres humanos dispensáveis. O assassinato não acontece por diversão, mas, sim, como solução. Se uma pessoa está atrapalhando ou causando um aborrecimento na vida deles, eles lidam com ela da mesma forma que lidariam com um mosquito: matam, jogam de lado e seguem adiante. Eles não se lamentam, não se arrependem, não saboreiam, nem voltam a pensar no crime, a menos que haja consequências ou necessidade de sumir com as pistas.

E há também aqueles indivíduos ávidos por atenção. Eles gostam da onda de poder que vem com o assassinato e anseiam pela atenção da imprensa, das famílias chorosas, do medo. Eles abraçam a notoriedade, o jogo de gato e rato com a polícia, a crença de que estão enganando todo mundo. Esses assassinos costumam ser os vizinhos gentis e prestativos que todos amam, aqueles que ninguém imaginava que fossem capazes de machucar alguém. Eles exibem seus assassinatos e tomam decisões com base na quantidade de impacto que vão causar na mídia e no status que vão adquirir.

Meus passos iniciais foram simples. Primeiro, reuni todas as informações. Pronto. Depois, estabeleci as características e os detalhes comuns dos homicídios.

Havia muitos pontos em comum, especialmente na categoria "vítima". Conforme eu examinava cada pasta, escrevia os detalhes e fixava fotos nas colunas, construindo um mar de imagens e fontes impecáveis. As vítimas eram praticamente padronizadas por natureza. Sete alunos do último ano do ensino médio, todos de porte atlético, de constituição magra e com um tônus muscular moderado. Bonitos e caucasianos. Todos populares, ricos e queridos — os garanhões de suas respectivas escolas. No que diz respeito aos perfis criminais, as vítimas eram indivíduos de baixa periculosidade, que moravam em áreas seguras e não se envolviam em atividades arriscadas. Não eram os valentões ou problemáticos de suas escolas. Não traficavam drogas paralelamente, não eram ativos em gangues, e tinham poucos desafetos ou nenhum inimigo.

Cada um tinha sido sequestrado de uma escola diferente, o que demandava certo planejamento. O assassino provavelmente perseguiu as vítimas antes de sequestrá-las e selecionou cuidadosamente cada uma delas entre seus pares.

Examinei todas as informações. Parecia organizado — até você ler tudo e, enfim, se dar conta de como era desconexo. Mesmo assim, eu estava progredindo. Já havia feito uma varredura superficial e agora estava mergulhando profundamente em cada morte em ordem cronológica. No terceiro rapaz, os padrões começaram a emergir. Tomei um gole de chá e olhei para a imagem de Travis Patterson, a vítima número dois.

Os rapazes foram sequestrados em locais públicos. Sempre ao ar livre; em geral, em estacionamentos. As mortes nunca aconteciam de imediato. Em vez disso — e esta era a peça mais perturbadora do quebra-cabeça —, o BHK os levava para um local isolado, onde eram mantidos por seis a oito semanas, e só então eram assassinados e os seus corpos, desovados em um terceiro local.

A adoção de três localidades era um tanto arriscada. Eram três locais para deixar vestígios de DNA. Três locais onde ele poderia ser pego. E em duas ocasiões ele teria de transportar o corpo, correndo o risco de ser flagrado por câmeras de segurança, de sofrer problemas mecânicos com o carro ou de perder a vítima em uma potencial fuga.

E havia algo de profundamente pessoal no arquétipo dos rapazes que desencadeava algum tipo de gatilho no assassino. Minha hipótese era de que os anos de ensino médio do assassino foram um tanto traumáticos no que diz respeito ao seu desenvolvimento mental. A teoria mais provável e óbvia é a de que ele havia sofrido *bullying* nas mãos de algum garoto de perfil muito semelhante ao de suas vítimas. Dada a natureza sexual da tortura infligida pelo BHK, provavelmente ele próprio tinha sido molestado ou estuprado por seus agressores, ou teria precisado lutar contra uma paixão ou uma atração sexual indesejada — atração essa que pode tanto ter sido estimulada quanto rejeitada. Em qualquer um dos casos, ele pode ter sido levado a um sentimento de ódio ou de inadequação, o qual se agravou e acabou desencadeando a série de homicídios.

A porta do meu escritório foi aberta, e Meredith enfiou a cabeça pelo vão.

"Ocupada?"

"Só estou aqui com meus pensamentos."

Eu estava sentada no sofá, com as pernas encolhidas sob o meu quadril.

"Bem, trouxe chocolate."

"Nesse caso, puxe uma cadeira e acomode-se." Dei um tapinha na almofada ao meu lado. "E feche a porta."

"Hum, segredinhos, hein?" Ela entrou e parou quando viu minha parede de anotações. "Uau. Como os pacientes estão reagindo a isto?" Ela apontou para a parede e me ofereceu um pacotinho de M&M's.

"Nesta semana, as consultas vão ser na sala de reuniões." Peguei o pacote de M&M's e derramei na mão um punhado de chocolatinhos coloridos.

"Bem pensado. Porque isto aqui é meio assustador", disse ela, apontando para as anotações.

"Não me diga." Estiquei os braços e alonguei o pescoço para aliviar a fadiga muscular. "Estou estrábica de tanto olhar para essa papelada."

"Ah, tenha dó", zombou ela. "Você adora essas coisas. Casos completos, com todos os dados?" Ela olhou para as pilhas de pastas verdes. "Estou surpresa por não estar ouvindo os gritos dos seus orgasmos de lá da minha sala."

Eu ri da analogia grosseira.

"Não estou tão extasiada assim. Mas, sim. Isso é histórico. Ter acesso a tudo isso e ter esse vislumbre dos casos..." Balancei a cabeça. "Isso me faz querer abandonar o consultório particular e ingressar na polícia."

"Sério?" Ela me lançou um olhar cético. "Preciso te lembrar da sua renda anual?"

Resmunguei.

"Dinheiro não é tudo. No entanto..." Admiti: "Tá, você está certa. Eu disse que era tentador, não uma possibilidade real".

"Você está no lugar certo", disse ela. "Ser contratada por um advogado é o melhor dos dois mundos." Ela observou a parede. "Qual é a coluna da cena do crime?"

"Tudo o que sei com base nas evidências e nas necropsias. Em geral, não funciona assim, mas, neste caso, as necropsias dão uma boa cronologia sobre o período no cativeiro."

"Como assim?"

Inclinei-me e peguei a pasta de Noah Watkins na pilha.

"Aqui." Fiz uma pausa. "Já almoçou?"

"Só comi uma barrinha proteica. Mas não se preocupe." Ela deu um tapinha na barriga. "Estômago de aço."

Abri a pasta.

"Pelos exames toxicológicos em amostras capilares, é possível deduzir que ele foi exposto a drogas quase continuamente durante as oito semanas em cativeiro. Falando em tempo, este aqui foi o que ficou pelo período mais longo lá. Depois, o assassino começou a encurtar o tempo de cárcere. Ou ele estava cada vez mais ansioso para matar ou estava conseguindo o que queria mais cedo."

"Jesus." Ela pegou a foto da cena do crime de Noah. "Todos eles foram encontrados nesse estado?"

"Sim." Desviei o olhar, pois eu ainda estava pouco acostumada com a posição humilhante do corpo de Noah, concebida para causar o máximo impacto visual possível.

"Ele deixou todos os corpos do mesmo jeito?"

"Basicamente, sim. Os braços abertos, órgãos genitais removidos, um coração esculpido no peito." Ajeitei uma mecha de cabelo atrás da orelha. "E em todos eles um dedo mindinho estava ausente. Às vezes, outros dedos também, mas o mindinho foi constante".

"Então, por que não o chamam de Assassino do Dedo Mindinho?", zombou Meredith.

"Esse é um detalhe que a polícia escondeu da imprensa intencionalmente."

Ela absorveu a informação.

"Quer dizer que o sujeito guarda um dedo e o pênis?"

Fiz que não com a cabeça.

"Os genitais, em geral, são jogados na região de desova. Descartados como se tivessem sido largados no chão sem muito propósito."

"Ai." Ela devolveu a foto. "O que isso quer dizer?"

"Você é a terapeuta sexual aqui. Você me diz."

"As mutilações são feitas enquanto o garoto ainda está vivo?"

"As amputações são todas pós-morte. Já o entalhe do coração, é feito ainda em vida."

"E como eles morrem?"

"Por estrangulamento. As mortes são relativamente misericordiosas, embora seja meio tarde para ter essa compaixão, considerando tudo o que as vítimas sofrem antes." Mostrei a ela o roteiro de tortura nos corpos. Queimaduras de cigarro. Contusões. Secreções anais indicando penetração. Algemas e marcas de amarração.

Ela franziu a testa.

"Qual era a experiência sexual das vítimas antes dos sequestros?"

Fiz uma pausa.

"Não sei. Não vi nenhuma menção a respeito nos documentos. Por quê?"

Ela balançou a cabeça.

"Sei lá. Só estou pensando se haveria um padrão aí."

"Vale a pena investigar." Voltei minha atenção para o quadro. "Alguma outra ideia?"

Ela soltou um suspiro.

"Mutilação genital pós-morte, tortura e penetração anal durante um longo período de cativeiro... Não sei, não. Eu ficaria muito curiosa para saber o que o garoto que conseguiu fugir... Seth? Scott?"

"Scott. Scott Harden."

Ela assentiu. "Seria interessante ver o que ele diz. O sequestrador estava preparando a vítima? Ele a alimentava? Houve algum tipo de manutenção nas vítimas? Ah, espera..." Ela balançou a cabeça pesarosamente.

"O que foi?"

"Eu esqueci de que você foi contratada pela defesa. Você não pode escolher as partes que pretende utilizar do testemunho de Scott. Se ele apontou esse cara como o assassino, e esse cara está alegando inocência, então, por que o relato de Scott é importante? Ou ele está falando a verdade e o sujeito é culpado, ou não é confiável e vai ser perda de tempo ouvi-lo."

Ela estava certa. Quase tudo que eu sabia a respeito de Scott precisava ser ignorado.

"Ao que parece, eu estou perdendo meu tempo, de todo modo."

"Sim, mas pelo menos você está recebendo uma grana e adorando cada minuto deste trabalho." Ela deu de ombros. "Fotos de necropsia e perfis psicológicos? Me poupe. Você está no paraíso."

Dei um sorriso sem graça.

"Ok, você me pegou. É trágico eu estar gostando disso, né?", eu disse.

"É terrível. Mas, ontem à noite, eu me masturbei pensando em um paciente novo, então, vamos para o inferno juntos." Ela voltou sua atenção para a parede. "Bem, sendo assim, o que você acha?"

"Não sei...", respondi reticente. "Quem quer que seja esse assassino, ele é problemático além da conta. Também tenho que cogitar a possibilidade de ele estar encenando as mortes e plantando pistas falsas para chamar a atenção ou confundir todo mundo."

Ela refletiu um pouco.

"Você acha que a mutilação genital e o entalhe do coração são só exibicionismo?", ela perguntou e se virou no sofá para me encarar.

"O entalhe é o cartão de visitas dele", confirmei. "Ele quer ser famoso e quer o crédito por cada morte. Quanto ao restante..." Suspirei. "Tem algumas inconsistências."

Tentei organizar meus pensamentos de maneira lógica.

"Crimes costumam ter motivações intrínsecas e reforço psicológico." Apontei para o chocolate. "É tipo chocolate. Por que você quer comer chocolate?"

"Porque é gostoso." Ela entrou na brincadeira.

"É por isso que você acha que quer comer chocolate. Se você fizer essa pergunta para qualquer pessoa, ela vai responder a mesma coisa, mas aí..."

"Ah, eu entendo que tem os gatilhos ocultos", interrompeu ela. "Eu como porque meu corpo anseia por açúcar. Você come porque gosta do sabor. Jacob, sei lá, come por causa do hábito de estar sempre com alguma coisa na boca, e minha mãe come porque a ansiedade dela requer um choque de dopamina."

"Certo", confirmei. "Bem, as pessoas matam por motivações diferentes. Principalmente, por prazer, mas os prazeres podem ser variados. A duração do cativeiro sugere um tipo voltado para o controle, alguém que sente prazer em exercer domínio sobre a vítima. As amarras, o estupro, os corpos nus... parece sexual, mas tem mais a ver com a necessidade de fazer a vítima sentir-se desamparada, o que faz o assassino sentir-se mais no controle ainda."

"Ainda não entendi o que isso tem a ver com chocolate."

"Calma que vou chegar lá. No caso do BHK, a morte em si é quase misericordiosa. Rápida. Ele estrangula os rapazes até eles desmaiarem, e aí conclui o serviço. Os meios para atingir o fim *versus* uma atividade prazerosa. Eu como chocolate porque estou com fome e porque gosto mais do sabor dele do que da minha segunda opção." Apontei para uma barrinha de granola pela metade que estava na mesa de canto. "Eles matam porque acham isso melhor do que a alternativa. Mas na linha do tempo dessa história..." Apontei para o mar de pastas, anotações e fotografias. "A morte é curta e rápida. Quase um não-evento. Há pouco ou nenhum prazer nesse ato específico. O que me leva a supor que ele enjoa da vítima e quer passar para a fase seguinte... A encenação com o corpo e a atenção da imprensa."

"Ou talvez ele seja só um babaca." Ela sorriu.

Ignorei o comentário.

"O evento da morte mudou no caso da vítima mais recente. Enquanto no caso dos outros foi rápido e sem requintes de crueldade, com Gabe Kavin não foi assim."

Ela parou de sorrir.

"Como assim?"

Me inclinei para a frente.

"Os primeiros cinco... foram estrangulados. Mas Gabe Kavin, embora tenha morrido asfixiado, não foi estrangulado."

"Foi o quê, então? Afogado?"

"Foi simulação de afogamento."

Ela estremeceu.

"Tipo aquelas torturas da CIA?"

"Isso. É uma morte extremamente dolorosa. Demorada. Provavelmente, lenta. E então? Por quê?" Olhei para o outro lado da sala, analisando a parede, a foto de Gabe ao lado da foto de Noah Watkins. "Por que com Gabe Kavin foi diferente?"

Ouvimos uma batida alta à minha porta, e nós duas tomamos um susto.

A porta foi aberta. Era Jacob.

"Meredith, sua paciente das quatro horas chegou."

"Já estou indo." Ela se levantou e olhou para a pilha de pastas. "Pelo menos, eu sei o que você tem feito nos últimos dois dias. Quando é que você vai ver o advogado de novo?"

"Hoje à tardinha." Olhei o mostrador do meu relógio. "Às cinco. O escritório dele fica no Centro, então, não posso demorar para sair, se eu quiser evitar o trânsito."

"Uhum." Ela me deu uma olhada nada sutil. "Terninho Chanel, sem meia-calça. Mamãe ficaria orgulhosa."

A mãe de Meredith tinha sido uma das cafetinas mais notórias de Los Angeles, então, eu acolhi a natureza do comentário.

"Não é esse tipo de reunião."

Ela enfiou um M&M vermelho na boca.

"Ainda assim, é facinho de acessar por baixo da saia... Esse sutiã aí tem fecho na frente?"

Ignorei a insinuação e peguei minha caneca vazia.

"Lembre-me de nunca mais te contar nada sobre a minha vida sexual."

"Ha!" Ela gargalhou. "Querida, não é uma vida. Foi só um peido em uma sala silenciosa. É por isso que fedeu tanto. Acredite, se você tivesse a minha vida sexual, não estaria pensando nesse cara mais. Era só se sentar na próxima rola, e pronto."

"Por favor, não compare uma noite de paixão com um peido. E eu não estou pensando nele mais. Pelo menos, não no sentido romântico."

Ela me deu um sorriso sabichão.

"Ah, gata. Você mexe com os assassinos, eu mexo com as pessoas sexualmente frustradas. Com certeza, você está pensando nele, e está tudo bem." Ela apontou um dedo rígido para mim. "Só não separe a fome de uma bela refeição."

Robert Kavin era de fato uma bela refeição. Eu tinha passado um bom tempo na seca, e o sujeito era um *master chef* do prazer. Engoli uma resposta e contornei minha mesa.

"Você pode avisar ao Jacob que já estou saindo? Só para o caso de ele precisar de mim para alguma coisa."

"Aviso." Ela amassou o pacote vazio de M&M's e deu uma última olhadinha na minha pilha de pastas. "Boa sorte."

Esperei ela sair e, então, abri minha gaveta e cogitei pegar a meia-calça reserva que eu sempre guardava ali para o caso de a peça em uso desfiar acidentalmente no meio do dia. Fiquei olhando para a embalagem por um bom tempo e, depois, fechei a gaveta.

Não tinha sido só um peido alto, ora. Isso era simplesmente ridículo.

CAPÍTULO 22

Diferente do meu consultório, que parecia o interior de uma ala psiquiátrica, a sala de Robert era perfeitamente organizada. Coloquei minha bolsa sobre a mesa de reuniões e observei o ambiente. Tudo ali era muito masculino. Nuances de madeira escura, e cores intensas e opulentas nas artes. Só faltava uma cabeça de bicho empalhada na parede. Eu me debati para não fazer uma análise psicológica do lugar, mas a decoração era basicamente um cachorro mijando nas paredes, marcando território e reafirmando o domínio de Robert.

Ele estava ao telefone, falando baixo, na cadeira giratória, voltada para a janela, então aproveitei a oportunidade para passear pelo espaço. Era imenso, nitidamente uma reafirmação de status, grande o suficiente para abrigar uma mesa de reuniões, um conjunto de poltronas e a imensa escrivaninha. Havia também uma estante de livros, e parei diante dela, surpresa por ver alguns romances em vez de publicações jurídicas. Na segunda prateleira, havia um pequeno aquário com uma bomba. Um peixinho dourado olhou para mim de forma inexpressiva enquanto um baú de tesouro abria-se lentamente atrás dele.

Um peixe-dourado. Que interessante.

"Doutora Moore."

Eu me virei. Robert havia encerrado a ligação e estava de frente para mim. "Como está a doutora hoje?"

"Estou bem." Olhei para o aquário de novo. "Você tem um peixe."

"Tenho. Uma linda mulher me disse que eu deveria ter um animal de estimação, então... aí está."

Perspicaz, eu lhe daria o crédito. Para quantas mulheres ele falava aquelas coisas? Dezenas? Centenas?

Voltei-me para ele.

"Você sempre faz o que as mulheres 'lindas' mandam?"

"Depende da mulher." As palavras vieram leves, mas o cansaço era notável em suas feições. Ele se levantou e contornou a mesa.

"Sente-se. Esses saltos devem estar matando seus pés." Ele se acomodou em uma das enormes poltronas de couro e eu fiz o mesmo. "Como está sua análise de perfil até agora?"

"Não sei bem", admiti. "Fiz uma rápida varredura nas mortes e agora estou analisando cada uma de forma detalhada, na ordem cronológica. Estou na metade. Na verdade, eu estou na terceira vítima, agora."

"Noah."

"Isso." Foquei o rosto dele, identificando a tensão. Ele não precisava de um perfil psicológico. Ele precisava de uma ajuda com o luto. Disso e de férias a um milhão de quilômetros de distância de sangue, tripas e fotos de adolescentes mortos. "Você olhou todas as pastas?"

"Sim."

"Sabe... Não dá para não se comover com esse tipo de coisa. Olhar as fotos dos outros rapazes não torna a morte de Gabe mais fácil."

"É um consolo." Ele suspirou. "Eu não fui o único pai que falhou."

"Nenhum de vocês falhou. Você sabe disso."

"Sim, bem. Tantas pequenas decisões poderiam ter mudado o desfecho da história... Se ele nunca tivesse visto Gabe, não teria como sequestrá-lo."

Balancei a cabeça.

"Não vá por esse caminho. Para cada ação e cada decisão pela qual você se culpa, existe uma intenção. Você fez e continua fazendo, mesmo agora, o melhor possível para protegê-lo."

Ele forçou um sorriso.

"Eu não preciso de aconselhamento, Gwen. Preciso saber o que você concluiu com base no material."

Ele não sabia do que precisava, e não cabia a mim forçá-lo a se tratar. Assumi minha postura profissional.

"Bem, até o momento, eu consigo montar só um esboço do assassino, mas é provável que isso mude quando eu terminar de ler tudo."

Ele relaxou um pouco com a mudança de assunto.

"Prossiga."

"Você está familiarizado com a metodologia da teoria fundamentada?"

"Não."

"Refere-se à descoberta de padrões emergentes em dados e à geração de teorias com base nesses dados. A cada vítima, sou capaz de criar uma lista de coeficientes. Fatos sobre a vítima, as circunstâncias, o assassinato e o tratamento dispensado à vítima desde o momento da captura até o momento da morte. E também sobre a desova do corpo." Dei uma olhada atenta para ele, me perguntando se haveria a necessidade de adotar uma linguagem mais sensível.

Ele limitou-se a assentir, franzindo as sobrancelhas, mostrando-se interessado, e então eu continuei:

"Quando consigo fazer uma lista completa de cada crime, posso encontrar pontos convergentes e estabelecer padrões. Tanto nas consistências quanto nas inconsistências do assassino. Ele muda o *modus operandi* entre as vítimas? Escolhe vítimas mais velhas ou mais jovens, seleciona as mais inocentes e as menos experientes...?" Dei de ombros. "Até o momento, todas as vítimas são assustadoramente semelhantes. Esse é o padrão, e aponta fortemente para a possibilidade de o assassino estar tentando personificar a si mesmo em uma idade mais tenra ou alguém do seu passado."

"Qual das possibilidades é a mais provável?"

"Alguém do passado", respondi sem pestanejar. "Provavelmente alguém que o machucou de um modo que foi muito traumático. Considerando a duração do tempo de cativeiro, o abuso, com certeza, foi prolongado. Talvez tenha durado anos."

"Ok. E o que mais?", perguntou ele.

"Os cenários do crime são preparados e extremamente limpos. Não há impressões digitais, DNA, marcas de pneus, nem evidências. São claramente planejados e montados de maneira cuidadosa. Entre isso e a preparação do corpo, fica evidente que estamos lidando com um indivíduo muito detalhista e organizado. Alguém paciente que adora jogos mentais. Os assassinos que exibem suas vítimas buscam atenção e provavelmente já planejavam cometer uma série de assassinatos desde o início. Eles têm muito orgulho de suas mortes e de seu intelecto e são muito confiantes em sua capacidade de escapar da polícia." Fiz uma pausa. "Mesmo sem ter finalizado minha pesquisa, estou bastante segura a respeito desses aspectos."

Ele assentiu de um jeito espontâneo, sem demonstrar nenhuma empolgação.

"Muito bem, e então? Um indivíduo arrogante e organizado, que gosta de jogos mentais. Você acabou de descrever a metade deste andar, incluindo a mim. Preciso de mais dados."

A próxima parte iria exigir que eu entrasse nos detalhes do homicídio. Nada de muito brusco, mas eu tinha plena consciência de que estava lidando com um pai enlutado.

"Estou cogitando a possibilidade de o assassino ser bissexual ou gay, mas talvez ele viva como um homem cis heterossexual e tenha profunda vergonha e autoaversão da própria orientação sexual."

"Isso se baseia na atividade sexual praticada com as vítimas?" Robert não hesitou em fazer essa pergunta, mas claramente descreveu o ato como *atividade sexual*, em vez de *estupro*, o que por si só já era uma revelação e tanto.

"Isso." Eu hesitei antes de prosseguir. "Qual era a orientação sexual de Gabe?"

Ele franziu a testa.

"Hétero."

"Tem certeza?"

Ele se remexeu na cadeira, o incômodo era visível, e então notei o exato momento em que ele deliberadamente relaxou. Impressionante, um apagamento total das emoções. Se eu pudesse empacotar aquela habilidade e ensiná-la aos meus pacientes, seria aclamada como um gênio. Por outro lado, tamanho controle emocional não era particularmente saudável. Uma liberação de vapor, às vezes, é o que evita que a chaleira exploda. Ele pousou uma das mãos sobre a outra.

"Por que a pergunta?"

"Se todas as vítimas fossem gays ou tivessem algum tipo de inclinação homossexual, isso nos diria muito sobre o BHK e sobre o motivo de ele ter selecionado especificamente aqueles meninos." Breve silêncio. "E também estou tentando descobrir por que a morte de Gabe foi diferente das outras."

Ele passou os dedos indicadores na boca e então se endireitou na cadeira.

"Você está falando da tortura por afogamento?"

"Isso." Eu queria pedir desculpas, estava odiando o rumo daquela conversa, mas ele tinha sido responsável por dar a partida. E, se ele ia mesmo representar Thompson, haveria muito mais discussões desse tipo. "É um aumento relevante no nível de agressão. Muito mais violento e doloroso. Com mais comoção. Um indício de perda de controle. A pergunta é: por quê? Por que Gabe?"

"Bem, Gabe não era gay", disse Robert com certo sarcasmo. "Eu tinha até dificuldade para afastá-lo das garotas. Duas semanas antes de ele ser sequestrado, levamos um susto porque a namorada dele achou que estivesse grávida. Agora..." Ele suspirou. "Fico pensando como seria se não tivesse sido alarme falso. A gente teria um bebê. Com os olhos de Gabe, o sorriso de Gabe..." Sua voz falhou e ele pigarreou.

Mudei o rumo da conversa rapidamente.

"Gabe bebia? Usava drogas?"

"Ele bebia. Mas não muito. Nas festinhas, esse tipo de coisa. Drogas..." Ele fez uma careta. "Com certeza ele deve ter fumado maconha em algum momento da vida. Ou talvez tenha experimentado alguma coisa mais pesada que isso... Bem, eu ficava de olho nele. Não creio que fosse o caso."

"Ok, isso já ajuda." Eu me lembrei da infinidade de anotações rabiscadas no meu consultório, muitas delas com pontos de interrogação gigantescos, e então fiquei pensando no quanto mais deveria compartilhar. "Tem... algo errado. Mas ainda não sei muito bem o que é."

Ele ficou atento de repente, então me dei conta de que não deveria ter dito nada até estar mais segura.

"O que é?"

"Como eu disse, ainda não sei. É só uma sensação. Não sei se houve manipulação de evidências ou se está faltando alguma coisa, mas tem algo aí, e não consigo definir o que é." Dei de ombros. "Mas pode não ser nada, talvez eu esteja enganada."

"Ou talvez você esteja certa."

Sim. Eu poderia estar certa. Que inferno! Eu *estava* certa. Tinha mesmo algo fora de lugar naquela história. Toda vez que eu tentava traçar uma conexão entre duas ideias, a coisa não se encaixava direito. Havia alguma coisa faltando, e era bom que aparecesse logo, ou em pouco tempo não sobraria mais nenhum fio de cabelo na minha cabeça.

Meia hora depois, eu estava bebendo uma Coca *diet* com um canudinho de papel e olhando para Robert, do outro lado da mesa da sala de reunião.

"Como você vai querer que eu aborde o depoimento de Scott Harden na hora de montar o perfil?"

"Pode desconsiderá-lo completamente", disse ele, limpando a boca com um guardanapo, com um sanduíche italiano da loja de conveniência do saguão na outra mão. "Ele está mentindo."

"Mentindo sobre o quê?", retruquei. "Você acha que ele não foi sequestrado?"

"Não! Eu acho que ele foi sequestrado, sim. Mas ele está mentindo sobre Randall Thompson."

"Por quê?"

"Por que ele não mentiria?", rebateu Robert. "O *serial killer* mais cruel da história recente da Califórnia está por aí. Vá lá saber o que ele usou para ameaçar esse garoto...? E todo mundo está presumindo que o rapaz conseguiu fugir. Mas e se ele não fugiu? E se ele foi solto de propósito?"

"Solto de propósito?" Fiz uma careta. "Por que o assassino o libertaria?"

"Você é a psiquiatra aqui." Ele largou o sanduíche e pegou o refrigerante. "Digamos que fosse fato que o garoto foi solto. Por que o BHK faria uma coisa dessas? Qual seria o raciocínio psicológico por trás dessa motivação?"

Suspirei, dando uma mordida no meu sanduíche e pensando. Mastiguei lentamente e depois tomei um gole de refrigerante para ajudar a descer.

"Ele não faria uma coisa dessas. Ele demonstra mais violência na sexta morte e depois solta a sétima vítima? Isso não faz..." Parei quando uma possibilidade, embora muito remota, me veio à mente. "Espere. *Se* ele libertou o rapaz...", comecei a desenvolver um raciocínio, "ênfase no 'se', então, eu diria que foi planejado. Havia um propósito para isso e... se eu tivesse que adivinhar... diria que foi parte de uma saída estratégica. Ele precisava que Scott Harden fosse libertado para que..." Fechei os olhos e tentei imaginar por que o BHK deixaria, de propósito, um fio solto nessa história. Seria parte do jogo com as autoridades?

"Para Scott acusar outra pessoa." A resolução na voz de Robert me fez abrir os olhos. Agora, ele estava acenando com a cabeça, entusiasmado. "Um bode expiatório."

"Opa." Ergui as mãos. "Isso é forçar bastante a barra. Não nos esqueçamos dos troféus na casa de Randall Thompson."

"Podem ter sido plantados lá. Além do mais, eles ainda não encontraram os dedos."

Fiz uma careta.

"Os mindinhos das vítimas?"

"Sim. Passei um pente fino na casa de Randall, e não foi encontrado nenhum vestígio de DNA de nenhuma vítima, e nem mindinhos. Bem, você disse que o BHK é organizado. Que planejou cada etapa de seus crimes. Então, ele pode ter planejado o seguinte: libertar Scott Harden e obrigá-lo a culpar outra pessoa." Ele abriu um saco de batatas fritas e ergueu as sobrancelhas para mim, desafiando-me a contestar o raciocínio dele.

Por mais que eu odiasse admitir, não era a pior das teorias. Hesitei.

"Testemunhas oculares são convincentes", comentei.

"Convincentes?" Ele balançou a cabeça. "Porcaria nenhuma. Elas são intocáveis. Acredite. Eu encaro o júri todos os dias. Se Scott Harden apontar o dedo para Randall Thompson e disser que ele tirou sua roupa e o amarrou na cama, isso vai superar qualquer amostra de cabelo encontrada em um lixão. Nessa hora, os policiais já não querem nem saber, e a insuficiência de provas deixa de ter relevância."

"Então, essa vai ser a sua defesa?" Juntei o lixo do meu lanche e botei na sacolinha, então me estiquei para pegar o lixo de Robert também. Nossos joelhos se roçaram. "Scott Harden está mentindo?"

"Por acaso, você já conseguiu abrir um par de algemas com um garfo?"

"Não", respondi. "Você já?"

"Ninguém nunca abriu. É impossível." Ele ergueu a mão. "Ok, impossível não é. Mas você não faz isso com apenas uma das mãos, e veja as fotos da necropsia. Queimaduras de corda, não de algemas. Os garotos eram amarrados com os membros esticados numa cama, e não eram acorrentados a aquecedores, com as mãos juntas."

"Você está forçando a barra", argumentei. "Você está forçando bem a barra."

"Gwen." O fato de ele ter usado meu nome chamou minha atenção, e a prendeu. "E se eu estiver certo?"

Se ele estivesse certo, então, o assassino ainda estava por aí. Rindo da gente. Livre, enquanto Scott Harden fazia gato e sapato da imprensa, e Randall Thompson ficava trancafiado na solitária da cadeia. Era uma ideia preocupante e assustadora, porque de uma coisa Robert tinha razão: a polícia simplesmente havia parado de procurar pistas. Nesse momento, estavam todos relaxados, trocando tapinhas mútuos de congratulações nas costas por mais um caso bem resolvido.

"Se você estiver errado, e conseguir a liberdade de Randall Thompson, o que vai acontecer?"

"Eu não estou errado." Ele encontrou meus olhos e, por um instante, vi sua dor. Nua e crua. O peso do luto estava bem estampado ali, sobre seus ombros, esganando seu pescoço.

Talvez ele estivesse enganado, mas ele era pai e estava sofrendo; e contra isso eu jamais poderia argumentar.

CAPÍTULO 23

Três dias depois, eu estava apoiada no balcão da sala de descanso, observando Scott Harden falar em um microfone difuso com o logotipo do Canal 27.

"É uma segunda chance na vida", dizia o jovem de 17 anos. "Isso me faz querer ser uma pessoa melhor, merecedora da vida que me foi dada." Ele sorriu para a câmera. Sem dúvida, era um menino bonitinho. Tinha todos os atributos para deixar uma adolescente doida, e isso obviamente estava sendo ampliado por sua aura de celebridade cada vez maior. Na noite anterior, dei uma verificada no número de seguidores dele nas redes sociais e fiquei chocada ao constatar que se aproximava de um milhão.

Jacob soltou uma vaia e depois esvaziou sua lata de refrigerante num gole.

"Esse aí adora ser o centro das atenções. Aposto que ele fica treinando essas falas toda noite na frente do espelho."

Não discordei, mas não parecia certo ficar detonando o único adolescente que tinha conseguido se esquivar do fim trágico dos outros seis.

"Pode até ser brega, mas ele está certo", apontei enquanto metia a mão num saco de pipocas de micro-ondas. "Ele escapou da morte. Isso faz as pessoas encararem a vida de um jeito diferente."

De seu lugar à mesa, Meredith ergueu os olhos do celular.

"Você percebeu que ele nunca diz nada de fato nessas entrevistas?"

Eu já tinha notado. No dia anterior, eu tinha assistido a todas as entrevistas dele em todos os veículos que consegui encontrar. E Meredith tinha razão. Ele falava muito brevemente sobre seu período no cativeiro e dizia pouco ou nada sobre o homem que supostamente o sequestrara.

O entrevistador continuou:

"Quanto você interagiu com Randall Thompson antes de ele sequestrar você?"

"O senhor Harden não vai falar sobre esse assunto." Juan Melendez, advogado de Scott Harden, interveio, e Jacob soltou mais uma vaia.

Dei um sorriso, satisfeita com aquele instante de descontração depois de ter passado um dia inteiro vendo fotos de cadáveres.

Quando cheguei à quarta vítima, tive de fazer uma pausa. Era tudo desolador. Seis vidas inteligentes e talentosas brutalmente ceifadas. Seis famílias — pais, irmãos, avós — irrevogavelmente destruídas. E tudo para quê? Para satisfazer ao prazer depravado de um indivíduo doentio. Seria Randall Thompson esse sujeito? Eu estava morrendo de vontade de examiná-lo, para ver se ele se encaixava no perfil, mas estava me controlando. Qualquer descoberta a respeito dele poderia afetar minha análise, então, a solução era pegar todo e qualquer fato conhecido sobre o sujeito e os isolar em compartimentos do meu cérebro para que fossem analisados num momento oportuno.

"Eu não entendo esse passeio dele em todos os programas", refletiu Meredith. "Toda vez que ligo a TV, ele está lá. Ele não deveria estar em casa, com os pais?"

"Ele é um adolescente agarrando a oportunidade de ficar famoso." Mastiguei um punhado de pipocas. "Além disso, provavelmente, ele está evitando um arrebatamento emocional. A qualquer momento, ele vai sentir o peso dos eventos e vai desabar. Mas, por enquanto, tudo isso é uma distração para ele."

A imagem cortou para uma montagem de fotos das vítimas.

Olhei bem para os rostos daqueles adolescentes que eu agora conhecia de cor. A foto de Gabe Kavin apareceu, e eu senti uma pontada no peito, ele era muito parecido com Robert. O mesmo cabelo escuro. Os mesmos olhos astutos. Se tivesse a oportunidade de crescer e amadurecer, ele teria se tornado um arrasador de corações, assim como o pai.

Afastei-me do balcão antes que o programa concentrasse a cobertura em Randall Thompson.

"Vou voltar ao trabalho. Jacob, Luke Attens vai chegar daqui a uma hora."

Ele fez uma careta e amassou a lata de refrigerante vazia.

"É, *se* ele aparecer, né? Esse cara é um otário."

Eu não soube o que responder. Luke, de fato, *era* um otário e meu paciente mais volúvel. Ele já tinha faltado nas duas últimas consultas, o que no caso dele não era nem um pouco incomum. Ele passava um tempo fazendo tudo certinho, então de repente viajava e ficava um mês inteiro sem aparecer, e depois retornava como se nada tivesse acontecido.

Mas tudo bem. As consultas com ele eram exaustivas, entretanto, ele pagava todas elas direitinho, inclusive aquelas que faltava, tudo sem reclamar. Eu saía ganhando, de qualquer jeito.

"Bem, ele ligou hoje de manhã, então, estou na expectativa de que ele venha." A ligação matinal foi Luke em seu estado mais clássico. Conciso e exigente. Trinta segundos latindo para mim a fim de saber o horário da consulta, e então ele desligou.

"A consulta vai ser na sala de reunião, certo?"

"Sim." Enfiei o saco de pipocas no lixo e bebi o restinho do meu refrigerante. Meredith resmungou um tchau, com a atenção ainda ligada na tela da TV.

Luke Attens estava sentado diante de mim, usando calça vermelha berrante e camisa de seda com estampa *Paisley*. Ele era uma contradição ambulante, e se algum dia eu tivesse de criar um perfil psicológico dele, ficaria lotado de pontos de interrogação e linhas em branco.

Luke sofria de insegurança e síndrome do abandono, além de possuir uma dose tripla de fúria incontrolável. Quando sua irmã ficou noiva, dois anos antes, Luke ateou fogo no carro dela com os dois dentro. Ele não lidava bem com o estresse ou com emoções intensas, e exatamente por isso estava hiperventilando no meio da minha sala.

"Respire", instruí com firmeza. "Ponha as mãos em concha na frente da boca e respire enchendo o diafragma, e não o peito."

Ele puxou o ar.

"Agora, prenda a respiração por dez segundos."

Ele balançou a cabeça, com as mãos ainda cobrindo a boca, e eu ergui as sobrancelhas olhando para ele.

"Confie em mim, Luke. Prenda a respiração por dez segundos. Isso vai te recompor. Vamos. Vou fazer junto com você." Fiz todo um teatro para inspirar e prender a respiração. Ele hesitou, mas, depois, me acompanhou.

Levantei um dedo, depois dois, prendendo a respiração junto com ele enquanto contava até dez. Então, exalei lentamente e lembrei a mim mesma que Jacob estava logo ali; então, se Luke resolvesse cruzar a mesa e me atacar, demoraria no mínimo um minuto para ele me estrangular até a morte.

Seu ataque de pânico havia começado depois que informei que o atendimento não seria no lugar de sempre: meu consultório. Ele me acusou de estar grampeando a sala de reuniões, e então sugeri que adiássemos nossa consulta para a semana seguinte, quando meu consultório estaria de novo à disposição, mas ele recusou, afirmando que precisava falar comigo agora porque TINHA ACONTECIDO UMA COISA. Quando perguntei o que havia acontecido... bem, cá estamos nós.

Ele estava começando a manter os arquejos sob controle. Fiquei parada ali observando quando ele tombou a cabeça para trás na cadeira giratória e engoliu em seco. Ele sempre teve uma veia dramática. Em nossa primeira consulta, ele deu um soco tão forte na minha mesa que meu porta-lápis caiu. Se não me engano, no dia, ele ficou exaltado por causa do preço das minhas consultas, o que foi bastante engraçado, dado o seu nível de riqueza. Luke Attens é o filho mais velho da família Attens, sim, *aqueles* Attens, os criadores da pizza megafatia, com quarenta e dois mil pontos de entrega e retirada pelo mundo todo. A princípio, eu não tinha conhecimento daqueles dados, mas Luke gostava de gritá-los em momentos aleatórios, caso sentisse que sua masculinidade ou sua autoridade estivessem sendo questionadas, o que acontecia com frequência.

Era bom para Luke ser um Attens, pois qualquer indivíduo normal estaria na cadeia depois de atear fogo no carro da própria irmã. Foi necessário contratar uma bela equipe de advogados para convencer o juiz de que o incêndio tinha sido "acidental" e mais uma bela equipe de cirurgiões plásticos para reparar os danos causados. Mesmo dois anos depois, ainda eram nítidos os enxertos de pele ao longo da mandíbula dele, bem como a cicatriz ao redor do olho esquerdo. A irmã, Laura, a quem ele encharcara com gasolina antes de acender o fósforo, ficou bem pior. Não cheguei a conhecê-la, ela havia se mudado para a Flórida com o noivo e tinha uma ordem de restrição contra Luke, ordem esta, aliás, que ele já tinha violado duas vezes.

Enfim, a respiração dele se acalmou e eu fiquei ali esperando.

Já havia se passado 25 minutos de sessão. E até agora eu ainda não sabia qual tinha sido o tal evento instigante, mas esperava poder abordá-lo e resolvê-lo nos 35 minutos finais da nossa consulta.

Mais três minutos se passaram, mas Luke não era famoso por sua morosidade. A qualquer minuto, ele iria...

"Sabe esse *serial killer* que foi pego?"

Juntei meus dedos.

"Sim."

"O que você acha dele?"

Escolhi minhas palavras com cuidado.

"Não tenho opinião. Ele está sob custódia."

"Ele é seu paciente?" Ele estava começando a ofegar de novo, seus olhos foram se arregalando — era um sinal de que ele estava perdendo o controle. Nada bom, principalmente no caso de alguém com o perfil dele.

"Não, ele não era meu paciente." *E ainda não é*, eu disse a mim mesma. Fui contratada por Robert, não por Randall.

"Sabe... Ele foi meu *professor*." Ele pronunciou a palavra "professor" com desdém.

Eu pisquei.

"Foi mesmo? No Beverly High?"

Aquilo não era exatamente uma grande surpresa. Todas as crianças ricas estudavam no Beverly High ou no Montbrier. Luke era uma década mais velho do que Scott, mas Randall Thompson já lecionava ciências lá havia quase vinte anos.

Luke levantou-se da cadeira e veio na minha direção. Virei a cabeça para a divisória de vidro da sala e flagrei Jacob de olho na gente. Sustentei seu olhar por um segundo; depois, voltei minha atenção para Luke.

Ele parou bem na minha frente. A fivela do cinto raspou na mesa quando ele se inclinou tão perto que senti o cheiro rançoso do seu hálito.

"O recepcionista disse o nome dele... Então, ele é seu paciente?", ele sibilou, e seus perdigotos espirraram em meu queixo.

Eu devia ter deixado esse cara hiperventilar até a morte.

"Luke, você precisa se afastar de mim", o alertei calmamente.

"Aquele tarado", disse ele friamente, "botou seu..."

A porta se abriu.

"Tá tudo bem por aí?", quis saber Jacob.

Luke se virou para ele, e eu aproveitei a deixa para recuar e me levantar.

Olhando de soslaio, percebi que Luke cerrava os punhos. Ele estava começando a se exaltar, e, embora eu não achasse que ele fosse me machucar, não poderia dizer o mesmo em relação a Jacob.

"Luke, vamos terminar isto outro dia." Contornei a mesa, mantendo-a entre mim e Luke enquanto praticamente empurrava Jacob para o corredor.

Olhei para Luke e dei meu sorriso mais sereno e reconfortante.

"Ligue-me se precisar continuar esta sessão hoje. Você tem meu celular, Luke."

Ele sibilou de uma forma raivosa, e eu me lembrei da cobertura da imprensa após o incêndio no carro. A irmã dele gritando na maca. Eu me virei e segui direto para a recepção, rumo ao consultório de Meredith e fazendo sinal para Jacob me acompanhar. Ela estava falando ao telefone, então só entrei com Jacob, fechei a porta e a tranquei.

Ela encerrou a ligação no mesmo instante.

"Que foi?"

"Provavelmente, nada. Mesmo assim, chame a segurança e peça para subirem."

Ela ligou para a mesa da recepção, no térreo, e transmitiu a mensagem. Encostei o ouvido na porta e tentei escutar a movimentação no corredor. Ouvi um grito e depois uma pancada na madeira. Uma porta. Eu me empertiguei, cada vez mais alerta conforme ouvia os sons de pancadaria lá fora. Não era no saguão. Era na sala ao lado do consultório de Meredith.

Luke estava no meu consultório.

CAPÍTULO 24

Minha primeira preocupação foi com Matthew, nosso outro sócio. O psicólogo franzino tinha a aparência física de um camundongo. Sussurrei para Meredith, pedindo para ela ligar para o celular dele, e torci para que ele estivesse enfiado no próprio consultório, com a porta trancada. Mas eu não esperava que Luke fosse atrás dele. Se muito, assim que ele visse as anotações do bhk na minha parede, interpretaria tudo errado e viria atrás de mim.

"O que houve?", perguntou Meredith, se colocando ao meu lado. "Quero dizer, além do óbvio. Você está pálida."

"Ele está no meu consultório."

"E daí?"

"Ele está cismado com Randall Thompson. Agora, há pouco, ele perguntou se Randall era meu paciente."

"Mas você não está..."

"Sim, mas..." Apontei para o meu consultório. "Não é isso que ele vai pensar quando vir meu trabalho lá." Os nomes das vítimas, escritos em giz na parede. As colunas. As anotações. As fotos da cena do crime, coladas em uma grade organizada. Seria impossível não perceber. Ergui a cabeça, tentando prestar atenção. Luke estava quieto; provavelmente, parado, encarando as coisas todas na parede.

Por que a segurança estava demorando tanto?

"Será que eu quero saber qual é o fetiche desse cara?", questionou Meredith com delicadeza.

"Bem que eu queria ter uma resposta fácil para isso." Em termos leigos, Luke era um desastre ambulante. Em termos técnicos, ele se enquadrava em padrões recorrentes de características correlacionadas, não havia um único diagnóstico.

"Mas ele é violento?"

"Ele perde o controle com frequência." Mas não era só isso. Normalmente, havia premeditação por trás de suas explosões. O incidente com sua irmã aconteceu depois de Luke comprar duas latas, enchê-las de gasolina e passar duas horas em frente ao local de trabalho dela, aguardando sua saída. Duas horas cultivando e solidificando a raiva em uma resolução convicta e fatal. "Sim", emendei. "Ele é violento."

Alguém chacoalhou a maçaneta, e nós duas tivemos um sobressalto.

"Não abra", sussurrou Meredith.

"Doutora Moore? Doutora Blankner? É Bart, da recepção."

Destranquei a porta na hora e deixei o pessoal da segurança entrar.

"Vocês o pegaram?"

"Ele foi detido saindo do elevador e, neste momento, está na recepção." Bart passou a mão pela cabeça lisa e então coçou a nuca. "Ele está dizendo que não fez nada de errado, a não ser quebrar uma luminária, e ele disse que você pode mandar a conta."

"Beleza." Ajeitei minha blusa, meio constrangida por estarmos encolhidas ali no consultório como crianças assustadas. "E o doutor Reeker... o outro psicólogo? Ele está bem?"

"Estou bem." Matthew, um tanto acanhado, espiou pelo vão da entrada. "Eu estava fazendo planos de contingência para o caso de o senhor Attens decidir arrombar minha porta. Mas não aconteceu nada, não."

"Eu quase desejei que ele tivesse arrombado a porta", disse Bart, sacando um *walkie-talkie* do cinto. "Assim, a gente poderia chamar a polícia e fazer uma queixa por agressão. Mas, do jeito que foi, ele está liberado para ir embora." Ele levou o rádio à boca e transmitiu as instruções.

"Está tudo bem." Abracei meu próprio corpo. "Eu só quero que ele saia daqui. Tem como impedir que ele volte?"

"Sim, ele vai entrar na lista de restrições do prédio. Não se preocupe, doutora. A gente vai garantir a segurança de vocês."

A gente vai garantir a segurança de vocês. Isso era impossível. A equipe de Bart era excelente e havia influenciado totalmente na minha escolha por esse prédio, mas eles não poderiam fazer muita coisa, e a capacidade que eles tinham de nos proteger terminava na porta de saída.

"Você está bem?", perguntou Meredith enquanto o segurança se dirigia para os elevadores.

"Sim." Frustrada, passei a mão pelos cabelos. "Não gosto de colocar nenhum de vocês em risco."

"Nhé." Ela não deu importância. "Você tem que lidar com os meus pervertidos te olhando na sala de espera, e nós duas sofremos com os clientes deprimidos de Matthew. Por acaso, você já conversou com algum deles no elevador? Juro, a depressão deles é contagiosa."

Pervertidos. Lembrei-me da expressão sombria de Luke. "*Aquele tarado*", dissera ele, possesso de raiva, "*botou seu...*"

O que Randall tinha feito com ele? O destempero de Luke não era novidade. Fez-se presente durante sua vida inteira. Se Randall o tivesse molestado durante sua adolescência, com certeza, ele teria revidado.

Meredith me cutucou, e eu me esforcei para voltar à conversa.

"Você tem razão. Quem se importa em ter sua garganta cortada quando temos de lidar com seus pacientes acabando com o hidratante no banheiro?"

Ela riu tanto que seus olhinhos até enrugaram.

"Exatamente. Viu só?"

"Vou ver o estrago no meu consultório." Dei um sorriso agradecido ao grupo e saí da sala de Meredith. Então, entrei naquele que outrora fora meu santuário.

Estava quase tudo no lugar, com exceção da luminária rosa-dourada, que agora se encontrava em pedaços ao lado da minha mesa. A julgar pelo impacto e pela posição dos cacos de vidro, ela deve ter ido ao chão direto. Provavelmente, ele a ergueu acima da cabeça e a atirou sobre o piso de madeira escura.

Eu adorava aquela luminária. Tinha sido um presente da minha mãe quando vim para esse consultório, e seria impossível substituí-la. Agachei-me ao lado dos circuitos expostos e pus a mão em concha, juntando nela os pedacinhos que eu catava.

"Aqui." Jacob estendeu a lixeirinha prateada que normalmente ficava ao lado da minha cafeteira. "Por que você não me deixa limpar isto?"

"Não, não." Joguei o punhado de vidro na lixeira, a qual peguei da mão dele. "Pode deixar que eu resolvo. Você tem que voltar para sua mesa."

Ele hesitou, mas, depois, assentiu. Continuei a limpeza do jeito que deu, largando uma pequena quantidade de pó de vidro para as faxineiras coletarem em suas rondas quinzenais. Me levantei e dei um lento giro de 180 graus, tentando ver o escritório através dos olhos de Luke. A parede com os detalhes. As fotos. As pastas espalhadas em todos os cantos. Uma caneca de café esquecida ao lado da cadeira onde eu estava. Fui para trás da minha mesa, examinando tudo ali com um olhar crítico. Minha agenda estava fechada, o computador, bloqueado, e em modo de hibernação. Havia um bloco cheio de rabiscos e algumas anotações que não fariam sentido para ninguém além de mim. Ao lado do telefone, estava o cartão de visita de Robert, apoiado no meu peso de papel. Fiz uma careta e peguei o papelzinho. Será que Luke tinha visto? E, se viu, teria feito sentido na cabeça dele?

Antes que eu pudesse supor mais alguma coisa, peguei o telefone fixo e liguei para o número do escritório de Robert.

"Cluster e Kavin."

"Gostaria de falar com o senhor Kavin, por favor."

"Posso perguntar do que se trata?"

"É a doutora Gwen Moore, sobre Randall Thompson."

"Por favor, aguarde um momento."

Uma musiquinha suave começou a tocar, e eu puxei minha cadeira até a mesa e me sentei. Fechando os olhos, soltei um suspiro lento, lembrando-me das coisas que eu mesma tinha dito a Luke. Respire usando o diafragma. Relaxe. Ele não era o primeiro paciente que perdia o controle comigo e, com certeza, não seria o último.

"Ei."

A saudação familiar de Robert fez meu peito palpitar de um jeito estúpido.

"Desculpe incomodar. Imagino que você deve estar ocupado."

"Não é incômodo nenhum. E aí?"

"Bem, provavelmente, não é nada, mas achei importante te falar, só para garantir. Um paciente acabou de sair do meu escritório. O nome dele é Luke Attens. Ele está um pouco obcecado com a prisão de Randall Thompson. Ele me fez muitas perguntas, queria saber se Randall era meu cliente." Fiz uma pausa.

"Sabemos que ele não é. Ele é meu cliente. Você só está me dando consultoria", respondeu ele.

"Eu sei. Eu nem entrei nesse assunto com ele, apenas neguei. Só que ele começou a insistir, não acreditou em mim e ficou um pouco exaltado."

"Ele é um indivíduo violento?" O tom de voz de Robert era calmo, suas palavras eram comedidas e quase visceralmente frias.

"Já provocou episódios de violência." Retorci o fio do telefone em volta do dedo. "Ele invadiu meu consultório e viu minhas anotações e meus arquivos. Ficou pouco tempo aqui, mas, se ele já achava que Randall era meu cliente, tenho certeza de que agora está convencido disso."

"Você está preocupada com a possibilidade de ele vir atrás de você de novo?"

"O seu cartão de visitas estava na minha mesa. Estou preocupada com a possibilidade de ele ter visto e de estar indo para o seu escritório. Se você me colocar em contato com a segurança do seu prédio, posso fornecer a descrição física dele."

"Acabei de buscar o nome dele na internet. Tem uma foto. É isso mesmo? Ele botou fogo na irmã?"

"Infelizmente, sim" Pigarreei. "Luke disse que Randall foi professor dele..."

"Olha, esta linha não é segura", ele me interrompeu. "Vamos continuar essa conversa amanhã, às duas horas."

Olhei para o chão e parei de repente, avistando minha bolsa encostada na perna da minha mesa. Estava aberta, então, me abaixei e a apanhei.

Nunca fui de ficar enchendo minha bolsa de tranqueiras. Não carrego Band-Aids e remédios, nem talões de cheques ou carregadores de celular. Minha bolsa era como a minha casa — só as necessidades básicas, muito organizada. Dentro da bolsa Chanel estavam meu batom, um pó compacto, um pacotinho de lenços de papel, uma caneta e uma pequena latinha com balas de hortelã.

Minha carteira tinha sumido, assim como minhas chaves.

Não precisei refazer meus passos ou ficar me perguntando se havia esquecido minha carteira. Eu sabia que não tinha esquecido. E eu já havia usado minhas chaves naquela manhã, para destrancar meu consultório quando cheguei. Se ambas não estavam ali, é porque tinham sido levadas. Pensei na minha carteira de motorista, com meu endereço residencial.

"Gwen? Você está aí?"

"Preciso ir", falei em meio ao desespero.

"O que aconteceu?"

"Ele pegou minha carteira e as minhas chaves. Eu preciso ir." Eu ia ter que trocar minhas fechaduras. Será que Luke estava indo para minha casa? Se estava, por quê? Eu me lembrei dele jogando uma lata de gasolina na irmã, aquela piromania. Ele tocava no assunto com frequência. Minha casinha linda. Todos os pertences pelos quais tanto trabalhei. Minha gatinha Clem estava lá também. A portinhola para gatos ficava muito bem travada para que ela não saísse para o quintal na minha ausência.

"Falo com você mais tarde." Eu me levantei e peguei minha bolsa e, então, me lembrei de que não estava com as chaves do carro.

"Aonde você vai?", ele quis saber.

"Minha gata está em casa. Se ele entrar..."

"Meu escritório fica mais perto. Estou indo. Chame a polícia e me encontre lá."

Ele desligou antes que eu pudesse responder.

CAPÍTULO 25

Quando cheguei, já tinha uma viatura estacionada ao lado do belo Mercedes de Robert em frente à minha garagem. O nó de ansiedade no meu peito se desfez assim que o carro de Jacob parou perto do meio-fio para que eu saísse. Ele olhou através do para-brisa, para os dois homens que estavam no meu gramado.

"Aquele é o advogado?"

"Sim." Desafivelei meu cinto de segurança. "Aquele ali."

"Bonitão."

Era a primeira vez que Jacob comentava sobre um homem, e eu engoli minha surpresa.

"Sim, é."

"Quer que eu entre com você?"

Dei um leve aperto no antebraço dele.

"Você já fez mais do que deveria hoje. Vá para casa, e pode tirar folga amanhã. Pode deixar que eu mesma cancelo minhas consultas por *e-mail*. Meredith e Matthew dão conta de cuidar do consultório por um dia."

"Não", protestou ele. "Eu estou bem."

"Não. Sério. Tire folga e aproveite o fim de semana de três dias." Abri a porta e olhei para ele, que, enfim, aceitou a proposta.

"Tá bom, tá bom." Ele sorriu. "Obrigado, doutora."

"Obrigada pela carona." Saí do Toyota amassado e fechei a porta.

Verificando se estava vindo algum carro no sentido contrário, atravessei a rua e subi a pequena inclinação do meu gramado.

"Oi." Acenei com a cabeça para o policial e para Robert. "Sou Gwen Moore, a proprietária."

"Oficial Kitt." Ele me estendeu a mão, a qual apertei de imediato. "Fizemos uma varredura no perímetro, mas as portas estão trancadas. Nenhum sinal de presença do indivíduo."

"Obrigada. Bem, eu tenho uma chave escondida na varanda. Se não for um problema, eu queria que você entrasse comigo e verificasse a casa."

"Claro." O policial assentiu, assim como Robert, que parecia preocupado. Sorri para ele, grata. Então, passei por ambos e contornei o caminho que dava na lateral da casa.

Robert me seguia de perto.

"Você está bem? Você está branca feito papel."

"Estou bem. Só que foi uma tarde muito doida." Parei perto da porta lateral. "Vire para o outro lado."

"O quê?"

"Não quero que você veja onde escondo minha chave de reserva. Vire-se, anda."

Ele deu um sorrisinho.

"A varanda é pequena. Daria para descobrir fácil."

Sob o peso de todo aquele estresse, houve uma pequena ruptura — uma ruptura que abriu uma brecha para um breve momento de leveza.

"Eu sou mestra em esconder chaves. Você jamais descobriria."

Ele ergueu as mãos em sinal de rendição e ficou de costas para mim, esperando enquanto eu retirava a chave do alto da luminária da varanda e destrancava a porta. O policial, que estava falando pelo rádio, na garagem, veio até nós, com a mão apoiada na coronha da arma.

"Deixe-me verificar a casa primeiro, senhorita Moore."

"Claro."

Clem saiu correndo pela porta e seguiu para o quintal. Fiquei aliviada quando ela parou e examinou um novo botão de tulipa que brotava da minha jardineira.

"É a minha gatinha", falei. "Aparentemente, não tem mais ninguém na casa."

O policial assentiu e entrou.

Um silêncio constrangedor recaiu entre nós, e eu me encostei no pilar.

"Você não precisava ter se dado ao trabalho de vir."

"É minha culpa ele ter ido atrás de você." Ele ajeitou o fecho da pulseira do relógio. "Eu me sinto responsável."

Soltei um suspiro.

"Não. Eu tenho pacientes de alto risco. Às vezes, os gatilhos são acionados pelas coisas mais obscuras."

Ele se recostou na coluna oposta e alisou a gravata.

"Como foi que você acabou nessa especialidade? Parece-me um pouco..." Ele olhou para a casa, buscando a palavra certa. "Macabro."

Observei Clem perseguindo um lagarto.

"Sempre fui fascinada pelas pessoas. Por suas motivações. Suas decisões. Gosto de descobrir como seus cérebros funcionam."

"Isso não responde à pergunta."

"Sim, responde."

"Você poderia estar analisando o cérebro de uma pessoa normal. Por que focar em indivíduos violentos?"

"Por que defender criminosos?"

Ele deu um sorriso desprovido de humor.

"Gwen."

Cruzei os braços.

"Não é uma resposta simples."

"Uma boa saída, vou lhe dar o crédito." Ele encontrou meu olhar. "Por que você não me conta mais durante o jantar?"

"Ahhh..." Enruguei meu nariz. "Não sei. Considerando toda a natureza do nosso trabalho, talvez a gente devesse restringir os limites ao âmbito profissional." Eu sorri. "Outra noite, talvez."

Minha resposta negativa ricocheteou nele feito uma bala de borracha.

"Eu não vou desistir."

"Agora, você falou igual aos *stalkers* que eu atendo."

Ele estremeceu.

"Excelente observação. Mesmo assim, você precisa comer. Eu posso trazer algo esta noite. É mais seguro ter companhia, caso aquele imbecil resolva aparecer."

Havia tantos sinais de alerta piscando. O contato visual confiante. O sorriso brincalhão. A sutil camada de controle sobre o senso de culpa. Se a intenção dele era passar por um rol de mulheres numa tentativa de se distrair dessa culpa, então, seria melhor que ele procurasse outra. Eu já havia provado. Tinha gostado. No entanto, embora uma noite com Robert Kavin tivesse sido divertida, um segundo encontro daria início a um jogo arriscado com meu coração.

Por outro lado, ele era um homem bonito e inteligente. Um amante habilidoso e generoso. Será que eu era uma besta por não abraçar a oportunidade? Ele não era exatamente o que todas as mulheres desta cidade procuravam?

Além do mais, eu havia finalizado meu primeiro rascunho do perfil psicológico do BHK. Agora, só faltava fazer alguns ajustes e aparar algumas arestas, e também tirar alguns dias para permitir que minhas convicções marinassem direito na minha cabeça. Seria bom conversar com ele sobre alguns aspectos mais intrincados e receber um *feedback*.

"Por que tenho a sensação de que você está fazendo uma lista de prós e contras em sua cabeça?", perguntou ele.

"Porque eu estou." Olhei pela porta aberta da cozinha, imaginando quanto tempo mais o policial demoraria lá dentro.

"Eu já sei quais são os prós. Mas quais são os contras?"

"Ego, por exemplo." Lancei-lhe um olhar astuto, o qual foi devidamente ignorado.

"O que mais?"

"Eu simplesmente não estou a fim de me decepcionar. Pode ser que você curta esse negócio de ter muitos contatinhos, mas eu não."

Sua atenção migrou de mim para a rua. Eu me virei e vi um sedan escuro parando junto ao meio-fio. Robert se colocou na minha frente.

"Este não seria seu paciente, seria?"

"Não, a menos que a Ferrari dele esteja na oficina." Forcei a vista para identificar o carro, e minha preocupação diminuiu quando vi um homem negro alto saindo dele. "Ah, eu conheço esse cara."

Contornei Robert e encontrei o detetive Saxe no meio do caminho.

"Tudo bem?"

"Você que me diz, doutora Moore. Ouvi seu nome e seu endereço pelo rádio. Você matou outro cliente?" Ele me deu um sorriso desprovido de humor.

"Muito engraçado", retruquei categoricamente. "Acabei de chamar a polícia só por precaução. Alguém furtou minha carteira e minhas chaves."

Ele pousou as mãos nos quadris.

"Você vai trocar as fechaduras?"

"Sim. O chaveiro já está vindo."

Seu olhar migrou para Robert, que tinha se aproximado por trás de mim.

"O que você está fazendo aqui?"

Robert estendeu a mão.

"Robert Kavin. Estou trabalhando com a doutora Moore em um caso."

O investigador olhou para a mão dele e a ignorou.

"Eu te conheço, senhor Kavin. Você libertou Nelson Anderson depois que ele matou a esposa."

"Se eu o tivesse libertado, ele não estaria atrás das grades." A expressão de Robert era agradável, um nítido contraste com a carranca rígida de Saxe.

"Em um acordo judicial de merda. Ele vai sair dentro de cinco anos." A atenção do investigador se voltou para mim. "Você poderia arrumar uns amigos melhores, doutora."

Ignorei a piadinha.

"Alguma novidade sobre o caso John Abbott?"

Ele semicerrou os olhos, me encarando, embora nem estivesse tão ensolarado assim ali fora.

"Não tenho nada para dizer."

Nada para dizer? Como assim?

Ele fez uma varredura em meu quintal com o olhar.

"Bem, pelo visto, as coisas estão bem tranquilas por aqui. Se ninguém precisa de mim, então, eu vou seguindo."

Ninguém precisa de você, pensei, e agradeci entredentes enquanto ele abria a porta do carro, me lançando um último olhar avaliador antes de entrar. Acenei.

"Cara agradável", disse Robert. "Acho que ele confia em você tanto quanto confia em mim."

Eu me virei e olhei para ele.

"Ele estava só brincando."

"Estava?" Houve um segundo de tensão, mas, logo depois, Robert abriu um sorriso.

Dei uma risada tosca e desconfortável; então, virei a cabeça para o lado, vislumbrando o policial que agora retornava à porta da minha casa.

"Tudo limpo", disse o detetive Kitt, mantendo a porta aberta.

"Obrigada." Passei por ele e entrei em casa, olhando ao redor e encontrando tudo em ordem, minha cozinha impecável.

"Você já contratou um chaveiro?", perguntou o policial por trás de mim.

"Sim." Eu me virei para ele. "Ele deve chegar a qualquer momento."

"Posso aguardar a chegada dele."

"Ah, não precisa, obrigada."

"Eu vou ficar com ela." Robert entrou em cena.

O policial olhou para nós dois e, então, assentiu. Despedimo-nos, e ele deixou um cartão de visitas. Eu tinha um cartão de Saxe e, agora, o dele. Já dava para começar uma coleção.

Assim que ficamos sozinhos, Robert arqueou uma sobrancelha, olhando para mim.

"Então, está resolvido. Jantar hoje à noite. Pode ser... às sete horas?"

Hesitei, acanhada o suficiente para perceber que meu maior problema com Robert Kavin era minha atração por ele. Mesmo agora, com os nervos ainda em frangalhos por causa de Luke Attens e com um policial acabando de sair da minha garagem, meu corpo reagia à presença dele. Se ele avançasse, se agarrasse minha cintura e me puxasse... eu seria incapaz de resistir. E como ia ser depois?

E se eu dormisse com ele de novo? Não como dois desconhecidos depois de beber cerveja barata num bar, e sim como a doutora Gwen Moore e o advogado Robert Kavin — parceiros profissionais entremeados por uma profusão de segredos. Como ia ser depois?

CAPÍTULO 26

Faltando três minutos para às sete, minha campainha tocou. Olhei pela vidraça da porta da frente e soltei um suspiro frustrado.

Robert havia trazido flores. De novo. O último buquê nem tinha murchado ainda. Abri a porta antes que desistisse de recebê-lo.

"Mais flores?" Olhei para o buquê com um ar questionador.

Ele espantou um mosquito.

"Fui criado para sempre presentear o anfitrião quando vou à casa dele. Dou flores para homens e mulheres. Não leve para o lado pessoal."

"Que machista da sua parte." Eu sorri. "Só para constar, eu também gosto de uísque."

"Vou me lembrar disso." Ele fechou a porta no mesmo instante em que entrou, e então cerrou o trinco. "Os insetos estão terríveis hoje."

Tentei não olhar para a porta trancada, com a fechadura novinha em folha. Ele estava ali para me proteger, lembrei a mim mesma. Uma contribuição extra de músculos, além do taco de beisebol que eu deixava no armário de casacos.

Ele parou no saguão e inspirou fundo.

"Que cheiro delicioso... Desculpe por ter feito você cozinhar, mas eu estou doido para comer outro prato feito por você de novo."

Não respondi, pois ainda estava me sentindo emocionalmente resistente àquele jantar. Tentei protestar, ele argumentou... Não era fácil debater com um advogado. Em parte, porque eu não conseguia partilhar os verdadeiros motivos da minha apreensão, que tinham menos a ver com a minha reputação e mais a ver com a frágil onda de esperança e desejo que surgia toda vez que fazíamos contato visual.

Aliás, a gente vinha fazendo muito contato visual ultimamente, outra coisa que eu precisava frear.

"Vou colocá-las na água." Ele foi até a pia, e eu olhei para a mesa de jantar me sentindo grata por ter guardado as velas e a porcelana e providenciado alguns pratos e talheres descartáveis. Se isso não servisse para espantar o romantismo, então, que a minha calça de moletom e minha blusa larga completassem o serviço.

A água começou a correr na pia, e eu estalei os nós dos dedos; era um hábito dos meus momentos de tensão que eu nunca conseguia abandonar.

"Você recebeu notícias do seu paciente? Aquele que está com a sua carteira?" Robert virou a cabeça para que eu pudesse ouvi-lo com mais clareza. Ele ainda estava de terno, então repuxei a barra da minha blusa, me sentindo desconfortável. Hum, talvez eu tivesse exagerado um pouco na informalidade. Às vezes, nos esforçamos tanto para não demonstrar determinados sentimentos que, no fim, nos entregamos.

O que ele tinha perguntado mesmo? Sobre Luke? Pigarreei.

"Não", respondi.

A polícia tinha ido à casa dele e falado com a governanta, mas o herdeiro da rede de pizzarias jamais chegou a aparecer.

"O que você acha do estado mental dele?"

"Não tenho certeza", respondi honestamente. "Preciso conversar com ele e explicar o que ele viu no meu consultório. Essa é a solução mais fácil para o problema. Até tentei ligar para o celular dele, mas ele não atendeu."

As palavras derradeiras de Luke, e sua fúria contra Randall, pairavam nos meus lábios. Eu estava morrendo de vontade de contar tudo para Robert, mas isso violaria a confidencialidade médico-paciente que eu devia a Luke.

Ele desligou a torneira, e eu me aproximei, observando enquanto ele mesclava os novos lírios com as tulipas que havia trazido na outra ocasião.

"Então, você vai dizer a ele que está trabalhando para mim?"

"Vou dizer a ele que estou analisando as mortes e traçando um perfil psicológico."

Ele colocou as flores no parapeito da janela, logo acima da pia, e se virou para mim.

"Aliás, você me disse que esse perfil está pronto."

"O primeiro rascunho, sim. Ainda preciso definir o que se aplica e o que não se aplica em relação ao objeto de estudo."

"Randall", esclareceu ele.

"Sim. Nesta semana, eu já estarei em condições de falar com ele, se você puder providenciar."

"Sem dúvida. É só me dizer o dia, que tento marcar."

Nessa semana, eu ficaria frente a frente com o suposto Bloody Heart Killer Mencionei a entrevista como se não fosse nada de mais, no entanto, a verdade é que eu não conseguia parar de pensar no assunto. Será que ele se encaixaria no meu perfil? Será que era dotado de grande inteligência emocional? Como ele reagiria a mim... e quais perguntas eu deveria fazer?

"Eu gostaria de ver o que você traçou no perfil até agora."

Abri o forno e espiei a carne assada, que ainda precisava assar por mais quatro minutos, de acordo com meu temporizador de cozinha.

"Só preciso analisar algumas partes, ainda. Posso mandar por *e-mail* amanhã."

Ele se recostou no balcão e afrouxou o nó da gravata.

"Você ainda está com aquela sensação de que tem algo errado?"

"Sim", admiti. "Mas tem outra coisa que quero assegurar que você entenda corretamente."

Ele ergueu as sobrancelhas, à espera.

"Vou ser muito honesta na minha avaliação. Se você me convocar para depor, vou dizer a verdade, incluindo a maneira como Randall Thompson se encaixa no perfil que tracei."

Ele ergueu a mão, com a palma voltada para fora.

"Opa. Se eu quisesse um fantoche do júri, não teria desperdiçado seu tempo pedindo a análise do material. Era só eu impor o que eu gostaria que você dissesse."

"Ok." Argumento válido. "Eu só queria me assegurar de que não temos dúvidas a respeito disso."

Ele baixou a mão.

"Por que você tem tanta certeza de que Randall se encaixa no perfil? Você andou pesquisando a vida dele? Porque foi você quem me disse que..."

"Eu não pesquisei nada sobre Randall", retruquei. O temporizador apitou, e eu o silenciei. Então, coloquei minhas luvas térmicas com estampa do Garfield. "Mas eu sei o básico sobre a prisão dele. Você tem o testemunho da vítima e as evidências."

"Você está se referindo à caixa de *souvenirs*..." Ele esfregou a lateral do queixo, passando os dedos pela barba por fazer, e eu gravei o movimento, para o caso daquele ser um reflexo revelador..

"Sim. Você está preso à inocência de um homem que tinha pedaços das vítimas em casa, e Scott Harden o identificou nominalmente." Tirei as luvas térmicas. "Ao me contratar, você só está desperdiçando dinheiro. Não importa quais teorias psicológicas eu apresente no depoimento. O júri vai condená-lo." *Porque ele é culpado.*

Assim como dizia meu primeiro professor de lógica e raciocínio, se algo cheirava à merda e tinha gosto de merda, não era preciso ver saindo da bunda de um cavalo. Nesse dia, levantei a mão e perguntei a ele como faríamos para reconhecer precisamente o gosto da merda.

Analisando a situação sob um prisma lógico, Randall era culpado. Então, por que Robert insistia em defendê-lo? Para se aproximar do homem que tinha matado seu filho? Para puni-lo de alguma outra forma?

Ele pegou uma toalha e enxugou as mãos lentamente.

"Não sei dizer se você está tentando me frustrar intencionalmente ou se está apenas sendo obtusa."

"O quê?", gaguejei.

Ele olhou para mim, em silêncio, como se estivesse esperando alguma coisa, como se eu estivesse escondendo uma peça de um quebra-cabeça nas costas, e dessa vez o contato visual não fez meus joelhos tremerem ou meu coração disparar. Dessa vez, eu me senti culpada — e talvez por isso seu recorde de vitórias nos tribunais fosse tão impressionante. O estímulo à confissão de culpa através do olhar.

O temporizador tocou de novo; agora, para o arroz, então eu cliquei no display do fogão e tirei a panela do fogo. Quando me voltei para Robert, sua expressão era sombria, de desconfiança. Eu tinha falhado no teste.

Mas que teste era esse?

Comemos em um silêncio pétreo, com nossos talheres de plástico raspando silenciosamente nos pratos descartáveis, e eu me lembrei do motivo pelo qual continuava solteira. Os homens são uns babacas. Uns babacas decepcionantes e incompreensíveis. E pensar que eu estava preocupada com um eventual clima de sedução...

Ele quebrou o silêncio enquanto ensopava o pão no restinho de molho de carne.

"Isso está uma delícia." Ele tomou um gole de vinho, o qual abri quando ficou óbvio que nenhum de nós iria conversar. "Onde você aprendeu a cozinhar? Com sua mãe?"

Dobrei meu guardanapo no colo e ri da suposição machista.

"Não, nenhum dos meus pais sabia cozinhar."

Toda refeição lá em casa, independentemente do dia ou da data, de ser feriado festivo ou qualquer outra ocasião, sempre acontecia do mesmo jeito: olhando um cardápio enquanto o garçom aguardava, com a caneta erguida em expectativa.

"*Chef* particular ou comida congelada?", ele perguntou com um sorriso cauteloso.

Fiz uma careta.

"Quando eu era nova, a gente só comia fora." Naquela época, os restaurantes eram todos padronizados com suas toalhas brancas de mesa e funcionários esnobes. Pigarreei. "À medida que fui crescendo e o dinheiro foi ficando mais escasso, as refeições na rua foram se tornando inviáveis para o nosso orçamento." Os filés e as degustações de vinho foram lentamente substituídos por peito de frango grelhado com salada, com a espiral descendente atingindo o fundo do poço no dia em que meu pai anunciou que teríamos de começar a comer em casa.

Claro, a notícia caiu como uma bomba e foi quase imediatamente seguida por outro anúncio: meu pai teria de arranjar um emprego.

Minha mãe se jogou no sofá, ao melhor estilo Scarlett O'Hara, e começou a soluçar. Afinal, tinha se casado com o rei dos orelhões, com 172 orelhões em dois aeroportos, catorze estações de ônibus, cinco *shoppings* e inúmeros postos de gasolina, cada um deles rendendo quase 50 dólares por semana. Ela não estava preparada para aquela nova realidade, com dívidas crescentes no cartão de crédito e 172 orelhões que não chegavam nem a cobrir o aluguel do espaço que ocupavam.

Os telefones celulares foram a morte do nosso sustento e, por fim, do casamento dos meus pais.

Nossa transição para refeições caseiras foi dolorosa. Minha mãe parecia querer punir meu pai a cada almoço ou jantar. Tudo era sem graça demais, apimentado demais, cru ou queimado. Eu não sabia dizer se era intencional ou se ela era uma cozinheira péssima mesmo. Depois de algumas semanas, resolvi assumir a cozinha e fui dando um jeito de aprender. Para minha surpresa e enorme gratidão do meu pai, eu era talentosa no negócio, e logo estava preparando pimentões recheados com queijo, *fettuccine* de frutos do mar e, o favorito dele, costela de porco frita.

"Graças a Deus, eu gostava de cozinhar. Foi a única coisa positiva resultante daquela crise, que levou ao alcoolismo da minha mãe e à retração emocional do meu pai." Tomei um grande gole de vinho.

Robert, que tinha permanecido quieto durante a história, levantou-se e pegou meu prato vazio.

"Eu também não fui muito próximo dos meus pais." Ele passou pela porta em arco até a cozinha e serviu-se de uma segunda porção. "Mas eu tinha dois irmãos, então ao menos pude contar com outras pessoas para formar vínculo."

"Eu tinha um irmão mais velho, mas havia sete anos de diferença entre nós; assim, quando a crise chegou, eu era praticamente filha única." Peguei um pedaço de pão da cesta e o parti ao meio. "No entanto, ser praticamente a única filha me ensinou a ser mais independente. Aprendi a cuidar de mim no âmbito emocional. Foi bom para formar caráter." Olhei para ele. "Provavelmente, era bom para Gabe também."

Ele gemeu.

"Sem papo de terapia, por favor. Gabe é a última coisa sobre a qual quero falar."

Em geral, é assim, ou os pais enlutados falam o tempo todo de seus filhos ou não falam absolutamente nada. Pelo visto, Robert pertencia ao último grupo. De todo modo, a resistência à conversa não era um indicativo de que o assunto deveria ser evitado. Muito pelo contrário.

"Você sabe... Todas as vítimas do BHK eram filhos únicos."

Isso chamou a atenção dele.

"Você tem razão." Ele me olhou surpreso. "Ao que você atribui esse comportamento?"

"Pode ter sido por conveniência", comentei. "É mais fácil sequestrar um adolescente que vai para a escola e volta da escola sozinho, por exemplo."

Ele ficou calado por mais um tempo.

"Minha esposa...", ele pigarreou, "... queria mais um filho. Eu não. Gabe..." Ele suspirou. "Gabe já valia por mil. Pegava birra por qualquer coisa. Começou quando ele tinha 2 anos, e eu já não tinha paciência para aquilo, muito menos para um segundo filho. Ele foi melhorando conforme foi crescendo. Talvez se Natasha tivesse tocado no assunto de novo, quando ele tinha uns 6 ou 7 anos, eu poderia ter topado, mas..." Ele parou. "Ela nunca mais tocou no assunto. E, então, já era tarde demais."

Ajeitei-me no assento, encaixando meu pé debaixo da coxa.

"Gabe tinha 10 anos quando ela morreu?"

"Isso."

"Ele te repeliu ou ficou mais apegado a você?"

Ele cortou um pedaço de carne com a ponta do garfo.

"As duas coisas. Cada dia era de um jeito. A princípio, ele ficou arredio; depois, mais grudado. Tirei um ano de folga do trabalho, e foi nessa fase que a gente mais interagiu. Ficamos muito mais próximos naquele ano." Ele passou a mão na parte de trás do cabelo. "Agora, vejo que gostaria de nunca ter voltado a trabalhar."

Puxei minha taça de vinho para mais perto de mim.

"Poucos pais poderiam se dar ao luxo de tirar um ano sabático para ficar com um filho, ou teriam topado fazer algo assim. Concentre-se nos aspectos positivos disso. E quanto a tirar mais seis anos para ficar com ele..." Balancei a cabeça. "Vocês dois precisavam de um retorno à normalidade. Se eu fosse sua médica, teria recomendado fortemente que você voltasse ao trabalho, para o bem de vocês dois."

Ele terminou de mastigar, engoliu e tomou um gole de vinho antes de falar.

"O que significa o fato de eu ter tirado folga quando ela morreu, mas ter continuado a trabalhar quando ele morreu?"

"Significa que você não se deu permissão para viver o luto. E... Aquele ano de folga foi para focar na cura de Gabe, e não na sua."

"Sabe, eu não preciso de psicoterapeuta, Gwen. Todas as perguntas, os estímulos, a exploração dos sentimentos... Já passei por tudo isso. Contratei os melhores médicos do país para ajudar Gabe e estive ao lado dele conforme as coisas foram melhorando."

A reação dele me surpreendeu. Eu estava acostumada com pacientes raivosos e ressentidos. Meus primeiros quatro anos em campo foram dominados por sessões pautadas pela justiça, por máquinas de ódio raivosas e descontentes que não queriam nenhum tipo de ajuda.

"Pelo visto, sua vida está nos eixos", falei com delicadeza. "Mas tenha em mente que todas as técnicas de luto que você aprendeu com a morte de Natasha foram projetadas para um cônjuge ou um filho. Com Gabe, a dor que você sente é a dor de um pai. É um cenário diferente, que carrega uma identidade própria e única."

"Uma identidade com a qual estou lidando", disse ele, com a voz rouca.

"Bem, você está defendendo o suposto assassino dele", apontei. "Então, você seguiu um caminho de cura pouco ortodoxo, chame como queira."

"Está funcionando para mim."

"Então tá bom."

Servi o restinho da garrafa de vinho.

"Pois é... Os meninos eram todos filhos únicos." Ele mudou de assunto. "Quais outros pontos em comum eles tinham?"

Aceitei de bom grado a mudança de assunto, ansiosa para conversar a respeito.

"Tem o óbvio: todos se encaixavam em um determinado molde. Rico, bonito, popular, 17 anos, gênero masculino cis. Você está familiarizado com a teoria psicodinâmica da criminologia?"

"Vagamente. Tem a ver com personalidades inconscientes, certo?"

Concordei com a cabeça.

"Especificamente com o desenvolvimento dessas personalidades inconscientes por meio de experiências negativas", eu disse. "A personalidade inconsciente, que chamamos de id, é o impulso primitivo que a maioria de nós segue automaticamente. A vontade de comer. De dormir. De proteger nossos entes queridos. De fazer sexo." Corei um pouco e continuei: "Esse id normalmente é mantido na linha pelo ego e pelo superego, que são as outras partes da sua personalidade que governam sua moral e as expectativas sociais. Por exemplo, elas dizem ao homem que, embora ele queira transar com a esposa, não deve fazê-lo no meio do supermercado. Ou, numa analogia menos grosseira, mesmo que você odeie seu chefe, matá-lo não é a solução mais sensata, dadas as consequências sociais e a torpeza moral do ato".

Agora, eu tinha a atenção total dele, seu olhar no meu. Sua respiração tinha desacelerado, seus sentidos estavam totalmente alertas, e a comida foi esquecida. Isso era inebriante, e eu lutei para manter o ritmo.

"Os *serial killers* são frequentemente dominados pelo id em consequência de um ego e um superego fracos. A teoria psicodinâmica atribui esses egos fracos a falhas no desenvolvimento, normalmente durante a adolescência e, muitas vezes, em virtude de traumas. Nesse caso..." Eu estava buscando o jeito certo de colocar a questão "... se o assassino sofreu *bullying* durante os anos de formação no ensino fundamental ou médio, isso pode ter prejudicado o desenvolvimento pessoal de seu ego e de seu superego, o que aumenta consideravelmente os riscos de seu id manifestar sentimentos latentes de opressão em relação a um indivíduo que o faz se lembrar daqueles que o assediaram."

"Espere." Ele ergueu a mão. "Então, o assassino sofreu *bullying* nas mãos de alguém que se enquadra nesse molde... rico, bonito, popular?"

"*Talvez* tenha sofrido *bullying*. *Talvez* tenha sido molestado. *Talvez* tenha sido manipulado por isso. Isso é só uma teoria", enfatizei. "Uma possibilidade. Mas isso explicaria as semelhanças entre os meninos e os abusos. Ele não está só matando os meninos. Ele está brincando com eles. Ele está construindo um relacionamento com eles. Ele está lutando pela atenção deles de todas as maneiras possíveis. E, então, ou ele perde o controle e eles morrem, ou ele se cansa do garoto em questão e acaba com tudo. Meu perfil aponta para esse último caso." Fiz uma pausa e tomei um gole de vinho.

"Ele fica entediado e os mata", confirmou ele categoricamente.

"Sim." Era a minha vez de mudar de assunto. "Posso perguntar uma coisa sobre Randall?" Com seu consentimento, continuei: "Algum outro aluno se apresentou e disse alguma coisa? Entre os meninos ou as meninas?".

Ele fez uma pausa.

"Não particularmente. Você quer dizer... nos últimos vinte anos? Algumas queixas de estudantes insatisfeitos, mas nada grave."

"Estudantes do gênero masculino ou feminino?" Pensei em Luke, com os olhos injetados e o rosto trêmulo de raiva. Provavelmente, ele não tinha sido o único. Com certeza, havia outros.

"Sempre mulheres." Ele pegou o garfo. "Agora, será que podemos parar com a inquisição por um minuto para eu poder desfrutar destes últimos bocados de comida caseira?"

Eu sorri.

"Claro. Vá em frente."

~

Perto da pia, Robert abriu a água quente enquanto eu embalava sobras para ele levar para casa. Olhei para ele enquanto tampava o pote. Ele havia tirado o paletó e a gravata, as mangas engomadas da camisa agora estavam arregaçadas até os cotovelos, sua postura era mais relaxada. Uma bela mudança.

Ele passou por mim para pegar um pano de prato, e nossos corpos se roçaram.

"Então, o investigador que apareceu mais cedo..." Ele pegou uma esponja e começou a esfregar uma panela. "O que foi aquilo?"

Coloquei o restante do pão em um saco *ziplock* e o fechei bem.

"Acho que ele só está de olho em mim."

"Por que você perguntou sobre a morte de John Abbott? Eles estão investigando?"

"Acho que eles investigam todas as mortes, principalmente numa situação como essa, com duas pessoas envolvidas."

"Foi morte suspeita?"

Hesitei. *Ele é advogado de defesa*, lembrei a mim mesma. Alguém que costuma destrinchar os casos e analisá-los por todos os ângulos. Assim, meu desconforto só fez aumentar. O que exatamente ele tinha visto na pasta de John? Empilhei os recipientes e os coloquei numa sacola com o pão.

"Acho que não", respondi receosa. "As pessoas enfartam o tempo todo. Embora Brooke fosse bem jovem, acho que ela já tinha algum histórico familiar disso." John havia comentado alguma coisa assim, não foi? Falou alguma coisa sobre o remédio dela, sobre a mãe dela... Com certeza eu teria anotado se ele tivesse mencionado, sobretudo porque o envenenamento sempre foi um método corriqueiro na longa lista de meios pelos quais John queria matá-la. Como farmacêutico, era um dos caminhos mais lógicos a se seguir, mas também um dos mais arriscados no que diz respeito a levantar suspeitas.

Aquilo foi mais um lembrete de que eu precisava fazer uma revisão completa na ficha de John. Eu já deveria ter olhado, na verdade, mas vinha adiando em virtude do meu complexo de culpa e também por causa da distração mais recente e mais empolgante: o caso BHK.

"Ah, então, é a morte de Brooke que é considerada suspeita?"

Tarde demais, percebi o erro na minha resposta. Eu tinha respondido com base no meu conhecimento da sequência mais provável dos eventos: John mata Brooke e, então, se mata. Observadores externos — tanto Robert quanto Saxe — obviamente depositariam mais atenção e suspeitas na morte por facada, não no ataque cardíaco. Foi por isso que o detetive Saxe perguntou se Brooke poderia tê-lo matado, e era disso que Robert estava falando ao perguntar sobre o caso.

Portanto, talvez ele não tivesse lido a ficha de John na minha mesa. Talvez ele não tivesse visto mais do que uma ou duas linhas. Talvez toda a minha paranoia fosse completamente infundada.

"Não", emendei rapidamente. "Eles não consideram a morte dela suspeita. Eu só estava dizendo que problemas cardíacos eram comuns na família dela. E John era muito próximo dela. As pessoas lidam com o luto de maneiras inusitadas."

"Então, você acha que é possível que ele tenha se matado?"

"Acho." Me virei para encontrar seus olhos. "Acho, sim."

Ele assentiu, voltando sua atenção para a panela, e ali, no meu íntimo, meu desconforto floresceu.

CAPÍTULO 27

Acordei sozinha, com gosto de arrependimento ou de vinho potencialmente azedo na boca. Robert foi embora sem incidentes ou ousadias maiores que um beijo na bochecha. Agora, meu corpo sentia-se traído. Olhei para o teto e percebi, com uma forte dose de autodepreciação, que eu tinha expectativas de transar com ele.

Tanto esforço para manter a postura do distanciamento profissional. Graças a Deus, eu não tomei a iniciativa, embora a conversa certamente tivesse ajudado, concentrando-se em assuntos que anulavam quaisquer ideias românticas.

Minha libido frustrada à parte, foi uma refeição bem produtiva. Tivemos algumas conversas leves sobre Gabe, mas não leves o suficiente para apaziguar minhas preocupações sobre o manejo do luto. Em vez de se concentrar na cura, Robert estava catando mulheres desgarradas depois de velórios e construindo uma defesa aparentemente muito sólida para o assassino de seu filho.

Isso era outra coisa que estava me deixando insone. As vítimas. Os rostos angustiados de seus pais no noticiário. Será que eu estava ajudando a libertar o assassino daqueles rapazes?

Eu não faria uma coisa dessas. Eu disse a Robert que falaria a verdade, e ele pareceu condescendente quanto a isso, mas, ao mesmo tempo, ele o fez com uma expressão maliciosa e meio irônica, o que indicava que ele conhecia meu jogo. Quem me dera carregar a mesma autoconfiança...

Eu estava totalmente perdida no tabuleiro, sem saber se estava na frente ou atrás no placar. Provavelmente, atrás. Aliás, muito provavelmente, eu já havia caído do tabuleiro.

Clem estava na minha mesa de cabeceira, deitada bem em cima do meu celular, então meti a mão debaixo da barriga dela para pegar o aparelho, e ela sibilou para mim. Ignorando-a, desbloqueei meu telefone e verifiquei os alertas do sistema de segurança.

Nenhuma entrada não autorizada. Nenhum alerta de movimento nas câmeras. Uma noite tranquila. Soltei um suspiro de alívio e, então, antes que me esquecesse, reativei os alarmes. Normalmente eu deixava o sistema desligado durante o dia, muitas vezes, mantendo as portas abertas para entrar a brisa, mas, até eu conseguir falar com Luke, ou até a polícia interpelá-lo, eu precisava ficar esperta.

Saí da cama, tomei um banho quente e vesti uma calça cáqui cor de creme e uma regata vermelha canelada. Arranquei um novo fio grisalho que havia entrado em cena, trancei meu cabelo molhado, peguei Clem e desci as escadas inalando o cheirinho de pelo de gato. Ela passava a maior parte dos dias no cestinho da lavanderia, por isso tinha o mesmo cheirinho dos lencinhos da secadora.

Quando já estava de saída, Robert chegou a me pressionar mais uma vez para ver o perfil. Eu tinha combinado de mandar para ele no início da tarde, se quisesse cumprir meu cronograma. Não fazia sentido deixar o material esperando ali. Meu avatar principal — um assassino organizado e controlador que na juventude foi molestado ou estuprado por um adolescente rico e popular — estava consolidado. Eu precisava tirar o rascunho da minha mesa e colocá-lo nas mãos de Robert para poder me concentrar em uma tarefa ainda mais urgente: revisar a ficha médica de John Abbott. As perguntas sobre a morte de Brooke me fizeram questionar se ele mencionara algum histórico familiar de problemas cardíacos do lado da família dela. Eu queria confirmar aquela possibilidade e, de qualquer modo, já estava mesmo propensa a revisar o material, independentemente de qualquer coisa. Com o detetive Saxe ainda à espreita, a possibilidade de a minha ficha ser requerida pela justiça era uma preocupação plausível. Eu precisava copiar a ficha e estudar cada pedacinho dela, da primeira à última consulta.

Antes de mergulhar no trabalho, servi uma tigela de cereal e assisti a um *reality show* de namoro. Na tela, uma loira de seios imensos ria do competidor masculino. Minha mãe adorava aquele programa idiota. Em nosso telefonema mais recente, ela passara uns dez minutos recapitulando um dos episódios. Foi um tanto sofrido, mas aí resultou em uma dissecação crítica da minha vida. Uma mulher solteira, sem filhos, com quase 40 anos, era motivo para pânico materno, e ela baliu sua preocupação em alto e bom som durante a maior parte da ligação. Meu trabalho, na opinião dela, era minha maior barreira para o amor. Afinal de contas, onde eu iria conhecer os homens? No necrotério?

A vida seria mais fácil sem meu irmão, cuja esposa estava dando à luz no mesmo ritmo de uma torradeira soltando pães no domingo de manhã. Era de se pensar que todos aqueles bebês iriam manter minha mãe feliz, mas, de algum modo, isso só fez crescer a expectativa pelo meu desempenho.

Comi uma colher de cereal de canela. Talvez minhas perspectivas amorosas *estivessem* prejudicadas pelo meu trabalho. Embora os olhos de Robert tenham se iluminado no bar quando lhe contei o que eu fazia da vida, no fim das contas, a reação típica era um calafrio desconfiado. Certa vez, fui a um evento de encontros-relâmpago, e um cara lindo perguntou se eu já havia matado alguém. Outro perguntou se eu planejava "fazer essa coisa de dar conselhos" eternamente.

Talvez eu devesse voltar a frequentar a igreja. De acordo com a minha cunhada, ali era um viveiro de homens qualificados. E eu precisava de um sujeito qualificado — ou de um novo estoque de pilhas —, algo para distrair minha cabeça do único solteiro de quem eu deveria manter distância, muita distância.

Robert Kavin estava escondendo alguma coisa. Eu já tinha sentido as sementes da suspeita desde o início, e então, com o passar do tempo, fiquei cada vez mais convencida dessa possibilidade. E o mais estranho era que, quanto mais eu tinha certeza de que ele estava ocultando alguma informação, mais eu acreditava que ele também desconfiava de mim.

A princípio, pensei que a suspeita dele girasse em torno da morte de Brooke, considerando que ele havia lido ao menos parte da ficha de John Abbott. Mas qual parte? Essa era a grande dúvida. Minha segunda questão era descobrir até que ponto Robert conhecia John. Ele esteve no velório, então, devia haver ao menos uma amizade ali. Eu, por exemplo, não saberia dizer o primeiro nome da minha farmacêutica, e muito menos teria ido ao velório dela — no entanto, eu também não tinha um filho diabético. Será que ele e John haviam se tornado próximos o suficiente a ponto de Robert querer proteger a reputação do falecido e evitar que fossem levantadas suspeitas sobre a morte de Brooke? Era possível, talvez até provável, dado que neste momento eu deveria estar sob investigação do Conselho de Ética.

E eu não podia ignorar a possibilidade de Robert simplesmente não ter visto nada de mais. Talvez eu tivesse deixado a pasta aberta numa página com informações inócuas, que não significavam nada para ele, e talvez meus medos fossem puro fruto da paranoia e nada mais.

Joguei um pouco de água quente da torneira na minha tigela de cereal e a coloquei na lava-louça. Antes de me enrolar ainda mais, eu precisava me lembrar em qual página a ficha de John estava quando a larguei aberta sobre a mesa. Eu não seria capaz de lembrar o local exato, mas tinha uma noção geral de onde havia parado a revisão quando fui vencida pelo vinho e pela sonolência.

Sequei as mãos, fui até o escritório e puxei a correntinha rígida do abajur, que iluminou a superfície ampla da mesa. Estava limpa, nenhum papel em cima, lição devidamente aprendida, meus documentos confidenciais agora ficavam todos trancados em uma das duas gavetas. Arrastei para o lado o elefante dourado que ficava ao lado do abajur, revelando a pequena chave. Minha segurança ainda precisava de melhorias.

Instalei-me na minha cadeira, abri a pasta grossa de John Abbott e folheei as anotações da sessão até encontrar o ponto onde havia parado da última vez. Ajeitei minha cadeira para mais perto da mesa e comecei a ler.

Ja está rabugento e irritadiço. Sofrendo arritmia por causa da esposa. Seu temperamento piorou. Incidente com hóspede — ar-condicionado.

Eu me lembrava bem do episódio. Eles estavam com um amigo hospedado e o ar-condicionado pifou. John tentou consertar sozinho e não conseguiu.

"Eu tenho um QI de membro da Mensa." Ele me imobilizou com um olhar que me desafiava a argumentar. "Sou mais instruído do que 99% das pessoas nesta cidade. Com meu conhecimento, posso matar ou salvar alguém aqui mesmo." Ele batia um dedo na têmpora. "E ela quer ligar para alguém para consertar o aparelho, ela não me acha inteligente o bastante. E daí que o ar quebrou? Ele não estava pagando a hospedagem. Que ficasse lá suando."

Não consegui descobrir se a solução dele foi deixar o pobre hóspede morrendo de tanto suar ou se ele tinha planos de tentar consertar o aparelho mais uma vez. Desviei a conversa de volta para Brooke.

"Em que momento você sentiu que estava perdendo o controle?"

"Ela simplesmente não parava. Estava me cutucando, era isso. Limpando continuamente a testa para insinuar que estava suando. Perguntando quando eu iria lá dar uma olhada. Mostrando artigos no celular e dando 'sugestões para ajudar'." Ele fez aspas no ar para frisar as palavras. "Aí eu fiquei olhando para ela, sentada no sofá, e imaginei sua barriga aberta."

Suas palavras me causaram desconforto, como se fosse meu próprio estômago em risco. Tão calmo. Tão prático. Como se ele cortasse carne humana todos os dias.

"Ela está engordando", ele acrescentou. "A banha chacoalha quando ela se mexe. Pensei nisso, fiquei me perguntando se aquela gordurada toda ia dificultar ou facilitar para cortar." Ele me olhou. "O que você acha?"

Encontrei o olhar dele sem vacilar, porque a maioria dos meus clientes esperava uma reação. Para alguns, esse é o motivo para matar, porque ficam ali, berrando com seus entes queridos sem receber o retorno esperado. Bem, eu não pretendia entregar nenhuma reação a ele.

"Acho que precisamos trabalhar para que você não fique imaginando essas coisas."

Agora, meu dedo avançava para a linha seguinte das anotações, e meu coração apertou assim que li:

Não está só querendo a minha atenção — ele é uma séria ameaça para ela. Alto risco.

CAPÍTULO 28

Nita ficou observando seu marido estacionar o Range Rover, o movimento deliberadamente devagar; todos temiam aquele momento. Ela se virou para desafivelar o cinto e olhou para o banco de trás, onde estava Scott, com o corpo apoiado contra a janela, o olhar voltado para o estacionamento da delegacia.

"Não quero voltar lá", disse ele, baixinho. "Vocês sabem o que eles fizeram comigo da última vez."

Ela fechou os olhos, tentando bloquear aquela lembrança. O médico legista tinha dito que seria rápido: uma amostra de tecido dos genitais e um kit de exame de estupro. Demorou apenas quinze minutos, mas Scott recusou-se a encará-la ao retornar à sala de espera. Ele estava até caminhando diferente. Nita se lembrou da sua época na faculdade, quando sua colega de quarto ficou bêbada e desmaiou, e no dia seguinte ela precisou levá-la ao centro de saúde feminina para verificar se a amiga havia sido estuprada. Sua colega chorou durante todo o trajeto para casa e disse que, se soubesse como era aquele exame, não teria feito.

"Eles só vão fazer umas perguntas", assegurou o advogado deles, um ex-colega de faculdade de George, que estava no banco traseiro, ao lado de Scott. "E já, já eu vou entrar também."

"Mas eu tenho que responder a todas às perguntas deles?"

"Eu vou intervir se perguntarem algo inadequado. Mas precisamos que você seja honesto com eles, Scott. Isso vai ajudar no processo contra o senhor Thompson."

Scott abriu a maçaneta da porta sem muita convicção e saiu lentamente do carro. Nita encarou o marido.

Então George lançou a ela um sorriso tranquilizador.

"Vai ficar tudo bem", disse ele calmamente.

Mas será que ia ficar mesmo? Como é que eles poderiam ficar bem de novo?

Enquanto avançavam pelo corredor da delegacia, o salto da sandália de Nita travou numa fenda no piso irregular e ela tropeçou e se lançou para a frente. George a aparou, ajudando-a a se erguer, e ela sorriu para ele, grata. Ela deveria ter vindo de sapatilhas. Depois de meses usando só pijama e chinelos, ela já não tinha a mesma destreza com os saltos. Se ela não caísse de cara no chão, eles só precisariam passar pelo interrogatório para voltar logo pra casa. Afinal de contas, não eram criminosos, e Scott não era suspeito de nada. Embora, em algum momento, fosse haver um julgamento, por ora, eles poderiam dar as investigações como encerradas e, então, voltar para o Range Rover e ir almoçar. Ela poderia saborear uma bela mimosa gelada e eles poderiam discutir os planos para a faculdade. Não Vanderbilt, não mais. Agora, seria melhor Scott ficar mais perto de casa, considerando todo o ocorrido. Pepperdine seria perfeita. Pequena, particular e segura.

Ela entrou na salinha de observação e olhou através do vidro para Scott, que estava sentado, com o advogado ao lado dele. Juan era um bom profissional, embora direito penal não fosse exatamente sua especialidade. Mesmo assim, ele conhecia Scott desde sempre, e os investigadores tinham garantido que aquele interrogatório consistiria basicamente numa breve averiguação dos fatos. Duraria quinze ou vinte minutos, no máximo.

A detetive Erica Petts pigarreou.

"Scott, preciso que você me fale sobre o lugar onde você foi mantido em cativeiro", disse ela.

Nita se remexeu, sentindo-se desconfortável. Scott já tinha falado para eles que não sabia, que tinha passado o tempo todo de olhos vendados. *De olhos vendados por sete semanas?*, questionaram. Sete semanas de escuridão — não era à toa que ele não conseguia dormir. Era até surpreendente ele não estar pedindo para ficar com um abajur aceso no quarto o tempo todo.

"Não sei de nada", murmurou ele. "Eu estava de olhos vendados."

Olhe para cima, Nita queria gritar. *Olhe nos olhos deles para que acreditem em você.*

"Bem, você estava de olhos vendados no cômodo. Mas aí você escapou, certo? Precisamos saber o que você viu quando se soltou. Você tirou a venda, então, não é mesmo?"

"Estava escuro", disse Scott. "Fui tateando até a porta e, depois, pelo corredor. Eu estava correndo. Não prestei atenção em nada até sair."

"E você não precisou descer ou subir escadas para sair?"

Ele hesitou.

"Não."

"Ele estava em casa? Ele morava lá?

"Eu... Eu não sei."

No entanto, eles sabiam, não sabiam? A polícia tinha revistado a casa de Randall Thompson de cima a baixo e concluído que aquele não tinha sido o cativeiro de Scott, e, sim, algum outro local. E, na manhã em que Scott escapara, Randall estava na escola, lecionando. Nita ficou sabendo daquelas coisas não pela polícia, mas pela imprensa. A polícia não estava lhe dando informações sobre absolutamente nada.

A dupla interrogou Scott para tentar descobrir como era o bairro por onde ele circulara durante a fuga. O que ele descreveu — ruas tranquilas com casas caindo aos pedaços — era compatível com uma centena de bairros de Los Angeles. O que Nita não tinha entendido, o que ela *ainda* não conseguia entender, era por que ele não havia parado em nenhuma das casas para pedir ajuda. Por que ele não tinha feito sinal para nenhum carro? Por que havia resolvido correr quilômetros até chegar em casa?

"Vamos voltar para o quarto onde você era mantido. Entendemos que você não viu nada, mas vamos falar das coisas que você conseguia ouvir, do que conseguia sentir. Você ouvia algum sinal de atividade na casa?" Agora era o outro policial quem falava, um sujeito gorducho que estava parado num canto, com um pé cruzado sobre o outro.

Scott fez uma pausa.

"Acho que não."

"Quando ele entrava no cômodo onde você estava, ele abria alguma porta? Você ouvia a circulação por algum corredor? Pense em como você conseguia detectar a presença dele."

Scott esfregou a testa.

"Sei lá. Acho que eu ouvia uma porta se abrindo. Não me lembro de nenhuma escada."

"Não tenha pressa", insistiu o detetive Harvey. "Na sala, tinha carpete ou era um piso frio? Você conseguia ouvir os passos dele?"

"Era piso." Ele engoliu em seco.

Aquilo era ridículo. Eles já sabiam quem era o assassino. Por que aqueles detalhes importavam? Não era justo fazer Scott reviver tudo de novo.

"Ok, então, você não ouvia nenhum barulho de outros cômodos? Como uma tv, por exemplo, ligada ali por perto?"

"Hum... Acho que não."

"Barulho da estrada? Caminhões? Buzinas?"

"Não."

"E a temperatura no cômodo?" O investigador passou na frente do espelho falso. "Fazia calor?"

"Às vezes."

"O espaço era climatizado? Você ouvia algum barulho de ar-condicionado ligando e desligando?"

"Não me lembro."

Nita sentia a frustração deles, percebia a entonação mordaz no final das perguntas. Talvez eles desistissem. Talvez perdessem a paciência e deixassem Scott ir embora.

"Ok, então, nenhum som. E quanto ao cheiro?" A detetive Petts recostou-se na cadeira. "Algum cheiro de mofo ou de umidade?"

Scott inalou, como se estivesse sentindo o cheiro de novo.

"Talvez tipo naftalina."

"Então você conseguiu destravar suas algemas, certo?"

A mudança abrupta no questionamento pegou Scott desprevenido. Ele olhou para o advogado e depois assentiu.

"Isso."

"Não é algo muito fácil de se fazer com um garfo." A detetive Petts olhou para Harvey, que concordou com a cabeça.

Nita se empertigou, arrepiada com o tom de voz da mulher.

"Bem, eu não fiquei cutucando a trava", Scott se esquivou. "Não estava trancada direito. Normalmente, ficava apertada, mas dessa vez não estava, então, eu consegui puxar com a mão."

Aquilo era novidade. Nita franziu a testa, seu olhar encontrou o olhar do marido. Ambos já tinham ouvido a história uma dúzia de vezes. Scott adorava contar como havia conseguido abrir as algemas.

"Ah, então, veja só... Isso faz mais sentido. Porque estávamos começando a nos questionar...", disse Harvey.

De novo, aquele tom. Como se estivessem zombando dele.

"Você disse que ficava com os olhos vendados e que não sabe como chegou lá, certo?"

"Isso."

Scott estava sofrendo, e Nita precisava tirá-lo dali.

"Então, como você sabe que foi o senhor Thompson? Se você não conseguia ver, poderia ter sido qualquer um."

"Eu o vi antes de ser levado. Ele estava ao lado do meu carro. Foi ele quem enfiou alguma coisa em mim."

Algum tipo de sedativo. Foi o que disseram. Já fazia algum tempo que a polícia desconfiava que o BHK havia drogado os rapazes com alguma coisa, e Scott confirmara: era uma injeção, nada colocado na comida ou na bebida.

"E você reconheceu a voz dele? No quarto? Porque ele pode ter levado você e, depois, ter entregado você para outra pessoa."

Scott hesitou.

"Não", ele disse, por fim. "Foi ele. Ele falava comigo." Ele assentiu com o olhar colado à mesa. "Sim. Foi ele. Ele é um tarado. Ele me falou sobre as coisas que fez. Me contou sobre as alunas que estuprou."

Houve um instante de silêncio enquanto todos na sala absorviam a nova informação. George passou o braço em volta de Nita e a apertou levemente contra si.

"Alguma garota que você conhece? Tem como dar algum nome?"

Ele balançou a cabeça e cruzou os braços, e Nita reconhecia quando os ataques de teimosia de Scott se assentavam. Ele estava prestes a se calar. A assumir uma postura desafiadora.

"Ele lhe contou por que estava fazendo aquilo?"

Scott não se mexeu, não falou mais nada, não respondeu à pergunta. Suando sob o braço de George, Nita se desvencilhou e implorou mentalmente ao filho que ele respondesse.

"Ele só dizia que precisava me colocar no meu lugar." Ele baixou o queixo no peito, e as palavras que vieram a seguir foram tão baixinhas que ela não conseguiu ouvir.

"Como assim, Scott?"

"Ele disse que era divertido. Que gostava de me machucar. E que gostava de ver."

"Ver o quê?"

Ela prendeu a respiração, quase com medo de ouvir a resposta.

Scott deu de ombros.

"Tudo." Ele passou a mão pelos cabelos loiros desgrenhados, puxando-o para frente, encobrindo o rosto, e então se levantou. "Preciso de um tempo." Ele olhou para o advogado. "Posso fazer uma pausa?"

"Claro", disse Harvey. "Sem pressa."

Nita pensou que Scott fosse vir diretamente aonde ela estava, mas ele não o fez. Ele saiu da delegacia e seguiu para o carro, onde passou quase vinte minutos sentado, só olhando para além do para-brisa. Imóvel. Calado. O garoto que não conseguia passar míseros minutos sem olhar o celular ficou inerte ali, como um zumbi, e então, por fim, ele abriu a porta do veículo e saiu, com seu andar lento e penoso enquanto retornava para a sala onde estava Nita, George e Juan.

Quando voltou a sentar-se com os investigadores, Scott era uma versão diferente do filho que ela conhecia. Alguém com as costas mais eretas e uma voz mais suave e confiante. E, desta vez, ele contou uma nova história.

CAPÍTULO 29

Eu não conseguia tirar os garotos mortos da minha cabeça. Empurrando o carrinho de supermercado, passei por uma vitrine de morangos e tentei não comparar o tom vermelho vivo da fruta com as fotos dos crimes, com a carne ensanguentada.

Eu já tinha visto muita maldade na minha vida, estudado inúmeros indivíduos que mataram sem motivação, nem propósito, mas aquelas mortes estavam cravadas em mim feito garras. Não tinham sido mortes aleatórias. A estrutura cuidadosa e consistente dos homicídios... a construção. Até mesmo a fuga de Scott Harden... tudo continha algum significado.

Parei no balcão de carnes e peguei um pacote de coxas de frango e uma costela de cordeiro. Ao avançar, quase trombei meu carrinho na mulher à minha frente. Ela se virou, e eu dei um sorriso de desculpas; então, tive um sobressalto ao reconhecê-la.

"Lela! Oi."

Seus olhos se iluminaram.

"Doutora Moore", ronronou ela. "Como vai?"

"Estou bem." Empurrei meu carrinho para sair do corredor principal. "Sinto muito por ter remarcado nossa consulta da semana que vem. Vou precisar me preparar para um depoimento de uma audiência."

Ela dispensou o pedido de desculpas.

"Tem algo a ver com o tal BHK? Vi aquele advogado gato no seu escritório na semana passada. Aquele que está nos jornais, aquele que o filho morreu."

"Não, não tem nada a ver com esse assunto."

Era exatamente do que eu precisava: Lela Grant fofocando para a cidade inteira sobre Robert.

"Sabe, minha filha está estudando no Beverly High agora. Ela conhece Scott Harden, quase saiu com ele uma vez!" Ela sorriu, como se fosse maravilhoso sua filha estar potencialmente ligada a um menino que tinha sido sequestrado, torturado e quase assassinado.

Peguei um vidro com amêndoas do qual não precisava e comecei a buscar um jeito de sair da conversa.

"Como estão as coisas em casa?"

"Ah, estão bem." Uma versão mais jovem de Lela apareceu e jogou uma caixa tamanho família de cereal com *marshmallows* no carrinho. "Maggie, você pode dizer oi para a doutora Moore?"

A adolescente avaliou minhas sapatilhas vermelhas com um sorriso de escárnio.

"Se eu posso dizer oi? Claro que posso."

Eu a ignorei totalmente.

"Maggie", implorou Lela, e então fiquei me perguntando se sua total incapacidade de controlar a filha seria um dos motivos das manifestações de suas fantasias violentas contra a cunhada, uma mulher que parecia ter controle perfeito da própria vida.

A adolescente afastou o cabelo dos olhos e, então, eu vi as cicatrizes na parte interna dos braços. Antigas e recentes. Marcas da dor e da depressão. Meus olhos encontraram o olhar de Lela.

"Maggie, pode pegar um sorvete para nós?", sugeriu ela brilhantemente. "O sabor que você quiser."

A garota se virou sem responder e seguiu corredor afora.

Esperei até que ela saísse de vista e então perguntei.

"Há quanto tempo ela vem se cortando?"

Ela suspirou.

"Há uns dois meses. Tenho passado Neosporin, mas, assim que as feridas cicatrizam, ela se corta de novo."

Algo naquela declaração ficou cutucando meu cérebro. Mas o que era exatamente? Balancei a cabeça enquanto tentava compreender o que era.

"Você a levou ao médico?"

"É só revolta de adolescente. Sabe como é... desilusões com os meninos." Ela desdenhou dos cortes com um meneio de ombros. "Mas, sim... A gente deve levá-la ao doutor Febber, na Clínica Banyon. Eles são especializados em adolescentes. Aliás, você não vai adivinhar o que a gente viu lá." Ela se inclinou para se aproximar mais de mim e as rodas de seu carrinho rangeram.

"Por favor, não me conte." Forcei um sorriso educado. "A confidencialidade dos pacientes é o nosso calcanhar de Aquiles. Principalmente no ramo da saúde mental."

A expressão de decepcionada foi imediata.

"Ah. Sim. Claro."

"Enfim, eu te vejo na semana que vem? De volta à nossa programação normal?"

"Aham", disse Lela, apática. "Claro."

Lela virou o carrinho e deu um tchauzinho. Imitei seu gesto. Pobre Maggie. Lela havia passado por seis consultas comigo, e ela nunca havia mencionado as dificuldades da filha.

Entrei no corredor de laticínios e peguei um galão de leite; depois, uma embalagem de manteiga com sal. Mas eu ainda estava com uma pulguinha atrás da orelha... O que tanto me incomodara nos comentários dela? Repassei a conversa em minha cabeça. Sua filha... Beverly High... Scott...

Parei no corredor de vinhos resfriados e peguei uma garrafa de *sauvignon blanc*. Encaixei a garrafa ao lado do leite e segui empurrando o carrinho. À minha frente, notei que a fila na farmácia diminuía, então acelerei o passo, na esperança de não precisar esperar demais para ser atendida. Eu estava meio indisposta e precisava de um *spray* nasal antes que o negócio piorasse.

Estacionei meu carrinho, peguei minha bolsa e entrei na fila. Talvez eu não devesse ter apressado a conversa com Lela, sobretudo porque não a veria na semana. A fila aumentou, e eu fiz uma nota mental para continuar a conversa sobre a filha dela em sessões futuras.

Entediada, fiquei olhando a seção de curativos, cremes antibióticos e outros suprimentos de primeiros socorros.

Tenho passado Neosporin, mas, assim que as feridas cicatrizam, ela se corta de novo.

Foi essa informação que me pegou? Se sim, por quê? Fechei os olhos, focando na imagem de Lela passando Neosporin nos cortes de Maggie. Ao passo que era uma cena curiosa, minha mente se recusava teimosamente a cooperar. Atrás de mim, alguém pigarreou. Abri os olhos e dei um passo à frente.

Neosporin... Neosporin... Assim que as feridas cicatrizam.

As imagens do caso BHK surgiram na minha cabeça. *Closes* de feridas. Queimaduras de cigarro. Cortes. Alguns curados, outros novos. Abri minha bolsa e peguei meu celular. Verifiquei a hora e liguei para o consultório torcendo para que Jacob ainda estivesse lá.

Sua saudação tranquila me fez sorrir.

"Jacob, é Gwen. Você pode ver uma coisa para mim no consultório, por favor? Preciso que você fotografe uma coisa."

Fiquei aguardando enquanto ele encontrava as chaves e destrancava minha porta. Dando-lhe instruções, pedi que fosse até a parede onde eu havia colado as fotos de todos os ferimentos.

Ele emitiu um lamento desconfortável.

"Eu sei, são nojentas. Pode fotografar a seção toda, por favor? Não de muito longe, pois será preciso ampliar as imagens."

"Todas?"

"Sim, faça umas três ou quatro fotos de cada uma."

"Tá bom. Já, já eu mando pra você."

"Obrigada. Por favor, certifique-se de trancar a porta depois que terminar."

Encerrei a ligação e prossegui em meus afazeres; agora, eu era a segunda na fila. Eu estava passando meu cartão de crédito e pegando o *spray* nasal quando meu celular começou a vibrar com mensagens chegando. Retornando ao meu carrinho, abri as imagens e comecei a analisá-las.

Que bom que eu ainda não havia jantado. As fotos compunham um show de horrores, de pura dor... As que tinham closes das penectomias eram as piores. Fui passando depressa e ampliei quando cheguei à imagem que despertou minha lembrança.

Era uma fileira certinha de queimaduras de cigarro no meio das costas. Nada digno de nota, exceto pelo brilho nelas. Parecia que um caramujo tinha passado em cima das feridas. Era tipo um unguento de babosa aplicado em uma região que a vítima jamais alcançaria sozinha.

O BHK estava tratando os ferimentos. Machucando e depois cuidando deles. Por quê? Remorso? Culpa? Ou era algo mais? Algo mais profundo?

Ergui os olhos do celular e pensei nas implicações daquela informação. Não fazia sentido — aquilo conflitava totalmente com o perfil psicológico que eu havia criado. Um assassino organizado e controlador não prestava primeiros socorros, a menos que fosse para manter sua vítima viva para um propósito específico. Mas aqueles ferimentos não representavam risco de morte, por isso não necessitavam de primeiros socorros. Era quase como se... Pensei em Meredith, na pergunta que ela fez sobre a manutenção nas vítimas. Sim. Tratava-se potencialmente de manutenção de curativos, algo que, mais uma vez, não correspondia ao perfil que eu havia traçado. Embora não haja valores absolutos na psicologia humana, há padrões, e aquilo ali quebrava todos os padrões de um sistema previsível.

Enfiei meu celular na bolsa e peguei o carrinho de novo, girando-o para a esquerda e indo em direção ao caixa, ignorando o restante da minha lista de compras e tentando pegar a fila mais curta.

Eu sabia que havia algo errado. Talvez aquela fosse a chave para descobrir o que era.

CAPÍTULO 30

Deixei as compras em casa e fui direto para o meu consultório. Estava escuro, o computador de Jacob estava desligado, a única iluminação vinha de uma placa da saída de emergência acima da escada. Acendi as luzes e liguei meu iMac. Enquanto ele iniciava, limpei a mesa e peguei as pastas do caso.

Retirei os elásticos grossos em volta de cada pasta e espalhei tudo ao longo da superfície da mesa, posicionando o caso de Gabe Kavin bem no meio.

Meu computador, enfim, iniciou, e então eu loguei e abri o perfil psicológico de 22 páginas que eu tinha mandando para Robert. Imprimi duas cópias e peguei uma caneta vermelha. Acendi a luminária da mesa e ajustei sua posição para que iluminasse bem acima das pastas.

Minha primeira tarefa era determinar se de fato teria havido manutenção dos ferimentos com todas as vítimas ou se a foto que Jacob me enviara era uma exceção à regra.

Abri o primeiro arquivo.

Trey Winkle tinha 17 anos e era jogador de lacrosse do Serra Retreat. Foi encontrado em uma vala ao longo da estrada que dava para o Observatório Griffith. Fui até a parte da necropsia e examinei as descobertas.

Algum tipo de resíduo adesivo ao longo de um corte profundo na coxa. A ferida estava limpa e parecia bem cuidada. Um Band-Aid seria a provável explicação para o resíduo de cola.

Meu assassino não usaria Band-Aid.

Passei para a vítima seguinte. Travis Patterson. Bem alimentado. Cabelo limpo. Feridas parcialmente curadas.

Peguei um bloco de papel e fiz anotações, percorrendo todas as cinco pastas antes de chegar à pasta de Gabe Kavin.

Respirei fundo. Havia um padrão já estabelecido, mas Gabe era uma anomalia desde o início. Sua morte tinha sido a mais brutal — talvez ele não tivesse recebido os mesmos cuidados.

Mas não foi assim. Tal como os outros, ele estava saudável no momento de sua morte. Também estava bem alimentado e bem cuidado — claro, se ignorássemos a tortura e o estupro no intervalo de poucos dias.

Larguei a caneta e esfreguei minha têmpora. Se a culpa e o arrependimento fossem responsáveis pelas gentilezas, mas o indivíduo ainda estivesse envolvido em violência habitual, então, estaríamos falando de um distúrbio. Não se tratava de transtorno bipolar ou de transtorno de personalidade limítrofe. Esses seriam caracterizados por oscilações ou episódios de mania, e não havia como um indivíduo em crise de mania ser capaz de executar aquelas mortes com padrões tão precisos sem deixar evidências.

Recostei-me na cadeira, dando um gemido, e olhei para a sanca no teto.

Se a manutenção dos ferimentos fazia parte de um padrão estabelecido, e de fato fazia...

Se os sequestros, o cativeiro e as mortes eram bem planejados e executados com destreza no momento certo, e de fato eram...

Se os sinais apontavam para um histórico de trauma pessoal de um assassino, o que fazia sentido...

Esquizofrenia paranoide ou transtorno dissociativo de identidade eram os distúrbios mais prováveis naquele caso.

A esquizofrenia paranoide é o transtorno mental mais comum diagnosticado entre criminosos, mas sobretudo entre assassinos em série. David Berkowitz, Ed Gein, Richard Chase, Jared Lee Loughner... Randall Thompson poderia facilmente se juntar a esse rol. O transtorno é caracterizado por delírios e, em geral, em casos como esse, alucinações auditivas ou visuais, capazes de ditar as ações do indivíduo. Uma figura imaginária poderia muito bem estar orquestrando e ordenando as ações violentas, e a verdadeira personalidade do assassino seria aquela que estaria cuidando da vítima e consolando-a depois de cada episódio. Ou — mais provavelmente — vice-versa.

O transtorno dissociativo de identidade é conhecido, normalmente, como transtorno das múltiplas personalidades. Se fosse o caso, significaria que o BHK estava agindo sob personalidades isoladas. Talvez duas, talvez mais.

Certa vez, atendi um paciente com transtorno dissociativo de identidade. Este é um dos diagnósticos mais complicados da psicologia, e cada caso é diferente. Frequentemente, é desencadeado por algum grave trauma físico ou emocional. Às vezes, pode ser "curado" com terapia; na maioria das vezes, não. Nos casos mais divulgados, vemos que as personalidades secundárias podem ser bem violentas.

Por mais difícil que fosse, eu precisava falar com Scott Harden. Suas interações com o assassino iriam me ajudar a entender se se tratava de uma mudança clara de uma personalidade para outra ou de uma comunicação mental com um delírio. A diferença era significativa a tal ponto que ele teria conseguido distinguir com facilidade, principalmente depois de sete semanas em cativeiro.

Embora a esquizofrenia paranoide fosse praticamente uma certeza nesses casos, apostar no diagnóstico do transtorno dissociativo de identidade seria um grande salto. Se eu estivesse enganada, seria um golpe na minha credibilidade e em minha reputação. E, assim que a imprensa soubesse, a cobertura se alastraria como um incêndio florestal na Califórnia em setembro.

Bati a caneta na página. Trocando em miúdos, eu não tinha o suficiente para continuar e deveria guardar todas aquelas informações para mim até saber mais.

Minha entrevista com Randall estava marcada para quarta-feira. Nessa primeira impressão, eu ia conseguir ter, pelo menos, uma noção geral do tipo de indivíduo com quem estava lidando. E o escritório de Robert provavelmente tinha uma lista de investigadores particulares à disposição. Indivíduos afetados pelo transtorno dissociativo de identidade costumavam deixar pistas que um detetive descobriria facilmente. Ausência nos compromissos. Esquecimentos. Explosões inexplicáveis.

O elevador apitou, e eu olhei pela porta aberta do consultório. Minha tensão foi diminuindo quando apareceu uma mulher com um carrinho de limpeza.

Luke estava estranhamente quieto. A polícia, por fim, havia conseguido encontrá-lo e interrogá-lo, mas as respostas foram obtusas. Ele insistia em afirmar que não havia pegado minha carteira, nem minhas chaves. Bem, eu já tinha cancelado todos os meus cartões e perdido uma tarde inteira de um domingo solicitando novos documentos, cartões de clubes e um novo chaveiro para o meu carro. A polícia não tinha motivos concretos para acusar Luke, então, ele foi liberado. Depois disso, ele não havia feito nenhum esforço para entrar em contato comigo, o que deveria ser tranquilizador, mas não era. Em vez disso, o silêncio parecia aquela pausa relevante em um filme de terror, pouco antes de o vilão aparecer com a serra elétrica.

Fechei o arquivo e me levantei, inclinando-me e juntando todas as pastas e, depois, empilhando tudo no meio da minha mesa. Agitando o *mouse*, interrompi o protetor de tela e desliguei o computador.

Eu precisava chegar em casa e, pelo restante da noite, tentar não pensar em morte.

CAPÍTULO 31

A porta de Robert estava entreaberta, ele mantinha sua atenção voltada para o monitor, então, eu bati levemente os nós dos dedos na madeira e aventurei-me a entrar.

"Oi."

Ele olhou por cima do monitor e ergueu as sobrancelhas, surpreso.

"Ei. Entre. Você poderia simplesmente ter me ligado."

"Eu estava aqui perto. Meu alfaiate fica a três quarteirões daqui."

"Frank e Pat?"

Eu sorri.

"Sim. As melhores agulhas de Los Angeles."

Ele apontou para as cadeiras diante de sua mesa.

"Por favor, sente-se. Eu só queria falar sobre o perfil que você me mandou."

Sentei-me na cadeira da esquerda e olhei para o peixinho dourado. Ainda vivo.

"Claro."

"Foi um trabalho excelente. Bom mesmo."

Suspirei.

"Mas?"

Ele pôs as mãos junto à boca e me avaliou.

"Estou com a sensação de que você está me escondendo alguma coisa. O que é?"

Malditos advogados. Os bons eram bons demais em ler as entrelinhas e encontrar brechas. Mal tive tempo de solidificar minhas novas teorias, e eu não estava preparada para apresentá-las, nem para defendê-las. Ainda não, e não antes de conversar com Randall Thompson. Pigarreei e me esquivei da pergunta.

"Eu? Escondendo alguma coisa?", retruquei. "O que *você* está escondendo?"

Ele ignorou minha réplica.

"Diga-me quem se enquadra neste perfil psicológico."

"Eu não sei", falei, ríspida. "Ainda não entrevistei Randall."

"Foda-se Randall."

A palavra chula me fez estremecer.

"Quem mais?" Ele me olhava como se eu estivesse no banco dos réus. "Isso se encaixa em algum de seus pacientes?"

"Foi por isso que você me contratou? Para ter acesso aos meus pacientes?"

"Responda à pergunta, Gwen."

"Não", gaguejei. "Este perfil não tem nada a ver com nenhum dos meus pacientes." Eu falei aquilo sem sequer pensar na minha lista de pacientes, afinal de contas, FODA-SE ELE. Não importava se um dos meus pacientes fosse idêntico àquele perfil. Fiz uma pausa. Eu não poderia dizer de boa-fé que não contaria a alguém, porque eu iria contar. Mas eu iria contar para a polícia. Para o detetive Saxe, não para esse babaca ali na minha frente.

"Quer saber?" Me levantei da cadeira e peguei minha bolsa do chão. "Já terminamos. Não tenho tempo para esses joguinhos."

"Ele matou meu filho."

E assim, com aquelas quatro palavras roucas, minha raiva se esvaiu. Robert estava autorizado a jogar. Estava autorizado a se sujar. Alguém havia sequestrado seu filho, o estuprado e arrancado sua inocência, alguém o afogara e depois jogara seu corpo em uma vala atrás de uma usina de reciclagem. Quem era eu para ficar brava com ele por alguma coisa, qualquer coisa, quando ele só estava tentando pegar o assassino de seu filho?

"O que você está escondendo?", ele perguntou de novo.

Me virei para encará-lo.

"É só uma teoria", foi tudo o que consegui dizer.

"Sobre o assassino?"

Apoiei as mãos no encosto da cadeira de couro.

"Sim."

"Me conte."

Suspirei.

"Não está confirmado ainda e carece de pesquisa. Um investigador particular seria interessante neste caso. E eu preciso falar com Randall. Várias vezes, se possível. Eu poderia compartilhar minhas ideias com você agora, mas vai servir apenas para distrair a gente. O que está no meu relatório é mais sólido. Muito mais sólido."

Encontrei o olhar dele, e vi que a dor nele era crua e intensa. Fazia apenas nove meses que ele tinha enterrado o filho. Cedo demais.

"Pode estar errado", apontei calmamente.

"Apenas me conte", ele insistiu.

"O assassino tem atitudes contraditórias. Ele machuca os meninos e depois passa pomada em suas feridas. Tortura, mas os alimenta bem. Suas ações mostram mudanças drásticas em seus níveis de compaixão. Algumas ações são quase amorosas, porém, no fim, temos aquele ato bárbaro da remoção da genitália."

Inspirei, preparada para ser ridicularizada assim que as próximas palavras saíssem.

"É *possível* que as oscilações sejam consistentes com um indivíduo com esquizofrenia paranoide ou um transtorno dissociativo de identidade."

Robert olhou para o perfil impresso diante de si e soltou um suspiro muito discreto. Não foi exatamente uma risada, mas também não foi a recepção inteligente que eu esperava.

"Como eu disse", continuei, tensa, "não é algo que eu possa defender em uma audiência no tribunal."

"Mas você acredita nisso. Se fosse seu filho quem tivesse morrido, você seguiria essa linha de raciocínio?" Ele me encarou.

Não. Era arriscado demais. Engoli em seco.

"Eu manteria isso em mente, mas não me comprometeria."

Então, ele me encarou por um bom tempo, com aquele tipo de olhar que você dedica a uma imagem do livro *Onde está Wally?*. Um foco atento, procurando aquele pedacinho que não combina com as demais informações. Me remexi um pouco na cadeira, sentindo-me desconfortável sob o escrutínio.

"O que foi?", enfim, perguntei.

"Só estou tentando descobrir se você é muito inteligente ou muito burra."

"Ah, que engraçado", respondi de uma forma seca. "Já eu passo a maior parte do meu tempo tentando descobrir se você perdeu a cabeça ou se consegue ter algum vislumbre do futuro."

Ele riu.

"Ok, vamos focar as ideias defensáveis aqui." Ele bateu no topo de uma pilha de páginas, e eu olhei para ela, reconhecendo a capa do meu perfil psicológico. "Você me deu um pretenso panorama psicológico do assassino." Ele balançou sua cabeça. "Vou ignorar a possibilidade de um transtorno psiquiátrico, por enquanto. Vamos supor que ele seja um homem solteiro, que provavelmente foi abusado sexualmente ou seduzido por um colega popular quando era jovem. Altamente organizado, maníaco por controle, inteligente e analítico."

"Sim."

"Prosseguindo, então." Ele pegou um pequeno molho de chaves em sua mesa. "Vamos ver se Randall se enquadra no perfil."

Olhei para o meu relógio.

"Agora? Minha reunião com ele está marcada para quarta-feira." Parecia imprudente ir até a prisão sem planejamento, nem preparo emocional, sobretudo com aquela possibilidade de novos diagnósticos. Aquilo era importante, o momento mais importante da minha carreira. E se eu fizesse a pergunta errada? E se ele dissesse algo notável e eu não estivesse preparada?"

"Por que não? Você pode ir na quarta-feira de novo." Ele manteve a porta do escritório aberta, com as sobrancelhas erguidas, me desafiando. "Eu achava que conversar com assassinos fosse sua função."

"E eu achava que ele não fosse um assassino", retruquei.

Ele deu um sorrisinho sacana.

"Bem, vamos descobrir."

CAPÍTULO 32

"Você não me parece tensa." Robert esvaziou os bolsos numa tigelinha estendida pelo segurança.

"Não estou tensa. Eu diria que estou sentindo até certa excitação."

Ele riu.

"Excitação... Que emoção interessante."

Passamos pelos detectores de metal e esperamos que nossos itens passassem pela esteira. Olhei para baixo.

"Belas meias." Eram cinza, com pequenos flamingos desenhados.

Ele remexeu os dedos dos pés em reação.

"Belo esmalte. Qual seria essa cor... magenta?

"Acho que está mais para ameixa."

Ele pegou meus saltos na esteira e me entregou. Então, nos sentamos nas cadeiras dobráveis de metal encostadas na parede e calçamos nossos sapatos. Olhei para os seguranças, que estavam rindo sabe-se lá de quê.

"Com que frequência você tem vindo visitá-lo?"

"Randall? Dia sim, dia não."

"Sério?" Fiquei em pé, aguardando Robert terminar de amarrar os sapatos. "A meu ver, é bastante. Vocês têm muito assunto?"

"Na verdade, não. A maioria das conversas visa melhorar a confiança dele para o julgamento." Ele se levantou, enfiando a barra da camisa por dentro da calça. "Ele não está muito bem."

"E, por acaso, alguém fica bem estando na cadeia?", perguntei.

Ele pousou a mão nas minhas costas delicadamente a fim de me guiar para a ala da esquerda.

"Estou preocupado com ele. Estou curioso para saber sua opinião sobre a estrutura mental dele depois que vocês conversarem."

"Ele ainda está alegando inocência?"

Robert suspirou.

"Sim." Ele apertou o botão para chamar o elevador e paramos, esperando.

Olhei para uma câmera que apontava para a gente.

"Você sabe que isso é bem estranho, né? O fato de você estar defendendo um homem que está sendo julgado pelo assassinato do seu filho?"

Entramos no elevador.

"Eu não o defenderia se achasse que ele fosse culpado."

"Você já defendeu pessoas culpadas antes, não é?"

"Claro." Ele apertou o botão do terceiro andar. "Mas, nesta situação, eu não defenderia, por motivos óbvios."

"Então, você está disposto a negligenciar questões morais, a menos que a sua família esteja envolvida na história."

Ele bufou, irritado.

"Eu não colocaria as coisas dessa forma." Ele voltou a me olhar. "Mas, claro, minha bússola moral, às vezes, erra. Assim como a sua."

Cruzei os braços.

"Como é que a minha bússola moral pode estar equivocada?"

"Bem, eu defendo os culpados. Você, por sua vez, os protege." As portas do elevador se abriram e fiquei esperando que ele saísse primeiro. Ele não o fez.

Segui seu exemplo e também não saí.

"Como é que eu protejo os culpados?"

Sua expressão endureceu.

"Teste surpresa, doutora Gwen. O que você faz quando um paciente confessa seus segredos?"

Fiz uma pausa, e as portas do elevador se fecharam, isolando a nós dois no cubículo.

"Depende do segredo."

Ele deu uma risada sem nenhuma graça.

"Ah, depende do segredo. Está bem, vamos brincar. Por acaso, você *já* entregou um de seus pacientes ou reportou qualquer coisa que foi dita em uma consulta?"

Algo no jeito como ele fez a pergunta fez parecer que eu estava errada por nunca ter quebrado a confiança de um paciente.

"Não", respondi cautelosamente.

"Algum deles já confessou um crime?"

Hesitei. Sim, claro que sim. E é por isso que muitos deles eram meus pacientes. Para lidar com a culpa e o arrependimento, e para aprender com o passado e também prevenir episódios violentos futuros.

"Sim", falei categoricamente.

"Algum já lhe contou sobre um crime que estava planejando?"

Nesse momento, resolvi ficar em silêncio. Não era eu quem estava *sub judice* ali. Eu não tinha obrigação nenhuma de responder. Eu tinha a confidencialidade médico-paciente do meu lado e — supondo que John Abbott nunca tivesse existido — tinha um histórico impecável no que dizia respeito às minhas decisões.

Um histórico impecável, partindo da premissa de que os pacientes lhe contam tudo, sussurrou uma vozinha dentro da minha cabeça, a mesma que vinha me mantendo acordada nas noites ruins. A verdade era que eu não sabia de tudo o que os meus pacientes faziam. Eu sabia do que eles me contavam. E eles contavam bastante coisa, mas também tinham seus segredos. Será que Louis realmente havia parado de bater na esposa? Eu não saberia dizer. Carlos ainda matava animais de rua? Será que ele já havia machucado alguma pessoa?

Tudo o que eu sabia era o que eles escolhiam me contar. Só isso.

Robert apoiou seu peso contra a parede oposta, me dando bastante espaço.

"Você ficou quieta de repente, doutora."

Estendi a mão e apertei o botão do "três", e me senti grata quando as portas se abriram de imediato. Saindo para o corredor, segui em frente, na esperança de estar na direção certa.

"É para o lado de cá", gritou Robert.

Claro que era. Fiz uma voltinha constrita de 180 graus e forcei um sorriso alegrinho.

"Vá na frente, por favor."

Ele me avaliou por um instante; depois, começou a caminhar pelo corredor. Balançando a cabeça, resmungou alguma coisa.

Não pedi a ele que repetisse mais alto. Naquele momento, eu não estava nem um pouco a fim de saber o que ele tinha a dizer.

Randall Thompson estava sentado numa cadeira dobrável no meio de uma sala envidraçada. Fomos levados para a saleta ao lado, e eu franzi a testa quando alguém fechou a porta.

"Por que não estamos lá com ele?" Eu já tinha feito aquilo diversas vezes e, mesmo no caso de criminosos violentos, eu sempre tinha acesso à sala deles.

"Questões de segurança", disse Robert.

O guarda abriu uma cortina, e ficamos expostos para Randall através de um espelho de observação. O sujeito parecia meio dopado, com os pulsos e os tornozelos presos por algemas, que, por sua vez, estavam atadas a uma argola no piso.

"Acho que não vamos ter problemas."

"Eles não estão preocupados com a gente." Ele coçou a nuca. "Estão preocupados comigo."

"Com você?" Levei um tempo para processar a informação, porém, de repente, ficou absurdamente óbvio. Mas é claro. Jamais iriam permitir que o pai de uma vítima ficasse no mesmo ambiente que seu suposto assassino. "Ah." Deixei escapar um riso constrangido. "Bem, deixem-me entrar lá com ele."

"Ele pode ouvir e ver a gente de lá", disse Robert. "É só apertar aquele botão ali, e o microfone fica aberto para você falar com ele."

"Não." Bati no vidro entre a gente e o guarda. "Quero ficar lá na sala com ele."

"Mas…" O comentário de Robert foi interrompido pelo guardinha, que abriu a porta.

"Tá tudo bem por aí?"

"Eu gostaria de ficar na mesma sala que o senhor Thompson." Saquei minhas credenciais. "Estou na lista de pessoas autorizadas."

O guarda olhou de mim para Robert.

"Só você?"

"Sim."

Robert permaneceu em silêncio, mas eu senti a irritação emanando dele. O guarda deu de ombros.

"Ok."

Eles levaram cinco minutos listando os protocolos de segurança, certificando-se de que eu não tinha alguma arma escondida, nem havia contrabandeado nada; foi uma revista bem rigorosa. Então verifiquei várias vezes se teria privacidade na sala e então entrei. Randall Thompson virou a cabeça e olhou para mim.

"Quem é você?", ele perguntou lentamente.

"Eu sou a doutora Gwen Moore." Caminhei até o centro do espelho e dei as costas para ele, consciente de que Robert e os guardas estavam observando cada movimento meu.

"Sou uma psiquiatra especializada em clientes com tendências violentas."

"Deixe-me adivinhar. Você está aqui para saber se eu sou doido?"

"Na verdade…" Arrastei uma cadeira do canto, seus pés rangeram no piso, como uma espécie de protesto. "Estou aqui para ver se Robert Kavin é louco."

Foi um movimento intencional, projetado para estimular a concentração dele e quebrar o gelo. Uma pessoa em busca de atenção reagiria de imediato, tentando trazer a conversa de volta para si. Randall simplesmente achou o comentário divertido. A mudança foi nítida, seus ombros se aprumaram um pouco, sua espinha enrijeceu, de volta à vida.

"Você está falando sério?"

"Totalmente." Sentei-me na cadeira. "Um pai enlutado defendendo o assassino do próprio filho?" Fiz uma careta. "Qual é, né?"

"Eu não sou um assassino." Sua voz saiu baixa, mas firme. Ele parecia decidido; não fez nenhuma tentativa de contato visual, não estava inquieto, nem apresentou alterações no ritmo respiratório.

Ou ele era um perfeito mentiroso ou estava dizendo a verdade.

Ele poderia estar dizendo a verdade? Franzi a testa, preocupada com as implicações de tal possibilidade, pois significaria que o BHK ainda estava solto por aí.

"Ok", respondi simplesmente. "Mas como Robert Kavin sabe disso?"

Ele olhou para o espelho falso.

"Ele está ali do outro lado?"

"Está. Mas ele não consegue ouvir a gente. Sou médica, então, você e eu temos nosso direito à confidencialidade."

Ele se remexeu na cadeira, desconfortável com a conversa. A algema dos tornozelos tilintou contra a argola no piso e pareceu lembrá-lo de sua posição. Então, ele ficou sério, olhando para as correntes que o prendiam ao chão e depois para mim.

"Não sei por que ele está me defendendo, mas ele é a única pessoa que acredita em mim. Se você está aqui achando que vou sujar a barra dele, então, está mirando no alvo errado."

"Respeito o seu posicionamento." Inclinei-me para a frente e apoiei os antebraços nos joelhos. "Quer fazer alguma pergunta para mim?"

Aquilo o surpreendeu, era um método que eu adotava bastante com novos pacientes. Eles eram sempre tão resistentes em baixar a guarda, estavam tão acostumados a se defender e a se proteger, que, quando eu lhes dava oportunidade de me perguntar alguma coisa, eles a agarravam com unhas e dentes. E, não importava o que perguntassem, eu sempre era honesta com eles. Confiança é algo que você precisa dar, para, depois, merecer recebê-la de volta.

"É por isso que você está aqui? Para me perguntar coisas sobre ele?" Ele meneou a cabeça olhando para o espelho falso, e eu imaginei que Robert provavelmente estava doido lá do outro lado, tentando decifrar o que a gente estaria conversando.

Arrumei uma mecha que havia se soltado do meu coque.

"Fui convocada pela sua equipe jurídica para traçar um perfil psicológico. Não o *seu*, mas para fornecer minhas impressões sobre o Bloody Heart Killer ."

Suas unhas estavam roídas até o sabugo, uma das cutículas, ladeada por sangue seco. A barba havia crescido e estava despenteada, suas sobrancelhas eram grossas e desgrenhadas. A barba comprida poderia ser resultado do tempo que ele havia passado ali na prisão, mas as unhas roídas eram um indicativo de falta de autocontrole. As sobrancelhas demonstravam negligência a longo prazo. Nenhuma dessas características combinava com o BHK, embora a higiene pessoal deficiente seja um dos sintomas da esquizofrenia paranoide. O mesmo poderia se dizer a respeito dos movimentos lentos, mas, se Randall Thompson ficasse ainda mais lento do que já estava, ele estaria dormindo.

Soltei um pigarro.

"Tracei um perfil psicológico e preciso compará-lo com o seu e ver se combina com sua personalidade. É por isso que estou aqui, e por isso fui contratada por Robert. Que, aliás, parece convencido da sua inocência." Fiquei olhando para Randall até ele erguer os olhos e retribuir. "Como foi que ele chegou aqui como seu advogado?"

"Ele apareceu logo depois que fui preso e se ofereceu para me representar." Ele pigarreou. "Não estou exatamente em posição de fazer exigências."

Não, ele não estava mesmo. Depois de mandar o perfil para Robert, enfim, atualizei-me assistindo às reportagens da TV e lendo todos os textos possíveis sobre Randall. A imprensa tinha feito um excelente trabalho ao dissecar e documentar a vida inexpressiva dele. Ele morava em uma casa decadente que tinha sido dos pais, ganhava um salário insignificante como professor e era Papai Noel em um *shopping* todo final de ano. Cultivava a barba e a barriga o ano inteiro e ostentava a palidez de uma pessoa que raramente via a luz do sol.

Não gostei. Não parecia compatível com o BHK. Mudei de tática.

"Temos um conhecido em comum." Prendi minha caneta no alto da pasta. "Luke Attens." Fiquei observando-o atenta, na expectativa de uma reação à menção daquele nome.

Ele me olhou fixamente, e, a menos que aquele cara desenvolvesse uma nova personalidade depois de beber café, era praticamente inacreditável que ele tivesse sido indicado a Professor do Ano.

"Luke Attens", repeti. "Ele foi seu aluno."

"Ah." Ele assentiu, mas não vi nada ali. "Então, tá. Há quanto tempo?"

"Não tenho certeza. Provavelmente há uns dez anos."

Ele meneou os ombros, num gesto meio desdenhoso.

"Muitas crianças passam pela minha sala de aula. Umas duzentas por ano. É difícil me lembrar de todas."

Pensei em Luke, na raiva visceral em suas feições e no modo como ele reagiria caso soubesse que Randall Thompson sequer se lembrava dele.

Arrisquei-me e resolvi mentir, preenchendo as lacunas que Luke Attens me dera e esperando que aquilo, de alguma forma, pudesse estimular Randall Thompson a revelar alguma coisa.

"Ele disse que você teve uma conduta inadequada com ele. No âmbito sexual."

Suas feições se fecharam no mesmo instante, como uma porta batendo na minha cara.

"Não. De jeito nenhum."

"Talvez você não se lembre", sugeri.

Ele me olhou bem nos olhos, e foi a maior demonstração de vigor oferecida até aquele momento.

"Eu não sou *viado*", disse ele enfaticamente, dando um sorrisinho de escárnio.

Hummm. Enfim alguma coisa se encaixava. Forte desdém pela homossexualidade. E tinha algo naqueles olhos, na explosão da emoção, que dizia "*predador*". Eu convivi com muitos indivíduos perigosos, portanto, reconhecia quando via um. Aquele ali era lento e velho — provavelmente iria ofegar e cair morto caso precisasse perseguir uma vítima pela floresta —, mas ainda tinha alguma coisa podre por trás daquele olhar desconfiado.

Minhas impressões a respeito dele começaram a desfilar na minha cabeça como *slides*. O que combinava com o meu perfil, o que não combinava. Meus instintos sobre seu caráter *versus* minha opinião clínica e o perfil do BHK. Ele não era inocente, apesar das alegações de Robert. Apresentava sinais moderados de esquizofrenia paranoide, mas, daí, falta de higiene e movimentos lentos não bastam para identificar o transtorno.

A grande dúvida era: seria ele o BHK?

Robert ficou esperando até sairmos do prédio e atravessarmos a metade do estacionamento para perguntar minha opinião.

"Não sei ainda. Deixe-me ver minhas anotações." Percebi uma *van* de um canal de TV num canto do estacionamento, com uma câmera apontada para nossa direção; então, acelerei o passo.

"Gwen..." Foi mais um aviso do que um apelo. Ele destrancou o carro, e as luzes do Mercedes piscaram.

Encontrei seu olhar por cima do teto do veículo e comecei a procurar minhas chaves na bolsa.

"Não estamos lidando com bloquinhos de montar, Robert. Não tenho como dizer se uma cavilha redonda simplesmente se encaixa no buraco. Preciso absorver tudo o que ele disse."

"Tudo bem. Vamos conversar mais tarde, esta noite. Podemos beber alguma coisa na minha casa."

Olhei para as câmeras, ciente de que uma delas estava se aproximando.

"Que tal amanhã? Eu ligo para o seu escritório e marcamos uma reunião."

Seu sorriso foi quase lupino ao se desenrolar em seus lábios.

"Ah, qual é... Se eu passar mais tempo no meu escritório, vou ficar maluco. Podemos relaxar em casa. Ficar perto da lareira, sentar ao ar livre. Pode confiar, serei um perfeito cavalheiro."

Isso ele sempre foi mesmo. A questão ali era eu. Eu nunca tinha estado na casa dele, mas presumia que era igualzinha a ele. Bonita. Tentadora. O canto da sereia convidando a tirar os sapatos, desabotoar a blusa e beber vinho tal e qual uma puta barata.

"Amanhã", insisti de novo. "Estarei livre à tarde."

Ele abriu a porta do carro e se preparou para entrar, suas palavras derradeiras foram jogadas sobre o teto pouco antes de ele se acomodar no banco.

"Venha à minha casa às oito. Vou te mandar uma mensagem com o endereço."

Não, pensei. *Não*. O motor ronronou, e eu dei um passo para trás; então, olhei ao redor, procurando meu carro. Assim que o vi, três fileiras adiante, fui correndo para lá. Quando o Mercedes de Robert passou por mim, eu não olhei, não demonstrei que o vi passar.

Não, pensei. *Eu não vou à sua casa às oito.* Eu precisava de uma mesa entre a gente. De papelada, pastas, grampeadores e luminárias. De uma recepcionista logo ali. Colocar ordem no caos.

Minha postura parecia firme, mas na minha cabeça eu já estava escolhendo a *lingerie* e depilando as pernas, com meu corpo vibrando de expectativa ante as promessas da noite.

Entrei no meu carro abafado de calor e abri o teto solar, sentindo necessidade de todo o ar fresco possível. Eu tinha um problema maior do que minha libido: os dois homens naquela prisão — Robert e Randall — estavam mentindo para mim. Eu ia encarar um deles outra vez na sala de audiências, e o outro no *habitat* dele, dali a poucas horas.

Os dois estavam mentindo, mas será que os dois eram perigosos?

CAPÍTULO 33

À bancada da cozinha, Nita folheava um catálogo de móveis de jardim. Ao lado dela, Beth, a *chef*, ligava a batedeira para preparar uma enorme fornada de *brownies*.

"Gostaria que eu desligasse a televisão, senhora Harden?", perguntou Beth.

Nita olhou para a tela na parede, acima dos fornos duplos de aço inoxidável. O noticiário tinha migrado de uma discussão sobre as regulamentações dos restaurantes para imagens aéreas da cadeia onde Randall Thompson estava detido.

"Não, tudo bem." Ela largou o catálogo e ficou olhando o *close* da placa da penitenciária. Seria agora que iriam divulgar a atualização do depoimento de Scott? Desde que Scott mudara toda a história e admitira que estava mentindo... ela foi tomada por uma tensão, e ficou esperando o momento em que a imprensa iria farejar a notícia e botar para quebrar.

Ainda não havia acontecido, mas ia acontecer. A qualquer minuto, em qualquer instante, a história viria à tona, e eles iam virar os vilões de uma hora para outra. Obstrução da justiça. Mentira. Todo o status de herói de Scott seria imediatamente revogado, e sua reputação estaria manchada para sempre.

O apresentador disse:

"A equipe de defesa de Randall Thompson cresceu, e agora inclui a doutora Gwen Moore, psiquiatra especializada em comportamentos criminosos."

A câmera deu um *zoom* nas portas de entrada da penitenciária, por onde o advogado de Randall conduzia uma morena alta de terninho preto. O estômago de Nita deu uma cambalhota quando ela reconheceu Robert Kavin. Quando Scott desapareceu, Kavin foi um dos primeiros a entrar em contato com ela. Foi bom conversar com alguém que tinha passado pelas mesmas coisas que ela e o marido vinham enfrentando, alguém que de fato conseguia entender aquela montanha-russa de emoções horrorosa que era perder um filho e compreender a impotência que sentiam na busca de seu paradeiro.

Porém, pelo visto, o sujeitinho era uma cobra — uma cobra com um belo sorriso e uma faca afiada escondida atrás das costas. Assim que Scott identificou Randall Thompson, Robert Kavin ressurgiu, oferecendo assistência jurídica para o criminoso e construindo uma argumentação para desmoralizar o testemunho de Scott.

A teoria de George era de que Robert Kavin estava amargurado com o fato de Scott ter sobrevivido e seu filho ter morrido. Ele achava que Kavin estava tentando puni-los pelo fato de ele ter perdido Gabe e que, então, por isso, queria transformar a vida de Scott num inferno.

Nita se recusava a acreditar que um pai poderia ser tão egoísta. Mesmo em seus momentos mais sombrios, ela jamais desejara mal a uma criança. Ela não seria capaz de desejar mal nem mesmo ao filho do BHK, caso ele tivesse um. Randall Thompson não tinha filhos.

"A doutora Gwen Moore é conhecida por seu trabalho junto ao Departamento de Polícia de Los Angeles no caso do atirador de Red River." A imagem mostrou um *close* de Gwen caminhando pelo estacionamento. Ela era linda. Cabelos escuros, pele de porcelana. Tinha um nariz meio arrebitado, o que lhe dava um ar jovial. Seus olhos detectaram a presença da câmera, e ela encarou as lentes com frieza e, então, continuou andando.

Ela parecia aquele tipo de mulher que tinha todas as respostas para tudo, o que devia ser bom. No momento, Nita estava nadando em perguntas, todas relacionadas ao próprio filho. Ela olhou para o teto, na direção do quarto de Scott. Já fazia uma semana que ele havia confessado a verdade à polícia, e ela mal conseguiu vê-lo nesse meio-tempo. Ele passava o tempo todo no quarto, com a porta trancada, e ignorava qualquer oferta de comida ou tentativa de tirá-lo de casa. As câmeras de segurança do interior da casa flagravam quando ele descia as escadas no meio da madrugada para comer e depois retornava rapidamente para o quarto.

Talvez ela devesse levá-lo a um médico. Aquilo provavelmente era transtorno de estresse pós-traumático. Havia grupos que ele poderia frequentar, exercícios mentais que ajudariam a fortalecer seu emocional. E cães de guarda — criaturas imensas e intimidadoras capazes de se enfiar pelas janelas dos carros e aniquilar seus temores de um novo ataque. Ela já havia encontrado um cão muito bom na Alemanha, que poderia ser entregue em duas semanas.

Cães de guarda e grupos de aconselhamento — era só isso que eles poderiam oferecer na posição de pais? No início da manhã, ela havia pesquisado sobre leis de obstrução à justiça e advogados criminais, caso o Ministério Público decidisse prestar queixa contra Scott. E, na noite anterior, ela havia verificado a fatura do celular para ver as atividades de chamadas e trocas de mensagens dele.

Nita não se reconhecia mais. Espionando o próprio filho. Rastreando seus movimentos, monitorando suas ligações, observando-o pelas câmeras de segurança da casa. Seis meses antes, todas as suas preocupações estariam focadas em drogas e garotas. Agora, ela estava com medo de que ele se perdesse no âmbito mental, físico e emocional. Ao se deparar com tais possibilidades, viu-se obrigada a ultrapassar os limites e invadir a privacidade dele. E não ia pedir desculpas pelos seus atos, mesmo que um dia Scott a odiasse por isso.

Ela desceu do banquinho.

"Vou subir para ver se consigo fazer Scott comer alguma coisa."

Beth pousou a colher sobre um prato e foi até o forno.

"Espere, vou preparar um pratinho para ele." Ela abriu o forno e pegou a bandeja de *cheeseburgers* que estava mantendo quentinhos na esperança de que, em algum momento, ele fosse descer.

Nita aguardou enquanto ela completava um sanduíche com tiras de bacon e mais um pão, embrulhando parte dele no papel-alumínio e o colocando em uma bandeja com um punhado de batatas fritas crocantes e um frasco de *ketchup*.

"Você acha que ele vai querer mostarda ou picles?", perguntou Beth.

"Não! Está bom assim. Obrigada."

Nita ignorou as escadas e subiu pelo elevador, fazendo malabarismos com a bandeja em uma das mãos enquanto fechava a porta pantográfica e apertava o botão do segundo andar. Os registros telefônicos de Scott eram alarmantes, tanto que ela acordara George na hora para saber o que ele achava. A atividade vinha sendo constante até o dia do sequestro — depois, conforme o esperado, silêncio total durante sete semanas. E aí, após sua libertação do cativeiro, quase nada.

Quase.

Com exceção de uma única ligação para o tal corretor de imóveis, todas as outras chamadas e mensagens eram para um único número. Apenas um. Nenhuma ligação para Kyle, Lamar ou Andy. Nenhuma troca de mensagens com as dezenas de garotas que sempre ficavam rondando, clamando por atenção. Era um numerozinho só e dezenas de ligações e mensagens. As ligações eram curtas, com menos de um minuto de duração. E os registros de mensagens só indicavam envio, nenhum recebimento.

Então, algumas semanas atrás, ele parou de vez, e o uso do telefone zerou. Foi como se Scott tivesse sumido de novo.

George sugeriu a ela ligar para o supracitado número, coisa que Nita fez. Caiu direto numa caixa postal que só recitava o número da linha numa gravação, mas não dava nenhuma pista sobre seu proprietário.

A campainha do elevador tilintou e Nita saiu. Chegou à frente do quarto de Scott, bateu na porta de madeira e chacoalhou a maçaneta cromada, que era bem pesada.

"Scott, é a mamãe."

Havia música tocando no quarto, e Nita sabia que muitos suicídios aconteciam naquele cenário. A retração emocional sempre era o primeiro sinal, de acordo com os artigos que ela lia online. E Scott andava de mau humor desde que tinham voltado da delegacia e ele e George tiveram uma briga.

Deus, ela quase preferia aguentar os gritos em vez do silêncio. Embora, mais tarde, George tivesse vindo a concordar: berrar com Scott não tinha sido a a melhor coisa a fazer. Sim, ele havia mentido para a polícia. Sim, ele provavelmente seria indiciado por obstrução da justiça — mas, ao menos, estava vivo. Em casa. Seguro. Os outros detalhes não importavam.

"Scott, Beth acabou de fazer *cheeseburgers* com bacon para você!" Ela tentou de novo: "Estão quentinhos, com aquelas batatas fritas crocantes de que você gosta. Por favor, abra." Ela encostou o ouvido na porta e tentou escutar. Nada. Será que ele estava ouvindo ela chamar?

Ao final do corredor, a porta do escritório se abriu e George apareceu. Usava shorts de golfe verde-claro e uma camisa polo branca, e parecia tão bem-sucedido e composto quanto na primeira vez em que Nita o vira, vinte e dois anos atrás.

"A porta ainda está trancada?", perguntou George.

"Sim." Ela bateu na porta com a mão aberta. Foi um baque oco e, se ela tivesse batido com aquela força na porta do quarto de sua infância, com certeza teria quebrado o compensado barato.

George falou por detrás dela:

"Deixa eu arrombar a porta. Ele não vai abrir."

Uma semana atrás, Nita teria discutido com George, mas sua preocupação com Scott estava começando a beirar o pânico.

"Você não devia ter sido tão duro com ele", ela disse baixinho, embora tivesse sido igualmente ríspida dentro do carro — os dois berrando de frustração durante o trajeto da delegacia para casa.

"Scott", gritou George, "abra a porta, ou eu vou arrombar."

A música baixou e Nita prendeu a respiração. Alguns instantes depois, Scott abriu a porta.

Ao ver o filho, ela pôs a mão no braço do marido e o empurrou gentilmente. Entrando no quarto com a bandeja de comida, ela lançou um olhar de advertência para George e fechou a porta.

"Pô, mãe", queixou-se Scott, encolhendo os ombros. "Eu só quero ficar sozinho."

Ela colocou a bandeja na escrivaninha e foi até o frigobar. Abriu a porta e percebeu que estava quase vazio. Ele basicamente vinha se entupindo de refrigerantes. Seu filho, que antes era pura geração saúde, agora estava igual a qualquer outro adolescente americano. Um pacote de Cheetos pela metade em cima do frigobar, uma lata de lixo transbordando com embalagens de chocolate e latas de refrigerante vazias. Ela pegou um refrigerante de laranja da geladeira e entregou a ele. Ele já estava com a bunda na cadeira da escrivaninha, o hambúrguer na boca, dando mordidas rápidas e vorazes.

Ele estava sem camisa, e Nita mirou no entalhe de coração que Randall Thompson havia feito em seu peito. Ele pigarreou, e ela percebeu que ele a estava observando.

Ela desviou o olhar.

"Desculpe."

"Tudo bem." Ele enfiou uma batatinha na boca.

"Posso passar pomada, se você quiser", ela propôs. "Tenho um creme reparador de cicatrizes que usei depois da cirurgia no joelho que foi ótimo..."

Ela se retraiu quando ele se afastou, basicamente ocultando o ferimento para que ela não o visse.

"Não quero colocar nada nisso."

Ela franziu a testa.

"Vai ficar uma cicatriz, Scott. Com certeza você não vai querer..."

"Não!"

A ferocidade no tom de voz dele a fez se calar. Ela engoliu em seco e sentou-se numa beirada da cama.

"Eu só estava tentando ajudar."

Ele abrandou a expressão.

"Eu sei, mãe. Eu só... não quero perder a cicatriz. Foi algo que aconteceu comigo. Eu não vou esquecer."

Claro que não iria. E ela não estava tentando fazê-lo se esquecer de nada. Ela só queria curá-lo. Por dentro e por fora.

"A gente sente sua falta, Scott. Você não precisa se trancar aqui."

"Não quero falar com ninguém."

"Eu sei, mas, Scott..." Ela engoliu a vontade de fazer uma dúzia de perguntas e se contentou com uma só: "Por que você falou para a gente que fugiu? Por que você simplesmente não disse que ele te libertou?"

Ele deu uma mordida no sanduíche e mastigou, com os olhos fixados na parede à sua frente, os ombros rígidos de tensão. Assim que limpou a boca — ele nunca limpava a boca —, Nita estava em vias de agarrá-lo e sacudi-lo.

"Sei lá. Ele não libertou nenhum dos outros."

Em seu depoimento mais recente à polícia, Scott revelou que, na verdade, Randall tinha destravado as algemas e, daí, o colocou no porta-malas do carro e o levou até um posto de gasolina a alguns quilômetros de sua casa, onde, então, o libertou e disse que ele poderia ir embora, contanto que corresse direto para casa.

"Eu era diferente", disse ele, com a voz embargada de emoção. "Especial. É por isso que fui libertado."

Especial? Algo no jeito como Scott disse aquilo mexeu com os nervos de Nita. Havia gratidão na voz dele, uma centelha de orgulho em seus olhos. Mesmo agora, ele colocava a mão no peito, quase como se quisesse proteger a ferida.

"Então você pensou que a gente não fosse acreditar em você? Foi por isso que você mentiu?"

Ele engoliu o pedaço que estava mastigando e pegou o refrigerante. "Foi."

Sua intuição maternal estava se acendendo, tal como vinha acontecendo desde o momento em que ele chegara em casa. Scott estava mentindo. Tinha mentido antes, continuava mentindo agora. As evidências conflitantes, que antes ela rejeitara, estavam começando a se acumular. Naquela manhã mesmo, o advogado os lembrou de que não haviam encontrado DNA de Scott no baú de Randall. Foi o fim da paciência de Nita.

"Scott, olhe para mim."

Ele virou a cabeça, e seus olhos encontraram os dela, mas não houve conexão ali.

"Agora preciso que você me diga a verdade. Sem o seu pai ouvindo, sem a polícia. Apenas fale comigo."

Ele piscou.

"Scott?", ela o incitou. "O que mais você está escondendo de mim?"

Ele voltou a pegar o *cheeseburger*. Avaliando-o, baixou lentamente a cabeça e deu outra mordida.

A frustração de Nita aumentou. Sim, ele tinha passado por uma provação traumática. Sim, ela estava grata por ele estar em casa. Mas um homem estava preso com base no testemunho dele. A polícia e os recursos públicos estavam sendo mobilizados para preparar um processo judicial baseado em tudo o que ele havia dito — e isso incluía suas mentiras. Seu novo depoimento demandaria incontáveis horas de trabalho na análise das evidências, uma nova redação de relatórios e de estratégias de defesa. E, ainda assim, ele não queria falar. Antes, estava para lá de feliz em contar sua historinha falsa de fuga para quem quisesse ouvir, mas, agora — com a verdade revelada —, estava calado.

Ela estendeu a mão e deu um tapa na escrivaninha dele, mas se arrependeu logo em seguida, quando Scott se encolheu em reação.

"Desculpe", disse ela rapidamente. "Mas fale comigo, cacete."

"Não posso simplesmente comer?"

O celular dele estava em cima da escrivaninha. Nita o pegou antes que Scott pudesse detê-la, mas a pressa foi desnecessária, visto que ele a ignorou totalmente. Ela clicou na tela, mas nada aconteceu. Estava desligado. Não era surpresa que ele estivesse ignorando as mensagens dela.

"Há quanto tempo seu celular morreu?"

"Sei lá." Ele enfiou algumas batatas fritas na boca.

"Eu olhei seus registros de chamada, Scott. Por que você não tem conversado com nenhum dos seus amigos?"

Ele se virou para encará-la.

"Você não tem que ver minhas ligações."

"Quem paga o seu celular somos nós. Temos o direito de saber com quem você anda falando." Deus, quando foi que ela se tornou igual a sua mãe?

"Então eu não tenho privacidade? É isso que você está me dizendo? Troquei um cativeiro por outro?"

Ela estremeceu.

"Eu não chamaria isto aqui de cativeiro, Scott. Você pode..."

"Posso o quê? Não posso dirigir pra lugar nenhum sem vocês surtando comigo. Não posso sair do meu quarto sem ter que aguentar você e o papai aos berros comigo, e agora você está aqui, gritando comigo..."

"Para quem você andou ligando?" Ela o interrompeu antes que ele ficasse nervoso. "Que número é esse para o qual você andou ligando?"

O olhar dele disparou para o outro lado.

"Ninguém."

Ela cruzou os braços.

"Tá bom. Não precisa dizer. Vou descobrir sozinha."

A ameaça funcionou. Ele deixou a cabeça cair entre as mãos.

"MÃE", ele gemeu.

Ela ficou esperando.

"É uma menina." Ele suspirou com a cabeça ainda entre as mãos. "Uma menina que eu namorei."

"Quando?"

"No início deste ano. Liguei pra ela quando devolveram meu celular, mas ela não atendeu."

"É a Jennifer?"

"Você não conhece."

"Ela estuda no Beverly High?"

Ele soltou um grunhido frustrado.

"Ela não mora aqui mais, então, tanto faz."

"Quando foi que ela se mudou?"

"Ela se foi, mãe."

"Como assim... se foi?"

"Ela se mudou enquanto a gente... enquanto eu estava fora. Passei na casa dela, e ela não mora mais lá."

A casa estava à venda. A ligação para o corretor de imóveis. Nita foi tomada pelo alívio. Então, era só isso... a depressão, o isolamento no quarto e a recusa em falar com eles... Era só um adolescente de coração partido?

"Ah, Scott." Ela estendeu as mãos e o envolveu num abraço. Assustado, ele congelou, então, ficou indiferente, e depois deu tapinhas desajeitados no ombro dela. "Desculpe", sussurrou ela. Ele provavelmente estivera pensando na tal garota durante todo o período preso na casa de Randall Thompson e, então, finalmente, foi libertado, só para no fim ligar para ela sem parar e não ser correspondido. "Ela deve ter trocado de número quando se mudou", disse Nita, por fim.

"Sim." Ele se desvencilhou dela. "Tem mais hambúrguer?"

Ela sorriu.

"Claro. Desça comigo. Eu prometo...", ela ergueu as mãos em sinal de rendição, "que a gente não vai fazer nenhuma pergunta sobre nada. Apenas deite-se no sofá e assista a um pouco de TV. Beth está fazendo *brownies.*"

Brownies eram seu ponto fraco, e então ela vislumbrou um pouco de vida nos olhos dele. Scott assentiu e, muito embora tenha sido uma pequena vitória, naquele momento, pareceu monumental.

Tudo ficaria bem com eles.

CAPÍTULO 34

A casa de Robert era irritantemente perfeita. Linhas contemporâneas, paredes escuras suntuosas e acabamento reluzente e impecável, com couro e tecido na medida certa para deixar o ambiente aconchegante. Já havia duas garrafas de vinho arejando, e o fogo crepitava em uma lareira ao ar livre. Absorvi o cenário com uma sobrancelha arqueada.

"Por que tenho a sensação de que você faz isso com frequência?"

"Não faço." Ele levou uma garrafa de cerveja aos lábios e meneou a cabeça indicando o vinho. "Pode escolher o seu veneno."

Escolhi o *chardonnay* em vez do *pinot* e me servi de uma taça, então apreciei a paisagem. A casa ficava em Hollywood Hills, num local alto o suficiente para ter uma vista para a cidade, e um arco-íris de luzes começava a brilhar no crepúsculo. Se eu tivesse chegado meia hora antes, teria visto o pôr do sol. Ainda assim, era impressionante do mesmo jeito. Eu me virei e segurei uma mecha de cabelo antes que ela batesse em meu rosto.

"Sinto falta desse cheiro das lareiras naturais."

Ele sorriu.

"Meu empreiteiro queria instalar uma lareira a gás, mas eu gosto do cheiro da madeira, ainda que fique impregnado nas roupas."

"Concordo."

Em frente à lareira havia um recorte em semicírculo com almofadas azul-escuras e travesseiros brancos. Sentei-me de lado e tirei as sandálias, depois me acomodei com os pés debaixo das pernas.

Ele se sentou no meio, deixando quase dois metros de distância entre a gente.

"Como foi o restante do seu dia?"

"Tranquilo". Eu tinha ido direto para casa, então enchi minha banheira, com direito a bolhas de lavanda. Mergulhei na água quente e fiquei pensando em cada detalhe do caso e em como Randall Thompson se encaixava nele.

Mesmo com mil páginas de inquérito e uma entrevista pessoal com o acusado, eu ainda não tinha material suficiente para prosseguir. Eu não sabia o que Randall tinha feito com Luke. Não sabia se ele tinha características que apontavam para identidades secundárias. Com certeza ele não demonstrara nada específico em nosso encontro. Se eu tivesse entrevistado Randall Thompson como parte de uma lista de potenciais suspeitos, possivelmente o teria colocado na categoria "improvável". Ele não era meticuloso. Na verdade, tinha sido bem enfático e se mostrou inabalável em relação à sua inocência. No aspecto psicológico, ele não se encaixava naqueles crimes.

Mas aí havia o lado das evidências. Ele tinha sido identificado por Scott Harden. Havia a caixa de *souvenirs* das seis vítimas na casa dele. E também havia algo inerentemente sombrio em sua alma. Isso eu consegui reconhecer, a questão é que não fui capaz de avaliar a profundidade da depravação dele.

Robert rolou a garrafa de cerveja entre as mãos.

"Antes de perguntar sobre suas impressões a respeito de Randall, tem uma coisa que preciso te informar sobre Scott Harden."

Ai, não. Meus dedos apertaram a haste da taça de vinho. Scott era tão jovem. Certamente ele não tinha...

"Ele mudou o depoimento."

O alarme disparou dentro de mim de uma vez.

"Como assim?"

"A princípio, ele disse que havia fugido. Agora ele está dizendo que foi solto e deixado a alguns quilômetros de casa."

"Solto?" Que estranho... Meu coração acelerou. Isso por si só reforçava a tendência para o transtorno dissociativo de identidade, o qual eu estava começando a considerar no lugar da esquizofrenia paranoide.

"Quando foi que você descobriu isso?" Aquilo era importantíssimo.

"Há uns quinze minutos."

Apoiei minha taça no braço do sofá, precisando de todo o meu juízo.

"Uau. Isso é bem interessante."

Ele deu uma risada amarga.

"Sim. Isso me surpreendeu também. Se Gabe tivesse a mesma sorte..."

Revirei a nova informação na minha cabeça.

"E você acredita nele?"

Ele inclinou a cabeça para um lado.

"Essa é uma pergunta bem interessante. Onde você quer chegar?"

"Há duas coisas em jogo aqui. Primeiro: por que Scott Harden, a princípio, mentiu e, depois, resolveu dizer a verdade? Isso é uma coisa que eu tenho de decifrar na minha cabeça. De que modo isso afeta a credibilidade da identificação de seu algoz? O que o motivou a tomar aquela primeira atitude e, depois, reverter tudo o que disse?"

"E qual é a segunda coisa?"

"Bem, aí diz respeito ao assassino. Se Scott está dizendo a verdade, por que o BHK o libertou? O que tornou Scott diferente dos outros? O que aconteceu durante aquelas sete semanas?" Suspirei. "Se ele de fato o soltou, então, isso dá credibilidade à sua teoria de que Scott está mentindo a respeito do envolvimento de Randall no caso. Pode ser que ele esteja protegendo o verdadeiro assassino. É possível que ele tenha desenvolvido uma lealdade ou quase um amor pelo sujeito."

"Como a síndrome de Estocolmo."

"Sim."

A síndrome de Estocolmo não é um diagnóstico oficial, mas, sim, uma estratégia mental de enfrentamento, um tanto explorada por Hollywood e por romancistas, aliás, mas, ainda assim, muito legítima. Eu já havia descartado o cenário inicial proposto por Robert por ser pouco realista, mas agora... Ciente de que a minha opinião sobre Randall Thompson era um tanto instável e de que a legitimidade do testemunho de Scott estava em xeque... Talvez Robert não estivesse tão equivocado assim.

Encaixei a saia do meu vestido longo roxo-escuro entre os joelhos.

"Você não respondeu à minha pergunta."

Ele olhou para mim, e a luz do fogo brilhou em suas feições.

"Qual foi mesmo?"

"Você acredita nesse novo depoimento de Scott?"

"Acho que ele já provou que não é confiável. No entanto, independentemente de eu acreditar nele ou não, ele me deu a munição necessária para garantir que o júri não vai acreditar em uma vírgula do que ele diz."

Robert estava certo. Que inferno! E eu ali tagarelando sobre a culpa de Randall. Se tirássemos a caixa de *souvenirs* da jogada, eu teria certeza da inocência dele. Ele era uma cavilha quadrada que não se encaixava no meu perfil redondinho, e Scott Harden era oficialmente indigno de confiança. Robert só precisava que um jurado tivesse dúvidas sobre o veredito. E ele conseguiria isso facilmente. Assim, Randall Thompson estaria livre.

Soltei um suspiro e então fui tomada pelo pensamento alarmante de que o BHK ainda estava solto por aí. De olho na gente. Voltei-me para a paisagem da cidade, para o declive escuro que antecedia o cenário de luzes distantes, e de repente não me senti tão aconchegante e protegida.

"Andei relendo o perfil que você fez do BHK."

"E...?" Afastei uma mecha de cabelo da boca.

"Tem uns furos."

Uma afirmação precisa. Furos que poderiam ser preenchidos se eu fechasse o diagnóstico de transtorno dissociativo de identidade ou de esquizofrenia paranoide. Tomei um gole de vinho e não respondi.

"Você tem certeza de que o BHK é gay?"

Ele estava se referindo à seção onde analisei os estupros anais e a amputação peniana dos rapazes. A natureza altamente pessoal e sexual do abuso, aliada à seleção da vítima, prestava-se a tal probabilidade.

"Não tenho certeza de que ele é gay. Acredito que ele tem emoções violentamente intensas em relação à homossexualidade e que tenderia a reprimi-las caso as vivenciasse no cotidiano."

"Bem, Randall Thompson não é gay. Cem mil por cento de certeza que não." Robert se levantou como se a discussão estivesse encerrada. Observei enquanto ele caminhava até uma lixeira de bronze e depositava a garrafa lá dentro.

"Como você sabe?", o desafiei. "Você falou com algum aluno dele?"

"Não, mas há uma hora te mandei um *e-mail* com o histórico dele. Você mesma pode constatar. Toda acusação contra ele foi feita por alunas, e nunca por rapazes. Randall é meio esquisito?" Ele fez uma pausa. "Sim. Eu confiaria nele para tomar conta da minha sobrinha de 14 anos? De jeito nenhum. Mas ele não é gay, e está em péssima forma, então, não teria a menor condição de ficar tirando e botando corpos em porta-malas, a menos que tivesse um inalador sempre à mão e a ajuda de alguém."

Era um argumento válido e ressaltava o fato de Randall ser velho demais para o meu perfil psicológico. Ele já estava em vias de aposentadoria, e era muito mais provável que o BHK estivesse na casa dos 40 anos, e estivesse fisicamente apto, e não vivesse num ambiente cercado por estudantes todos os dias.

"Olha", eu cedi, "não vim aqui para te convencer de que ele corresponde ao perfil. Mas que ele tem algum problema, tem."

"Claro, ele é um predador sexual." Ele deu de ombros, como se a informação fosse irrelevante. "Três alunas apresentaram queixas contra ele nos últimos vinte anos."

"Peraí, como é?" Fiz uma pausa. "Por que você não me falou isso? Quando te perguntei há... o quê...?" Tentei pensar em quanto tempo tinha se passado. "Uma semana? Perguntei se algum aluno tinha reclamado dele."

Ele pegou uma cerveja no balde de gelo e tirou a tampa.

"Eu não queria afetar sua impressão inicial dele. Foi você quem pregou a necessidade de não ter nenhuma informação prévia para traçar o perfil."

Justo. Ainda assim...

"Se ele é um predador sexual, isso só faz validar ainda mais..."

"Eram todas meninas. Meninas de 13 e 14 anos. É um *modus operandi* totalmente diferente."

Fiquei em silêncio e processei a informação. Robert estava certo, era um *modus operandi* diferente. Mas foi esse tipo de coisa que captei em Randall? Molestador *versus* assassino?

Talvez eu estivesse enganada.

Robert me observou e então se voltou para a casa.

"Chega de falar de morte. Vamos lá pra dentro, quero te mostrar uma coisa."

"O que você acha?"

Olhei para a parede vazada cheia de peças, meus olhos foram passeando por elas. Havia uma quantidade imensa... Então, me aproximei e, depois, fui descendo lentamente por uma fileira. Cada uma estava acomodada numa caixinha de acrílico e iluminada por um holofote que se projetava da parede.

"O que é isto?"

"É a minha coleção de excentricidades. A cada aniversário e a cada Natal, compro algo único para acrescentar a ela."

Avaliei a coleção. Pelo menos trinta itens, desde estatuetas, até fotografias.

"Há quanto tempo você vem fazendo isso?"

"Minha esposa iniciou a tradição. Ela sempre selecionava itens que fossem importantes, que carregassem uma história pessoal da nossa vida. Depois que ela morreu, Gabe e eu continuamos sozinhos."

Então me dei conta da importância do que estava vendo. Não era só uma parede com bugigangas caras. Era uma espiada na intimidade por trás do véu. Embora a cozinha fosse desprovida de vida, aquela sala estava dominada por ela. Talvez aquela coleção parecesse sombria e lúgubre para alguns, mas havia paz naquela reverência. Ali, Robert parecia mais relaxado, mais à vontade. Parando diante de um par de espadas curtas, inclinei-me para ler a placa dourada.

"'Dividindo as sobrancelhas'. Qual é o significado disso?"

"Estas são espadas de samurais do século XIX. Eles testavam a eficácia da lâmina partindo um crânio humano ao meio. Depois de aprovadas no teste, o proprietário gravava um ditado na lâmina."

Ele correu um dedo pela superfície brilhante da lâmina.

"Gabe escolheu esta. O filme predileto dele era *O Último Samurai*. Neste verão tínhamos planos de passar duas semanas no Japão e visitar o distrito de Kakunodate e a cidade-castelo de Hagi." Ele engoliu em seco, com os olhos úmidos, e encolheu a mão.

Nesse momento me dei conta da realidade que Robert estava vivendo. Para além dos ternos caros, da confiança, do histórico nas audiências, havia um homem solitário convivendo com seus fantasmas. Todas as pessoas que ele amava lhe foram arrancadas. Seria de admirar ele ter aparecido na minha casa com flores e ter ficado tempo suficiente para montar um quebra-cabeça? Ter feito pressão para jantarmos juntos e quase implorado para bebermos na casa dele esta noite? Ter abordado uma desconhecida em um bar e ido para a casa dela?

Posso ter apenas minha gata e meu acervo de comédias românticas, mas minha vida, pelo menos, não tinha nenhum tipo de luto, e nem essa violência extra que pegava a solidão e a encharcava e a transformava em agonia.

Fui olhando as prateleiras de baixo, examinando uma bola de beisebol que parecia ter vindo do lixão. Robert acompanhou meu movimento, com seu braço roçando o meu, e eu precisei fazer um esforço para não estender a mão e tocá-lo, consolá-lo.

"Agora, veja aquele anel ali", ele apontou para um solitário de esmeralda antigo, feito de ouro e cravado de diamantes. "Tem uma história interessante!"

Aguardei, com medo de perguntar se tinha sido da esposa dele.

Ele pegou a caixinha do anel, tirando-a do foco do holofote.

"Tem mais de quatrocentos anos e foi perdido duas vezes no mar. A primeira, em 1622, quando um navio espanhol repleto de tesouros afundou na costa da Flórida durante um furacão."

"O *Atocha*", comentei, familiarizada com a história.

Ele ergueu uma sobrancelha, impressionado.

"Isso mesmo. Quando caçadores encontraram o tesouro, em 1985, este anel foi recuperado, polido e presenteado à esposa de um importante investidor, Debbie Stickelber, que o usou todos os dias durante dez anos. Todos, exceto um." Ele fez uma pausa e eu sorri para ele, impressionada com a teatralidade da história. Não era surpreendente que ele fosse bom nos tribunais. Se eu fosse jurada, seria capaz de escutá-lo o dia inteiro.

"Na manhã de 4 de outubro de 1995, Debbie foi acordada pelo marido, ordenando que ela se vestisse e pegasse suas coisas de valor. Um furacão estava chegando. Os guarda-sóis e a mobília da varanda da casa de praia já estavam estilhaçados contra o quebra-mar. A tempestade estava começando a chegar pela areia." Sua voz assumiu o tom sombrio de uma história fantasmagórica. "Então, ela pegou um pequeno cofre que havia no escritório dele e um Van Gogh que ficava pendurado em frente à suíte *master*, e correu para o carro, largando para trás a aliança de casamento, o relógio e este anel aqui, ainda na mesinha de cabeceira, onde ela costumava deixá-lo, antes de dormir."

"Por que eles não foram embora antes? Afinal, os alertas de furacão chegam com dias de antecedência."

"Os Stickelbers eram famosos por suas festas, então, resolveram enfrentar a tempestade com algumas dezenas de garrafas de licor e champanhe. Só naquela manhã, quando o marido acordou e percebeu a dimensão da tempestade, é que concluiu que era melhor ir embora... E ainda bem que foram. O furacão Opal destruiu a casa deles, varrendo-a completamente da areia. Quando voltaram, uma semana depois, a única coisa que restava eram as estacas de concreto da fundação. Junto aos seus pertences, o furacão levou também mais de quinhentas moedas do *Atocha*, seis barras de prata e as joias. Um grupo de busca, com direito a retroescavadeiras e mergulhadores vasculhou a costa e o oceano durante semanas, procurando o tesouro perdido."

Olhei para o anel.

"E aí acharam este anel aqui?"

"Sim. Quatro casas abaixo, a quase um quilômetro dali, debaixo de sessenta centímetros de areia. Em algum momento também encontraram duas das barras de prata e cerca de metade das moedas. O restante nunca foi recuperado, ou..." Ele deu um sorriso travesso, "... desconfio que uma parte foi embolsada por membros da equipe de busca."

"E como o anel veio parar na sua mão?"

Ele riu.

"Ao fazer seu testamento, Debbie Stickelber acabou deixando sua imensa propriedade, incluindo o anel, para seus cães, decisão que obviamente enfureceu seus filhos e levou a uma grande batalha judicial."

"Eu não sabia que você cuidava de litígios imobiliários."

Seu sorriso se alargou.

"Eu não cuido, mesmo. Mas quando um dos filhos do casal tentou matar a irmã para tomar posse do *poodle micro toy* que tinha um patrimônio líquido equivalente ao PIB de alguns países... eu fui contratado por ela. Os bens estavam quase todos bloqueados judicialmente, então, ela me deu este anel como pagamento, e assim ficou."

"Amei essa história." Estendi a caixa do anel para ele.

"Fique com ele. Considere isto o meu pagamento pelo perfil que você montou."

Sufoquei uma risada.

"O qu... o quê? Não." Tentei devolver a caixa para ele. A pedra devia ter uns dois quilates, senão três. O valor dela... mais a história... não dava nem para começar a calcular. "Isso é um absurdo."

"Não tenho ninguém para quem dar as coisas, Gwen." O volume da sua voz baixou. "Fique com ele. Por favor. Não quero ser aquele cara que deixa tudo para o seu peixinho dourado."

Encontrei o olhar dele, e agora ele estava com uma camada a menos de proteção, suas emoções foram ficando cada vez mais evidentes, o assombro em suas íris era quase insuportável. Impulsivamente avancei e o envolvi num abraço. Suas costas estavam rígidas, sua linguagem corporal, tensa, mas ainda assim eu o enlacei com ternura e o apertei. Depois de um tempinho, ele reagiu, relaxando um pouco.

"Obrigada", falei baixinho. "É a coisa mais bonita que eu vou ter na vida. Além disso, o peixinho dourado não vai passar do mês que vem, mesmo."

Ele riu e beijou minha testa; um gesto surpreendentemente doce que me afetou mais do que deveria. Quando ele se afastou, meu corpo estava ávido para ir atrás dele.

"Apenas me prometa que você não vai perder este anel numa tempestade."

"Não vou." Fechei a tampa da caixinha e olhei para o espaço vazio. "Vou conseguir alguma coisa para você substituir por ele na estante. Não vai ser uma esmeralda de valor inestimável, mas vou achar alguma coisa. Algo bem bacana."

"Legal", ele exclamou, prosseguindo pela fileira, ignorando o lugar vago. "Acho que estou velho demais para ser bacana."

"Qual destes objetos aqui é o seu favorito?" Estremeci ao passar em frente à saída de ar, meu vestido era fino demais para aquele cômodo frio.

"É muito difícil escolher." Robert olhou para mim e se aproximou, esfregando meus braços. "Quer ir para um lugar mais quentinho?"

Não consegui pensar em uma resposta, porque ele estava olhando diretamente para a minha boca, com suas mãos apertando meus braços, e, quando ele me puxou, afundei em seu peito sem pensar duas vezes, tipo aquelas heroínas estúpidas dos romances. Direto para os braços da fera vulnerável e solitária.

CAPÍTULO 35

Acordei nua na cama de Robert, enrolada em camadas de lençóis sedosos e edredons de plumas. Parecia um casulo, do qual eu não queria sair nunca mais. Fechei os olhos e saboreei o momento antes de o meu cérebro entrar em cena e eu começar a elucubrar demais sobre aquela situação toda.

Senti uma movimentação no colchão, virei a cabeça e flagrei Robert sentado na beira da cama, usando calça e camisa de botões, com o cabelo já penteado, a gravata já amarrada. Ele estava olhando para a frente, focado nas janelas.

"Me conta o que John te falou. Me conta o quanto você sabe das coisas que ele fazia."

Eu me ergui e me apoiei nos cotovelos, segurando as cobertas contra o peito.

"Como?"

"John Abbott." Ele virou a cabeça e me encarou. "Conte o que você sabe."

Engoli em seco, meu cérebro ainda estava tentando desesperadamente acordar e pegar no tranco.

"Eu não sei de nada. Assim, de nada além do que ele me dizia. Mas eu..."

"Você está mentindo desde o dia em que te conheci." Ele proferiu um palavrão e então passou as mãos pelo rosto. "Merda, Gwen."

"Eu não estou mentindo", retruquei. "Eu não menti para você." Eu me afastei mais dele na cama; depois saí e fiquei em pé.

"Mentiu. Você sabia tudo sobre John." Ele media e pesava suas palavras cuidadosamente, como se elas estivessem sendo passadas em uma pedra de moer. "O monstro que ele era. Você poderia tê-lo impedido."

Baixei meu olhar, evitando o julgamento expresso no rosto dele, mas suas palavras ainda ecoavam. Passamos semanas juntos, e desde sempre ele esteve ciente da verdade sobre a morte de Brooke. Ele estava esperando que eu fosse tocar no assunto? Me vigiando para ver o que eu iria dizer à polícia?

"Sim", respondi baixinho. "Eu deveria ter feito mais. Eu deveria ter chamado a polícia."

O colchão se movimentou quando ele se levantou, e então eu fiquei pensando no que dizer, numa explicação para dar. Quando, enfim, encontrei coragem para encará-lo, Robert já estava saindo do quarto, seus passos ressoaram pelo corredor. Aguardei, só escutando a movimentação, mas, tão logo o vazio retornou à casa, ele dominou o ambiente.

Encontrei meu vestido e minha calcinha ao pé da cama, minhas sandálias em cantos diferentes do quarto. As cortinas estavam fechadas, então as abri o suficiente para constatar que a manhã já tinha avançado. Meu celular provavelmente ainda estava na cozinha, enfiado na bolsa. A bateria provavelmente estava descarregada, e nesse momento eu tentei me lembrar dos compromissos do dia. Luke Attens, enfim, havia ligado para o meu consultório e teria uma consulta às onze. Com sorte, eu conseguiria passar em casa antes para tomar um banho.

Entrei no banheiro só para fazer xixi rapidinho e lavar as mãos. Olhando no espelho, parei, tirando um instante para ajeitar meu cabelo escuro e rebelde. Mirando meus olhos no reflexo, respirei fundo.

Vai dar tudo certo. Repeti a frase duas vezes, inspirando e expirando profundamente. Talvez Robert estivesse indo à polícia. Talvez não. Afinal de contas, ele havia perguntado o que eu sabia. Com certeza ele não tinha noção da minha culpa no episódio. O que ele sabia é que tinha sido tudo culpa de John. E agora, por meio da minha confissão, ele sabia o tamanho do meu envolvimento.

Mesmo depois de Meredith ter dito que não era minha culpa, mesmo depois de todas as desculpas que minha mente vinha inventando, a morte de Brooke tinha sido, sim, culpa minha. Se eu tivesse atendido à ligação de John naquela manhã. Se eu tivesse sido mais atenta durante as consultas dele. Se eu tivesse entrado em contato com Brooke e avisado a ela, ou ido à polícia, ou feito um trabalho mais cuidadoso com meu paciente...

Seria melhor destruir a ficha de John? Queimar ou enterrar as evidências? Até onde eu deveria agir para me proteger? Inspirei fundo enquanto meu estômago dava cambalhotas e me inclinei sobre a pia, na expectativa de que o jantar da noite anterior fosse voltar.

Não aconteceu. O mal-estar passou, meu estômago se acalmou e eu me empertiguei. Eu precisava ir embora dali bem rápido. Passei pela porta em arco, voltei para o quarto e hesitei, vendo a caixa de veludo preto na mesinha de cabeceira de teca manchada. O anel. Pensei em colocá-lo de volta em seu lugar na parede, mas decidi deixá-lo ali mesmo. Minha vontade de ir embora o quanto antes superou minha ânsia de devolver as coisas aos seus devidos lugares.

Eu precisava preparar uma carta de rescisão de contrato o mais rápido possível. Eu já tinha um modelo utilizado em outra ocasião e poderia pedir a Jacob para completar os dados e mandar para Robert. A fatura pendente que eu ainda não havia enviado à Cluster & Kavin, poderia muito bem ser anulada. Eu também ia pedir a Jacob para anexar a fatura cancelada, só para deixar evidente que eu não iria cobrar nada.

No entanto, parecia tarde demais para qualquer coisa. Eu deveria ter dado um fim àquilo logo no início. No bar, em meio a amendoins e cerveja. Em vez disso, eu estava com água até o pescoço, e tudo na minha vida estava em vias de naufragar.

Apressando-me pelo corredor, encontrei minha bolsa no lugar onde havia deixado. Encaixei a alça grossa sobre um ombro, peguei minhas chaves e fugi.

"Você está um desastre." Luke, que estava meticulosamente vestido com um terno azul-claro, com os cabelos penteados e óculos escuros Versace, olhou meus jeans rotos e minha blusa larga fazendo uma careta que transbordava crítica.

Não me dei ao trabalho de sorrir. Eu mal tinha chegado ao consultório a tempo.

"Bom dia para você também, Luke." Botei um sachê de açúcar no meu café e apontei para a mesa de reuniões. "Por favor, sente-se."

"Sério, o que houve com você hoje?" Ele se sentou na cadeira mais próxima e me olhou com preocupação. "Deu defeito no secador de cabelos?"

"Não houve nada." Olhei pela divisória de vidro e flagrei Jacob e Bart no saguão, nos observando. "Podemos falar sobre Randall Thompson, mas sem você berrar na minha cara?"

Sua preocupação se transformou em aborrecimento.

"Eu não berrei. Você exagerou e agiu igual a um bebezão nessa história toda." Ele tamborilou as unhas bem cuidadas no braço da cadeira. "E por que ainda não estamos no consultório? Eu vi o que tem lá, sabe?"

"Sim, eu sei que você viu", respondi com aparente tranquilidade, sentando-me a uma distância segura. "A propósito, obrigada pela luminária quebrada." Tarde demais, falei para mim mesma. Eu era mais esperta que isso. Declarações inflamadas não eram uma boa abordagem com Luke, e se eu não estivesse tão preocupada com a situação de Brooke e Robert, teria sido mais cautelosa. Suavizei meu tom. "Luke, em nossa última consulta, você estava tentando me contar algo sobre Randall. O que era?"

"Você mentiu pra mim, doutora." Ele apontou para o meu rosto, um pouco agressivo demais para o meu gosto. "Você me disse que não estava trabalhando com ele."

"Eu não estava trabalhando com ele. Fui contratada para fazer um perfil psicológico do BHK."

"Contratada pelo advogado dele." Ele levantou o pé e apoiou o tornozelo no outro joelho. Um bom sinal, mudança na linguagem corporal, então eu relaxei um pouco. "Eu vi você na TV, doutora."

"Sim, fui contratada pela defesa dele", admiti. "Mas pedi demissão."

Ele me fitou com ceticismo.

"Quando?"

"Hoje de manhã."

O *e-mail* de Jacob tinha sido enviado às 10h15, e até agora eu não tinha recebido resposta de Robert. Pensei na raiva latente na voz dele quando estávamos no quarto. Tão visceral. Tão emocional. Por que ele se importava tanto com John Abbott? Sim, eu fui negligente. Sim, uma mulher morreu. Mas o casal mal conhecia Robert. Prestador de serviços e cliente. E, se houve mais algum relacionamento ali, Robert nunca mencionou.

Pela divisória de vidro da sala de reuniões, percebi uma movimentação nos elevadores e fiquei tensa. Era só Meredith; então, eu obriguei minha mão a relaxar em torno da xícara de café. Será que a polícia viria me buscar hoje? Seria o detetive Saxe ou outra pessoa? Ou será que Robert aceitaria minha confissão e continuaria seu joguinho de gato e rato?

Meredith parou perto da mesa de Jacob.

"Se você não trabalha mais para Randall, por que está perguntando dele?"

"Sinceramente?" Voltei minha atenção para Luke. "Curiosidade pessoal. Ainda não consegui definir se ele é inocente ou não. Seria de grande ajuda se eu pudesse entender um pouco mais do que ele fez com você. Mas, Luke..." Pousei minha xícara de café. "... você e eu estamos protegidos pela confidencialidade médico-paciente. Independentemente de eu estar ou não trabalhando no caso do BHK, não posso compartilhar com ninguém nada do que você me disser. E, claro, se você preferir não me contar as coisas, tudo bem."

"Randall nunca encostou um dedo em mim." Ele girou a luneta de diamante do relógio.

Franzi a testa.

"Eu pensei que..."

"Não foi comigo. Ele assediou minha primeira namorada. Pediu a ela para ficar na sala depois da aula e então a prensou na parede e passou a mão nela." Não houve fúria. As palavras foram proferidas com uma frieza e um cinismo que não chegavam nem perto do Luke anterior. Onde estava toda aquela raiva? Será que a explosão tinha sido por causa de Randall, ou Luke só estivera no meio de um colapso emocional?

Recostei-me na cadeira, meio desanimada.

"Ela contou isso para alguém?"

"Não. Outra menina... uma outra caloura lá, falou para o orientador que Randall a estuprou no laboratório de ciências... E ela foi ignorada. E, lembre-se, isso aconteceu há vinte anos." Ele deu de ombros. "Naquela época, o cara não era um velho gordo. Algumas meninas eram a fim dele, e a menina em questão meio que tinha fama de piranha na escola. Por causa disso, ninguém acreditou nela. E Kristen temeu receber o mesmo julgamento. Por isso, ela só me contou anos depois, quando a gente já estava na faculdade."

Tombei a cabeça no encosto da cadeira e tentei não ficar pensando nas garotas que foram silenciadas ali. Embora o panorama fosse trágico, eu precisava focar na maneira como aquela informação se encaixava no perfil psicológico que eu tinha traçado. O problema era que aquilo era só mais uma peça do quebra-cabeça que não se encaixava em lugar algum. Só fazia sentido em relação ao que Robert já havia dito: Randall era um predador sexual, mas só de mulheres, não de homens. Talvez Robert estivesse certo e Randall não fosse o BHK. Naquele momento, eu não conseguia enxergar lógica em nada daquela história.

Olhei de volta para Luke.

"Você pegou a minha carteira e as minhas chaves?"

"Não."

Uma mentira, reconheço quando ouço uma. Cerrei os dentes e me questionei se poderia dispensá-lo como cliente.

Encontrei seu olhar, seu sorriso desagradável retorcendo um lado do rosto, então, mentalmente, ergui o dedo médio, uma desforra para tudo o que ele representava. Ora, por que não dispensá-lo logo? Já que eu estava no inferno, mesmo, então, abraçaria o capeta.

CAPÍTULO 36

Marta Blevins estava concorrendo ao prêmio de Corretora do Mês. Se ela assinasse só mais um contrato, o nome que estaria na plaquinha da imobiliária seria o seu, e seu Chevrolet Tahoe teria direito à melhor vaga do estacionamento. Ela só precisava fechar uma venda, umazinha só, e havia grande probabilidade de isso acontecer hoje, na visitação daquele imóvel.

Ela destrancou a casa e entrou, torcendo o nariz para o papel de parede verde imundo e a variedade de móveis baratos. Então, foi circulando pela sala e abrindo as persianas, inundando o cômodo de claridade. Pelo menos estava arrumadinho. Na semana anterior, ela havia mostrado uma casa em Culver City que tinha pilhas de roupas nojentas por todos os lados.

Na rua, o sedan azul de seus clientes parou junto ao meio-fio. O casal texano recém-casado ficara desolado com os preços das duas últimas propriedades que ela lhe mostrara. Bem, quem sabe o orçamento deles influenciasse bastante na hora de contornar o estigma causado pela história desta casa aqui. Não que Marta tivesse revelado algo a eles. A lei da Califórnia era bem leniente para com a divulgação de informações confidenciais, e mortes especificamente não precisavam estar na lista.

Ela os observou pela janela. O marido estava ao celular, o que lhe daria alguns minutos para dar uma olhadinha rápida no local. Nunca dava para saber o que os outros corretores tinham feito na casa antes, e vários profissionais já haviam passado por ali depois de sua última visita.

O quarto principal estava em ordem, então, ela aproveitou para acender a luminária de cabeceira e abrir as persianas. O segundo quarto tinha sido convertido em escritório, e ela chutou uma barata morta para debaixo de uma esteira de caminhada que estava encostada numa parede. Ao examinar a lavanderia, ficou grata ao constatar que o sótão tinha um alçapão suspenso facilmente acessível. O marido era inspetor residencial, fato que ele fizera questão de citar *ad nauseam*; assim, ele quis entrar em todos os sótãos de cada casa visitada. Preparando-se, ela puxou a corda do alçapão e ficou satisfeita ao ver a escada dobrável baixar suavemente, uma construção bem-feita e reforçada em vários lugares. Em geral, essas escadas de acesso ao sótão eram pouco funcionais, eram quase armadilhas fatais. Esta, no caso, parecia ter sido construída para durar.

Ao ouvir uma batida hesitante lá embaixo, Marta retornou pelo corredor estreito a fim de abrir a porta para o casal.

Conforme esperado, o marido quis seguir direto para o acesso ao sótão, agarrando-se aos corrimãos com entusiasmo e subindo as escadas que davam lá para cima.

"Não sei...", disse a esposa, em dúvida, olhando ao redor. "Você acha que eles aceitariam um contrato de arrendamento como opção de compra?" Ela ajeitou o cinto vermelho fino que dividia seu vestido branco. "Minha empresa vai pagar quatro meses de aluguel na realocação. E aí eu perguntei se poderíamos usar o valor numa hipoteca, mas eles disseram que..."

Do último degrau da escada, o marido pigarreou.

"Hum... Marta?"

"Sim?", respondeu ela com doçura, olhando furtivamente para o relógio. Ela pretendia sair para jantar, e os aperitivos custavam metade do preço até às seis e meia, o que significava que...

"Você precisa ver isto aqui."

O tom de voz dele estava um tanto estranho, tomado de ansiedade, e ela deu uma espiada de lá de baixo.

"O que é?" Seria mofo? Amianto? Marta cruzou os dedos mentalmente. Por favor, tomara que não sejam guaxinins.

Ele subiu os últimos degraus e desapareceu no alçapão. Marta ficou esperando, cheia de expectativa, mas ele simplesmente se embrenhou no sótão sem responder.

Marta, então, agarrou-se aos corrimãos das escadas e deu-lhes uma leve sacudida para testar a estabilidade. Que incrível. Os proprietários obviamente tinham trocado os degraus tradicionais por um modelo de qualidade industrial. Ela deu o primeiro passo, receosa, depois, ganhou confiança para pisar no segundo e então no terceiro degrau. No momento em que sua cabeça passou pela abertura do sótão, ela sentiu uma pequena explosão de satisfação. E isso porque o ex dela adorava dizer que ela sempre fugia da parte mais pesada do trabalho, hein?! Ah, ele não sabia de nada.

Ela se virou em direção ao homem. Qual era o nome dele, mesmo? Wyatt? Wayne? Wilbur?

Ele estava parado, olhando para um colchão encostado em uma das paredes do sótão e... uau! De fato, havia um cômodo de verdade ali! Tinha uma metragem quadrada habitável, se você não se importasse com um ambiente mais rústico, claro. Ela ficou em pé e viu uma luminária auxiliar, dessas utilizadas em canteiros de obras, presa a uma viga próxima. Tateou as costas do aparelho para achar o botão e o ligou. O espaço escuro iluminou-se com uma luz branca intensa, e então ela se virou para o homem, satisfeita. Wes. Era esse o nome dele.

Ele ainda estava parado ali. Olhando para a cama. Não, na verdade, não para a cama. Havia algo entre ele e a cama. Uma espécie de bancada de trabalho.

"Isto aqui é bem legal", ela comentou, limpando as mãos na roupa e se aproximando, curiosa, para ver o que ele havia achado tão intrigante. "Eu..."

Suas palavras, sua frase, seus pensamentos cessaram. Tudo em seu subconsciente parou quando Marta flagrou a fileira de dedos amputados.

Ela tropeçou e quase caiu para trás; então, começou a passear os olhos pelo cômodo desesperadamente. O colchão, o lençol bege com manchas secas de sangue. As argolas de toalha fixadas acima do colchão, com cordas penduradas nelas. A câmera ao lado da cama. Um balde com moscas zumbindo na borda. Ela inspirou e, de repente, sentiu o cheiro. Ferro e merda. Suor. Medo. Era ela quem estava emitindo aquele som? Aquele gemido baixinho, aquele gemido horroroso, tenebroso?

Ela cambaleou e procurou a escada, tentando achar a entrada do alçapão. A mulher lá embaixo chamou por ela; ela estava, enfim, começando a subir as escadas, mas ela não podia subir ali. Ninguém deveria estar ali. Então, Marta correu para a saída e escorregou, com as mãos batendo na superfície inacabada de compensado. As palmas de suas mãos ficaram esfoladas, cheias de farpas, e ela se engasgou com um tufo de cabelo preso entre duas tábuas.

Chegando ao alçapão, meteu os pés pela entrada, passando de raspão no rosto da outra mulher.

"Saia da frente!", ela berrou. "Sai! Sai da minha frente!"

"Tem ratos?", disse a mulher, quase dando um gritinho, recuando apressadamente escadaria abaixo. "Baratas?"

Marta saiu desembestada pelo corredor, o mais rápido que seus saltos permitiram. Pegou a bolsa no sofá, saiu pela porta da frente e inspirou o ar fresco. Remexendo na bolsa, começou a xingar sem parar, então, caiu de joelhos na grama e virou a bolsa de ponta-cabeça, sacudindo-a até esvaziá-la; seu celular finalmente apareceu em meio à maquiagem, às canetas, aos cartões de visita e lenços de papel. Desbloqueando-o com a mão trêmula, ela respirou fundo e discou:

"Polícia..."

CAPÍTULO 37

"Não acredito que você dispensou Luke Attens no meio da sessão." Meredith puxou uma cadeira da salinha de descanso e sentou-se. "Isso exigiu colhões, hein?"

"Foi burrice", respondi, olhando para o corredor e fechando a porta para termos um pouco de privacidade. "Entre o tempo que perdi com Robert e a dispensa de Luke, meu faturamento este mês vai ser um desastre. Ah... Além disso, um dos meus pacientes morreu, então, só me restam Lela Grant e uns gatos pingados aleatórios."

"Esta cidade está cheia de gente maluca", disse Meredith animada. "E você apareceu na TV. Você é uma celebridade do alto escalão agora. Isso vai atrair uns doidinhos."

"Ah, que maravilha." Abri a geladeira e me abaixei, vendo o que havia disponível. "Exatamente o que eu queria." Exceto o café durante a consulta de Luke, eu ainda não tinha comido nada, e meu estômago estava roncando, e o protesto dele só aumentava diante das prateleiras quase vazias. Era função de Jacob reabastecer a sala de descanso, e eu fiz uma nota mental para cutucá-lo com um lembrete.

"Ei, se o dinheiro ficar apertado, eu posso te mandar um dos meus maníacos sexuais", ofereceu Meredith. "Tecnicamente, eles podem ser classificados como violentos."

"Sabe... Acho que estou bem assim." Agachei-me e olhei a coleção de pequenas vasilhas de plástico. "Há quantos anos este espaguete está aqui?"

"Ainda está bom", garantiu Meredith, pescando o controle remoto que estava dentro da fruteira no meio da mesa. "Deve ter uns dois dias, no máximo. Olhe aí, deve ter um adesivo com a data." Ela ligou a TV que ficava sobre o balcão e colocou no canal com a imagem granulada. "Alguma notícia do seu advogado gostosão?"

"Silêncio total." Retirei a tampa do pote com as sobras de macarrão e o coloquei no micro-ondas. "Se a polícia aparecer aqui, mostre seus peitos para eles, pra dar tempo de eu fugir pelos fundos."

"Odeio te informar, rainha do drama, mas eles não podem te prender por não ter denunciado as reflexões emocionais de alguém."

Olhei para ela.

"Ah, podem, sim. Essas reflexões emocionais, na verdade, se chamam premeditação."

"Se ao menos a gente tivesse um advogado para consultar...", entoou ela, levantando-se. Então ela estalou as costas e suspirou. "Sinceramente não consigo definir se ele foi um cavalheiro ou um babaca por ter descarregado todas aquelas acusações no pós-coito."

Fiquei pensativa.

"Ambos." Definitivamente, ambos. A última coisa da qual eu precisava era aquele lembrete de como era fazer um sexo gostoso e ficar íntima de alguém. Enquanto estava enroscada ao corpo de Robert na noite anterior, houve um hiato no qual realmente cogitei a possibilidade de nos tornarmos um casal. Um casal com futuro.

Estúpido da minha parte, lógico. Eu não era tão tapada assim desde o ensino médio, quando acreditei em Mick Gentry, quando ele disse que, se a gente transasse, seria uma prova de que estávamos apaixonados.

"O que você acha que ele vai fazer?", ela perguntou.

"Não faço ideia", admiti. "Estou tão confusa com essa história toda... Por que ele me contratou? Por que não me confrontou antes, quando ele leu a ficha de John, lá em casa?"

"Talvez ele estivesse gostando de você", refletiu Meredith, abrindo a torneira e lavando as mãos. "Tipo... *gostando* mesmo."

Fiz uma careta.

"Me diga de novo: quantos anos você tem, mesmo?"

Meredith fechou a torneira e puxou um pedaço de papel-toalha do rolo.

"Tudo bem, eu sei que você está tentando não pensar no caso, mas a gente não se fala direito desde que divulgaram que o menino lá mentiu sobre a fuga. Bom, posso só dizer o quanto achei estranho o assassino ter soltado esse rapaz?" Ela enxugou as mãos e, depois, amassou o papel. "Por quê?"

"Não sei", admiti. "Scott foi a única vítima do Beverly High. Se Randall Thompson é mesmo o BHK, e se ele de fato libertou um dos reféns, não faz sentido ele ter soltado justamente a única vítima capaz de identificá-lo. Randall não é nenhum gênio, mas também não é estúpido. Quanto mais descubro, mais convencida fico de que ele não é o BHK. E há uma chance de Scott Harden não ter sido vítima do BHK."

"Você está anotando essas coisas?", perguntou Meredith. "Este pode ser o momento em que você negocia os direitos do seu livro. Imagina que incrível se Scott Harden não for uma vítima do BHK? Sério." Ela se recostou no balcão e cruzou os braços.

"Ô, totalmente incrível", brinquei, abrindo a porta do micro-ondas e testando a temperatura da comida com o dedo.

Eu precisava de férias, concluí. Em algum lugar longe do trânsito de Los Angeles, da poluição e dos pacientes capazes de cortar minha garganta em caso de cancelamento de consulta. Em algum lugar onde eu pudesse passar uma semana inteira sem pensar no BHK ou em Robert Kavin ou nas esposas mortas de pacientes lunáticos. Talvez o Havaí. Ou a Costa Rica. Na verdade, dane-se o calor. Alasca. Eu sempre quis ver as baleias.

Virei-me para Meredith para perguntar se ela já havia visitado o Alasca, mas parei. Ela estava concentrada na TV.

"Você está vendo isso?", ela sibilou, estendendo a mão e aumentando o volume no controle-remoto.

Larguei o micro-ondas aberto e me sentei ao lado dela, concentrando na manchete da imagem meio granulada da TV antiga.

CATIVEIRO SEXUAL ENCONTRADO EM SÓTÃO

— SERIA O LOCAL MANTIDO PELO BHK?

Uma imagem aérea mostrou uma rua isolada e uma dezena de policiais uniformizados entrando e saindo de uma casa de tijolos brancos. O apresentador começou a falar, e eu precisei segurar o braço de Meredith para não me estatelar no chão.

"(...) seis dedos mínimos foram encontrados, e nossas fontes no momento investigam para confirmar se este seria o covil de um dos assassinos mais notórios desta década em Los Angeles (...)"

Tanto esforço para não pensar na morte... Randall Thompson era, de fato, inocente, e os nomes agora exibidos abaixo do rosto do apresentador eram dolorosamente familiares.

John e Brooke Abbott.

CAPÍTULO 38

Voltei para casa, acelerando pela La Cienega e pegando um atalho até o meu bairro. Estacionei na garagem e me embaralhei com a chave duas vezes, minhas mãos tremiam, até que, enfim, consegui enfiar a chave na porta lateral e a girei. Clem miou para mim do parapeito da janela e eu a ignorei, largando minha bolsa e as chaves do carro no balcão e praticamente correndo para o meu escritório. Acendi o interruptor na parede, sentei-me diante da minha mesa e coloquei a ficha de John Abbott bem no meio. Fazia apenas uma semana que eu havia mexido nela, uma semana que eu tinha tentado descobrir qual parte Robert tinha visto, temerosa.

Agora eu tinha um motivo totalmente diferente para olhar aquela ficha. Comecei a tirar o elástico, meus dedos tremiam sobre a capa de papel pardo, e então eu parei. Abri minha gaveta, folheei meus arquivos e encontrei o segundo item do qual eu precisava. Retirei-o de dentro da pasta e o coloquei ao lado da ficha de John.

BHK — BLOODY HEART KILLE: PERFIL PSICOLÓGICO E ANÁLISE
DOUTORA GWEN MOORE, MÉDICA

Eu não sabia por onde começar. Levaria um dia inteiro para revisar de maneira adequada a ficha de John, mas com certeza, agora, teria uma visão mais aprofundada. O perfil psicológico poderia conter erros. Afinal de contas, tinha sido escrito por mim, e, se as últimas doze horas haviam servido para provar alguma coisa, era que a doutora Gwen Moore era uma péssima juíza de caráter. Mesmo assim, naquele momento, eu precisava organizar meus pensamentos e, de fato, explorar essa possibilidade. Respirei fundo e abri o perfil psicológico. Peguei uma esferográfica dourada e um bloco de notas novo na gaveta e escrevi no alto da página:

Seria John Abbott o Bloody Heart Killer?

Fiquei olhando para aquela frase, resistente a crer que pudesse ser verdade. Durante todo aquele tempo, enquanto eu assistia às reportagens e elaborava possíveis cenários e motivações... ele estava bem ali? Bem na minha frente. Contando tudo.

Folheei as páginas introdutórias do relatório, passei pelas revelações idiotas e pela história dos crimes e então fui desacelerando até chegar à primeira informação relevante:

O assassino pesquisa e persegue suas vítimas antes de capturá-las. Conhece seus horários e sua vida social. É extremamente cauteloso ao escolher o momento de capturar as vítimas e planeja tudo detalhadamente.

O detetive Saxe havia me dado uma cópia das queixas feitas contra John por voyeurismo. John foi flagrado várias vezes. Todas eram mulheres ricas. Na época, não acreditei na notícia, certa de que John Abbott não estava interessado em nenhuma mulher no aspecto sexual além da própria esposa, e talvez eu tivesse razão. A polícia presumira o cenário mais provável, mas John não estava interessado nas mulheres ricas de meia-idade. Mesmo sem saber nada a respeito delas, eu era capaz de apostar que todas eram mães. *Ele estava espionando os filhos adolescentes delas.*

Li mais abaixo na página, na parte sobre os traços de personalidade do BHK:

Meticuloso nos cuidados com a aparência e o asseio. De natureza pura e analítica. Tem um emprego que requer atenção aos detalhes. Preciso em seu estilo de vida. Atento ao que as outras pessoas pensam.

Era John até o último fio de cabelo, como se eu tivesse escrito a análise especialmente para ele. Apoiei a testa nas mãos e inspirei, sentindo meus braços tremerem.

"Ai, meu Deus", sussurrei. "Isso é péssimo."

Em que momento foram dados os sinais? Como eu não percebi? Ele chegou a mencionar as vítimas em nossas consultas? Será que, na verdade, ele queria tratamento para essas inclinações e usava Brooke como pretexto?

Não. Embora eu possa ter perdido algumas referências aos meninos, eu me recusava a aceitar que ele não estivesse, de fato, lutando contra inclinações de machucar sua esposa. A emoção que ele demonstrava em nossas sessões, a raiva acalorada que transparecia em seu rosto, a voz falhada... Com certeza ele estava vulnerável e sendo honesto naqueles momentos. Eu sei que estava.

Fechei os olhos e pensei na minha última consulta com ele. Ele tinha começado a gritar, cuspindo enquanto falava sobre Brooke e seu vizinho.

"Eu vejo no jeito como ela olha para ele." John ficou em pé, passeando entre nossas cadeiras com passos curtos e rígidos. "O jeito como ela fala dele. Ela está pensando nele na hora do sexo, eu sinto isso. Ela fica radiante feito uma porra de uma adolescente", zombou ele. "E você acha que ela faz o quê em casa o dia todo? Eles estão trepando, eu sei que estão." Ele chutou meu cestinho de lixo ao lado da mesa, que então voou pela sala e bateu contra a parede.

Isso foi apenas duas semanas antes de Scott Harden ser libertado e de Brooke e John morrerem. John tinha me dito que o tal vizinho era novo na região, mas, analisando a linha do tempo... e se esse vizinho fosse Scott Harden?

Inspirei profundamente, tentando desacelerar meu raciocínio. Se o ciúme de John era por causa das interações de Brooke com Scott Harden — e, antes disso, Gabe Kavin —, então, isso significava que Brooke estava interagindo com as vítimas dele. Que ela estava ciente do que John andava fazendo.

Pensei que John fosse paranoico, mas talvez ele não fosse. Talvez Brooke estivesse transando com os rapazes. Os estupros... Será que ela estava metida naquela confusão?

A pomada. A gentileza. Presumi que fosse uma identidade dissociativa, mas e se não fosse uma segunda personalidade? E se fosse uma segunda pessoa?

Brooke.

Um pressentimento assustador atingiu minha alma como se fosse uma faca enquanto eu ia absorvendo as possíveis implicações daquilo tudo.

A presença de uma mulher poderia justificar o motivo de Scott Harden ter mentido. Um adolescente inexperiente, transando com uma mulher adulta — para virar a síndrome de Estocolmo seria um pulo, sobretudo se ela fosse a parte boazinha da dupla de algozes. Será que ela havia desenvolvido sentimentos genuínos por Scott Harden? Será que foi ela quem o libertou? E foi por isso que John a matou?

As datas faziam sentido. Até então, eu nunca havia somado dois e dois, mas Brooke e John morreram na mesma manhã em que Scott Harden reapareceu. Minhas mãos tremiam, e eu apertei a caneta para cessar o movimento.

Pensei na insistência de John em repetir que Brooke estava desenvolvendo sentimentos pelo vizinho. O que foi mesmo que ele disse na manhã de suas mortes? Que ele achava que ela iria largá-lo e fugir com o vizinho. Talvez ele estivesse certo.

Quando as peças se encaixaram no lugar, o pavor se instalou dentro de mim.

Eu disse a ele para se livrar do paisagista.

Quase rasgando a capa da ficha de John, me pus a folhear as páginas desesperadamente, passando o dedo pelas anotações do nosso primeiro mês de consultas. Informações básicas... sua história com a esposa... ali. O paisagista.

John estava preocupado porque eles estavam ficando íntimos demais. Tinha ouvido os dois rindo juntos. Mantendo contato visual. Encontrou louça suja na pia e especulou que ela havia preparado um almoço para ele.

Minhas anotações organizadas registravam minha solução para suas inseguranças agonizantes.

Sugeri que ele resolvesse o problema demitindo o paisagista.

As primeiras consultas de John eram dominadas por suas preocupações a respeito de Brooke e o paisagista. John queria *matar* Brooke porque temia que ela tivesse um suposto caso com ele e que nutrisse sentimentos pelo sujeito. Então, eu o incitei a seguir o caminho de menor resistência. Fácil. Tire o paisagista da equação e concentre-se em reconstruir e fortalecer seu relacionamento com sua esposa.

Mas se o vizinho citado em nossas sessões mais recentes fosse, de fato, Scott Harden, então, o paisagista era... Soltei um soluço dolorido e cravei as mãos nos cabelos. Gabe Kavin. *Eu disse a ele para se livrar de Gabe Kavin.*

A tortura por afogamento. A morte que foi diferente das outras. Será que seu ciúme furioso foi o gatilho para uma morte mais violenta? Aaahhhh, e eu dei a solução de bandeja para ele. Com minha fala equilibrada, emiti minha opinião com toda a autoconfiança do mundo.

Fechei os olhos com força, tentando bloquear em minha mente as fotos da necropsia. O olhar vítreo. O sangue seco ao redor do coração. Ele era tão jovem... Tão inocente...

"Olá, Gwen."

Levei um susto, afastando as mãos da cabeça quando olhei para cima e vi Robert à porta do meu escritório. Ele estava com um braço relaxado ao lado do corpo, e em sua mão, a lâmina capturando os reflexos da iluminação, havia uma faca.

CAPÍTULO 39

Scott Harden estava no chuveiro e inclinou a cabeça para o jato d'água. O vapor subia enquanto a água quente salpicava suas bochechas e seus ombros. Apertando os lábios, ele fechou os olhos e deixou a tensão se esvair.

Durante aquelas sete semanas no sótão, ele ficou sonhando com este banho. E agora, no meio daquele banheiro gigante, com os pés descalços no piso de seixos aplainados, ele só queria estar de volta. De volta ao sótão. De volta à cama. De volta àquela cadeira dobrável de metal onde ela passava uma esponja gigante em seu corpo nu. Sobre os cortes. Ao longo de suas costas. Entre suas coxas. Só de pensar, ele ficava de pau duro, mas, ao acariciá-lo, era a mesma coisa de antes — uma brochada instantânea. Como se ela fosse a única com o poder de lhe proporcionar prazer.

Talvez assim fosse porque ela havia sido a primeira dele. As meninas da escola sempre falavam disso — como se o cara que havia tirado a virgindade delas tivesse algum tipo de superpoder. Ele sempre achava graça, mas talvez elas estivessem certas. Talvez por isso ele tenha ficado de quatro por ela tão rápido e com tanta intensidade. Então era por isso que ele não conseguia parar de pensar nela?

Ele pegou o xampu e esguichou um pouco do líquido lilás na mão. No sótão, não havia um jeito fácil de lavar os cabelos. E ela não confiava nele o suficiente para deixá-lo descer. Ele estendeu a mão e desligou a água. Passou os dedos ensaboados pelos cabelos e se lembrou das unhas compridas dela, de como elas arranhavam e massageavam seu couro cabeludo. Do toque suave dos lábios dela em sua testa.

Ficar com uma mulher mais velha era diferente. Todas as meninas da escola pareciam tão fúteis e imaturas quando comparadas a ela... Seu olhar confiante enquanto ela cavalgava seu corpo nu. O ronronar sedutor ao seu ouvido. Ela o amava. Era isso que ela sussurrava em seu ouvido enquanto aquele otário ficava olhando. Ela o *compreendia* como ninguém.

E todos os dias, depois que o marido saía para trabalhar, ela demonstrava isso a ele. Ela o beijava e cuidava das feridas da noite anterior. Ela colocava sua camisola de renda e deitava-se ao lado dele, e conversava sobre a vida que eles iam ter juntos. Sem J. Sem escola. Ela não o enxergava como uma criança; ela o enxergava como um homem. Ela o desejava.

E ele a desejava. Mesmo agora, um mês depois. Principalmente agora.

"Scott?"

Ele soltou um palavrão quando ouviu a chegada de Nita. Ela não lhe dava um segundo de paz. Sempre pairando. Sempre observando, sempre com aquela linha de expressão no meio da testa, como se estivesse tentando decifrá-lo o tempo todo. Ele apenas queria que ela parasse. CAIA FORA. Ela estava monitorando suas ligações? Não havia mais privacidade naquela casa?

Ele enfiou a cabeça debaixo d'água, enxaguando os cabelos para tirar o xampu, e ignorou a segunda vez que ela chamou seu nome, desta vez mais alto. Mais perto. Ainda bem que ele tinha trancado a porta. Provavelmente ela estava com a cara na fresta, com aqueles peitos falsos gigantescos empurrando a madeira.

Por que ela inventou de botar aquela porcaria, afinal? Papai não se importava. Papai mal notara.

Já os seios de Brooke eram perfeitos. Ela permitia que ele passasse o dia inteiro tocando-os, permitia que ele perguntasse o que quisesse a respeito deles. Eles eram naturais, dissera ela.

Houve um estalo alto e algo tombou em frente à porta do banheiro. Scott limpou a condensação do vidro e viu a porta do banheiro aberta, seus pais parados ali. *Que diabos?* Ele desligou a água.

"Scott?"

Por que sua mãe ficava repetindo seu nome? Ele puxou a toalha do aquecedor.

"Scott, os noticiários estão mostrando que acharam um quarto. Em um sótão." Seu pai estava falando num tom muito severo, de um jeito que Scott não ouvia há muito tempo.

Ele fez uma pausa, passando a toalha no rosto. Um sótão. Ele enxugou a água dos olhos e lentamente se enrolou na toalha. Então abriu a porta do box e saiu.

Seus pais estavam lado a lado, com os ombros se tocando. Sua mãe de blusa vermelha e short branco. Seu pai, que já tinha os cabelos quase totalmente grisalhos, estava com as mãos nos quadris.

"Posso ter um pouco de privacidade aqui?"

"Você ouviu a gente?", repetiu Nita. "Eles acharam um sótão cheio de objetos e estão dizendo que é onde você ficou como refém."

"E não é na casa de Randall Thompson", acrescentou George, num tom mais severo.

Claro que não era. Randall Thompson era só um peão, alguém que merecia apodrecer em uma cela pelo resto de seus dias pelo que tinha feito com Brooke. Scott enrolou a toalha nos quadris e passou pelos seus pais, em direção ao *closet*.

"Você estava em um sótão?", perguntou sua mãe.

Ele pegou uma camiseta branca da pilha e começou a se perguntar o que a polícia já estaria sabendo. Como eles tinham achado o sótão? Se a casa estava à venda e Brooke e J. tinham partido... eles não teriam esvaziado o sótão na mudança?

"Esta é a casa que acharam." Nita segurou o celular perto da cara dele. Scott tentou ignorar, e ela se aproximou. "Olhe, Scott. Você reconhece esta casa?"

Claro que ele reconhecia. E é claro que ele não poderia admitir aquilo. Porque no depoimento ele tinha dito que fora libertado a alguns quilômetros de sua casa e que jamais vira seu cativeiro.

"Sei lá. Não." Ele empurrou o braço dela.

"Eles encontraram dois cadáveres nesta casa no dia em que você apareceu aqui." A voz de sua mãe era puro aço, seus pés estavam firmemente plantados no chão.

Dois cadáveres? Scott, que estava pegando um short, parou a mão no ar.

"De quem?"

"John e Brooke Abbott."

Ela deu uns cliques na tela e mostrou para ele outra foto.

John e Brooke Abbott

John e Brooke Abbott

John e Brooke Abbott

John e Brooke Abbott

John e Brooke Abbott

Tudo em sua mente parou naquela foto do casal. Brooke estava usando um vestido vermelho de verão, com seus longos cabelos ondulados caindo sobre os ombros, sorrindo. J. estava de camisa polo e calça cáqui, com o cabelo preto tingido penteado sobre a testa calva. Eram eles, logo abaixo de uma manchete em negrito que dizia: REVELADA A IDENTIDADE DOS ASSASSINOS DO CORAÇÃO SANGRENTO.

J. O nome dele era John? Não era de admirar que Scott não tivesse achado nada sobre os dois na internet, embora achar qualquer coisa fosse praticamente impossível, já que ele não sabia o sobrenome deles. Agora, ele pegava o celular das mãos de Nita e olhava direito a foto. O homem que tinha destruído sua vida e a mulher que a salvara. Três meses, dissera ela. *Espere três meses e depois me ligue.* Então ela enfiou no bolso dele um bilhete com o número anotado. *Três meses.* Depois o beijou nos lábios. *Aí vamos poder ficar juntos.*

Mas ele não conseguiu esperar três meses. Estava enlouquecendo sem ela, perdido em sua antiga vida, e tinha tantas, tantas perguntas... O que dizer à polícia, se ela o tinha visto na TV, e se eles poderiam se ver. Só de longe, pelo menos. Se ele pudesse ao menos conversar com ela, então, talvez aquela sensação de entorpecimento passasse.

Assim ele ligou para ela. Cedo demais, ele sabia. Mas ele ainda tinha a expectativa de que ela fosse atender ou pelo menos retornar suas ligações. Como ela não o fez, ele começou a mandar mensagens. E então a caixa postal dela ficou cheia, e ele quebrou todas as regras e refez o caminho até a casa deles. Ele não tinha nenhum plano. Só ia passar lá de carro. Talvez estacionar algumas casas abaixo e passar por lá a pé. Talvez esperar até ela sair de casa e depois segui-la.

No dia em que ele dirigiu até lá, havia se passado apenas três semanas desde sua fuga, e, mesmo depois de tão pouco tempo, eles já não estavam mais lá. As persianas das janelas estavam fechadas. O carro tinha sumido. A grama estava recém-cortada e havia uma placa escrito VENDE-SE no jardim. Quando ele ligou para o número da placa, uma moça disse que não morava ninguém na casa.

Brooke o abandonara. Abandonara seus planos de final feliz, tinha *ido embora*. Pelo menos foi isso o que ele pensou, de coração partido, enquanto retornava para sua vida vazia, ignorando as perguntas dos pais e ficando prostrado na cama.

Mas talvez ela não tivesse ido embora. Talvez ela tivesse...

"Scott, foram estas pessoas que sequestraram você?" Agora era a vez de George lhe mostrar o celular, e agora ele exibia uma foto do rosto de J., aquele sorrisinho feioso expondo a arcada superior torta dos dentes artificialmente branqueados. O mesmo sorriso de quando ele abordara Scott no estacionamento da escola. O mesmo sorriso de quando ele prendia Scott no colchão e abria suas pernas. Mais tarde, Brooke disse que era um lance de dominação. Que J. havia sido abusado quando criança e que causar dor e tirar a inocência de outra pessoa lhe dava uma sensação de paz.

Pelo visto J. precisava de muita paz. Quanto mais Scott berrava e implorava através da mordaça, mais largo ficava o sorriso daquele imbecil. E Brooke permanecia lá, sentada em silêncio, assistindo a tudo acontecer. E deixando acontecer, porque, do contrário, ele se voltaria contra ela. Ela já havia sido uma prisioneira, assim como ele. No entanto, toda vez que J. saía para o trabalho, ela cuidava dele, e ele cuidava dela também.

Seu pai o sacudiu com tanta força que seu pescoço estalou.

"Scott!"

"Quem está morto?", Scott perguntou.

Brooke não estava morta. Não era possível. Não era por isso que ela não estava atendendo as suas ligações.

"John e Brooke Abbott." Nita se aproximou e Scott começou a se sentir claustrofóbico, seus pais cada vez mais perto, olhando-o como se ele tivesse feito algo errado. "Scott, a polícia vai chegar em breve, você vai ser preso."

Ele olhou de Nita para George, ainda sem entender.

Brooke estava viva. Ela mesma o conduzira porta afora com um beijo, aquela sensação prolongou-se em seus lábios, e eles iam ter um futuro juntos... Três meses. Três meses, e então por toda a eternidade.

CAPÍTULO 40

Ponderei minhas opções com muito cuidado. Robert estava na única saída do escritório. Meu telefone fixo estava bem ao meu lado, ao alcance do braço. Ele deu um passo e eu enrijeci, observando enquanto ele arrastava a ponta da lâmina pelo tampo da minha mesa. Ela cortou perfeitamente o forro de couro, e também o fio do telefone — e aquilo foi o fim da minha linha de salvação.

Encontrei os olhos dele, e ali estava um novo Robert, um homem que eu nunca tinha visto. Um cara que se apegava à sanidade e à razão de uma forma muito inconstante. Ele me olhava com um misto de piedade e desgosto.

"Você deixou meu filho morrer, Gwen."

Ele estava certo e errado. Embora minhas intenções tivessem sido genuínas, minha percepção foi um tanto falha. Um profissional mais competente teria feito perguntas diferentes e desvendado a verdadeira depravação nas ideias de John. Com esse conhecimento em mãos, um profissional mais competente poderia ter chamado a polícia, salvado Gabe e trancafiado John muito antes de Scott Harden ser submetido àquele inferno.

Mas eu teria como saber a versão de Brooke? Teria conseguido encaixar aquela peça? Provavelmente não. E John era inteligente. Era calculista. Ele sabia exatamente o que me dizer e que linha seguir para não me alarmar a ponto de eu querer chamar as autoridades.

Posso ter cometido erros, mas nada do que fiz ou deixei de fazer foi intencional. Meu engano, minha evasão... tudo o que aconteceu depois das mortes de Brooke e John, eu não teria sido capaz de modificar nenhum daqueles acontecimentos horríveis.

Robert ergueu a faca, mas eu mantive minha atenção em seu rosto, buscando um lampejo de compaixão em seus olhos. Nada, só havia um ódio puro e extenuado. Ele não era um assassino. Eu sabia que ele não era um assassino. Ele só estava ferido. Estava com raiva. Mas ele não me faria mal, não se soubesse de toda a verdade.

Eu acreditava naquilo. Precisava acreditar naquilo.

"Robert", sussurrei, "eu não sabia que John era o assassino."

"Mentira", ele cuspiu. "Você *me disse* que sabia. John Abbott estava se consultando com você enquanto mantinha meu filho amarrado no sótão. Estava se consultando com você quando matou meu filho. Estava se consultando com você quando sequestrou Scott Harden e o tirou da família dele." As palavras foram ditas entredentes, e ele reposicionou a faca na mão, para segurá-la melhor. Pensei no tom sombrio do detetive Saxe quando me deu a notícia da morte de John.

O homem foi esfaqueado na barriga. O ângulo e a cena toda nos levam a crer que foi autoinfligido.

"Não!" Balancei a cabeça, procurando desesperadamente na mesa algo capaz de comprovar minha inocência. "Quando você perguntou se eu sabia o que John tinha feito, pensei que você estivesse se referindo a Brooke. Ele matou Brooke. Era isso o que eu estava escondendo de você. Era isso que eu deveria ter contado à polícia." Juntei as mãos, implorando. "E eu estava tratando John porque ele estava se comportando de forma violenta com ela."

Ele parou; pelo menos estava me ouvindo. Sob o prisma da natureza humana, ele queria acreditar em mim. Eu só precisava dar a ele as peças para que as coisas se encaixassem em sua mente. Eu tentava não olhar para a faca. Agora não era hora de lembrá-lo da existência dela.

"Não", disse ele com firmeza. "Não. Você disse que os pacientes confessavam as coisas para você. Você disse que poderia tê-lo impedido de matar, e não impediu."

"Eu estava me referindo a Brooke. Tudo o que conversamos foi sobre Brooke", respondi convictamente e então coloquei a mão na pasta de John. "Esta é a ficha dele. Tem todas as sessões que fiz com ele. Pode ler. Todas as minhas anotações estão aqui. Brooke estava traindo John, e ele estava furioso com isso. Ele estava preocupado com a possibilidade de machucá-la, e estávamos trabalhando nisso."

"Trabalhando para impedir que ele matasse a esposa? E o meu filho?" Ele cerrou a mão livre.

"Eu não sabia de Gabe", respondi baixinho. "Eu não fazia ideia." Apontei para o perfil e o meu bloco de notas, ainda praticamente em branco. "Acabei de ver a notícia sobre o sótão e vim direto para casa. Eu precisava revisar tudo e..." Hesitei, com a emoção tomando conta de mim, então cerrei os lábios e tentei engolir aquele sentimento. "Eu precisava entender..." Tentei de novo. "Como é que eu tinha deixado passar algo tão horrível. Ele tinha me dado pistas e eu não havia enxergado?" Minha voz ficou presa na garganta. "Desculpe, Robert." Engasguei-me no pedido de desculpas. "Lamento muito."

Ele engoliu em seco, e então eu vi suas feições desmoronarem, a debilidade de um homem que estava tão flagelado que corria o risco de ruir. Ele foi afundando na cadeira lentamente, com seu olhar grudado no meu. Seus olhos intensos e penetrantes.

"Não minta para mim, Gwen."

"Não estou mentindo." Mantive o contato visual e respirei fundo, tentando me recompor, tentando controlar minhas emoções e manter o equilíbrio. A raiva dele parecia estar diminuindo, mas ele ainda era muito perigoso e estava emocionalmente volátil.

Pensei na vez em que estivemos naquele mesmo escritório. Quando ele estava parado em frente à minha mesa, no movimento lento de sua cabeça para mim logo que eu entrei. As perguntas constantes sobre John Abbott, alimentando meu temor de que ele soubesse algo sobre Brooke. Mas ele não sabia. Sua raiva era pelo BHK, não pela morte de Brooke. Então, se...

Nesse instante minha mente começou a repassar todos os momentos suspeitos, eu tinha a sensação constante de que Robert estava sempre dois passos à frente, por conta de sua insistência inabalável em afirmar que Randall Thompson era inocente e que Scott Harden estava mentindo.

"Você sabia", falei calmamente. "Você sabia que John era o BHK."

A expressão dele não mudou. Ele não admitiu. Ele não reconheceu minha afirmativa. Ele não negou. Mas eu sabia que estava certa. As pistas estavam todas lá... só me faltavam algumas cartas para completar o jogo.

"O que você estava achando?", perguntei lentamente. "Você achava que eu sabia que John Abbott era o assassino e que ainda assim eu montaria esse perfil ridículo?"

"Foi muito certeiro em relação a John", disse ele, um pouco mais calmo. "E eu cheguei a te perguntar se o perfil se encaixava em algum paciente seu."

"Bem, eu não estava pensando nos meus pacientes mortos", respondi, frustrada. "E minha entrevista com Randall Thompson foi o quê... um teste? Cada conversa com você, cada discussão sobre a inocência de Randall... você achava que era o quê? Que eu estava me *fingindo* de idiota?" O tom da minha voz subiu, e discutir com um homem armado e exaltado era o jeito mais fácil de acabar morta, mas eu não conseguia me controlar.

"Eu precisava saber o que John tinha dito a você." Agora seus olhos estavam mais calorosos, e das duas uma: ou aquela mudança de assunto ia ser a ideia mais inteligente que já tive, ou a mais estúpida. "E você estava toda reservada, então, resolvi perguntar diretamente."

Resisti à vontade de verificar se a faca ainda estava na mão dele.

"Você não veio me perguntar se John era o BHK. A sua pergunta foi..." Soltei um suspiro frustrado. "Foi tipo... Se eu sabia o que ele tinha feito, ou alguma merda generalizada que associei à Brooke. Você acha que, se eu estivesse escondendo a identidade do BHK, eu teria deixado você se aproximar de mim? Me contratar? Dormir nu na minha cama?" Levantei as mãos, frustrada. "Acho que nós podemos concordar que minha intuição e meus poderes de dedução, pelo menos no que dizem respeito a John Abbott, foram..."

"Péssimos", completou ele inutilmente.

"Falhos", corrigi. "Mas eu não sou uma idiota. Não sou estúpida. Me diga que você acredita nisso."

Em resposta, ele lentamente foi pousando a faca entre nós, sobre a minha mesa. Então fez uma pausa e, enfim, a soltou de vez. Uma faca com cabo de oliveira e uma lâmina de dez centímetros.

Olhei para ela e senti cada músculo do meu corpo cedendo lugar ao alívio. Não era uma sensação de segurança total, mas ao menos Robert acreditava em mim.

"Robert", falei hesitante, "quando você descobriu que John era o cara?"

Seu rosto se contraiu, havia algo mais ali. Eu havia confessado meus crimes, e ele precisava confessar os dele.

"No dia 02 de outubro."

Olhei para minha mesa, repassando a linha do tempo na minha mente.

"Um dia antes de ele morrer." Sua voz era monótona e trivial. Quando olhei de novo para ele, vi que seu olhar estava sombrio, mas sem nenhum remorso. "Um dia antes de eu matá-lo."

E lá estava. A confissão.

"Eu... Hum... Entrei na cozinha e o encontrei ajoelhado sobre o corpo de Brooke. Ele estava chorando. Sacudindo o corpo dela. Fazendo respiração boca a boca, mas ela já estava morta."

Não fiquei nem um pouco surpresa com o fato de John ter se arrependido. Eu disse a ele, tantas vezes, em tantas consultas, que matá-la não resolveria nada. Que seria um breve momento que estragaria toda a vida dele. Ele a amava ferozmente, de uma forma anormal, o tipo de apego raro que o egoísta reserva aos seus brinquedos.

"Ele não me ouviu chegando. Eu tinha um revólver, mas o coloquei em cima do balcão e peguei uma faca de um suporte à vista ali."

Suas palavras estavam empoeiradas, como se tivessem esperado muito tempo para virem à tona. Ele examinou a palma da mão, esfregando-a. Então, baixou as mãos e encontrou meus olhos.

"Eu sabia que Scott tinha sido libertado. Eu já estava vigiando a casa. E isso... parece tão errado, mas fiquei irritado quando vi Scott sair. Eu não entendia por que ele estava livre e por que Gabe não pôde ter a mesma oportunidade. Eu..." Ele fez uma pausa e respirou fundo. "Eu estava de luvas. Eu me agachei atrás de John, estendi a mão e o esfaqueei o mais forte que consegui, no estômago." Ele franziu a testa. "A faca era comprida. Estava afiada. Ele caiu para trás e não conseguiu se mexer. Ele até tentou. Tentou se sentar, rolar, mas não conseguiu."

Permaneci em silêncio, imaginando a cena. Tudo o que ele estava dizendo. A expressão que teria surgido no rosto de John. A dor que ele teria sentido na hora. Mas será que ele teria gostado daquilo? Será que chegara a olhar para Brooke, morta ao seu lado, e sentira-se merecedor daquele destino?

Robert deu um sorriso triste.

"Ele me reconheceu. Entendeu na hora por que eu estava lá. E ele não conseguia se mexer, mas conseguia falar. Sentei-me à mesa e, durante quinze minutos, fiquei lá observando-o morrer..."

Três batidas fortes soaram na vidraça da minha porta de entrada, provocando um sobressalto em nós dois. Robert levantou-se e saiu para o corredor. Observei enquanto ele verificava quem era do alto da escada. Eu sabia o que ele estava olhando. Minha porta era moderna, com três retângulos altos de vidro que eliminavam a necessidade de olho mágico.

"Quem quer que seja, já viu você", o alertei. "Está escuro lá fora, aqui dentro tem luz." A faca estava na minha frente. Se eu me esticasse um pouquinho, poderia tirá-la da beirada da mesa. Mantive minhas mãos no colo.

Ele olhou para mim.

"É a polícia."

CAPÍTULO 41

Não tive oportunidade de processar o anúncio antes de Robert sair pelo corredor e desaparecer de vista. Levantei-me para segui-lo, e então ouvi a porta da frente sendo aberta.

"Detetive Saxe", disse Robert calorosamente, e foi digno de um prêmio de atuação.

Passei pelo corredor e caminhei lentamente em direção à porta da frente me perguntando por que a polícia estava ali. Antes eu temia ser presa por ter ocultado as premeditações de John em relação a Brooke. Agora que ele carregava o selo bhk na testa, isso faria diferença?

Outra possibilidade entrava naquela briga. O detetive Saxe poderia partilhar da mesma opinião de Robert: que eu estive ciente da identidade do bhk durante aquele tempo todo. Meu estômago revirou.

"Boa noite, senhor Kavin." O detetive estava na varanda da frente e olhou para mim quando parei ao lado de Robert. "Doutora Moore."

Eu pigarrei.

"Oi. Entre."

Robert afastou-se um pouco, e o detetive entrou, com seu distintivo brilhando no quadril. Fiz um gesto para que eles fossem ao escritório e, quando cheguei lá, acendi uma luminária que ficava ao lado da cadeira.

"Então vocês dois estão aqui." O detetive Saxe olhou para cada um de nós. "Mais uma vez. Tem algo aqui, ou vocês realmente adoram falar de gente morta?"

Esfreguei a testa, desejando ter comido a sobra de espaguete no escritório. Eu estava tonta por não ter me alimentado direito e, naquele momento, precisava de toda a minha capacidade cerebral, que, sem dúvida, estava prejudicada.

"Vimos a notícia. Estou surpresa por você não ter ido ao local dos crimes."

"Eu estive lá, mas só porque, a princípio, era a *minha* cena do crime. Porém, agora, a força-tarefa e os federais assumiram o controle. Minha equipe está indo para a casa de Scott Harden, mas pensei em passar aqui primeiro. Tentei ligar, mas você não atendeu."

Olhei na direção da cozinha, minha bolsa ainda estava no balcão, onde eu a havia deixado.

"Desculpe, meu celular está na cozinha."

"Bem, estamos tentando descobrir o que aconteceu. Temos dois *serial killers* mortos e um garoto que conseguiu escapar exatamente na manhã em que seus algozes morreram. Antes de começar a investigar Scott pelo assassinato, eu gostaria de saber se vocês teriam alguma ideia, sobretudo porque John Abbott ligou para você naquela manhã."

Encontrei os olhos de Robert por um instante; então, desviei o olhar. Quantas pessoas, além de nós dois, sabiam que ele havia matado John?

E como ele sabia que John era o вНк? Eu ainda não tinha uma resposta para esta última pergunta.

"Certo? Não foi isso o que você me disse, a princípio? Que John deixou um recado para você, pedindo que você ligasse de volta?" O detetive Saxe ergueu os olhos de um pequeno *tablet* em sua mão. "Quer mudar alguma parte dessa história?"

"Dois *serial killers* mortos?" Franzi a testa. "Você tem provas definitivas de que Brooke Abbott estava envolvida nessa história?"

"Não teria como não estar. Não com ele mantendo os meninos reféns em casa. Agora..." Ele soltou um suspiro frustrado. "Há mais alguma coisa que eu precise saber? Porque devo lhe dizer, doutora, considerando o que seu paciente estava fazendo, que essa sua carinha bonita está prestes a receber muito mais atenção."

Ele tinha razão. E se aquele fosse o momento decisivo para a perda da minha licença médica, bem, que fosse.

"John matou a esposa. Não tenho certeza disso, mas posso afirmar que ele estava se tratando comigo porque alimentava o desejo de matá--la. Passei um ano inteiro ouvindo-o discorrer sobre isso. Provavelmente você fez algum exame toxicológico nela em busca de algum veneno, não? Mas eu verificaria a presença de vitaminas que podem ser fatais se combinadas a medicamentos para o coração." Percorri a curta distância até a poltrona mais próxima e me sentei, sentindo-me de imediato aliviada por fazer aquela confissão.

O detetive Saxe me olhou como se eu fosse maluca.

"John Abbott queria matar a esposa? Você espera que eu acredite que era por isso que ele estava em tratamento?"

"Sim. A ficha dele está nos meus arquivos. Pode levar, se precisar."

"Uau. De repente você está confessando tudo e prontinha para revelar as confidências dos clientes." Ele olhou para mim com um desgosto velado. "Você poderia ter me contado isso desde o início. Teria poupado muito tempo, meu e do departamento."

"Os dois estavam mortos", falei simplesmente. "Eu não sabia sobre o envolvimento deles com os adolescentes. Achei que ele fosse apenas um marido ciumento que estava se controlando para não ferir a esposa."

"Não creio que a doutora Moore lhe deva mais informações", interveio Robert, e foi fofo, porque, poucos minutos antes, ele estava ameaçando me matar e, agora, estava assegurando meus direitos.

O detetive Saxe fez uma pausa, e eu acenei para que ele prosseguisse.

"Continue", eu disse.

"E John Abbott nunca falou nada sobre meninos amarrados a um colchão em seu sótão?"

Obriguei-me a não entrar no maravilhoso mundo colorido da psiquiatria, mas os detalhes eram fascinantes. A ciência de Brooke sobre os atos. Seu potencial envolvimento romântico com as vítimas. Os reféns mantidos em casa.

Em meio àquele silêncio repleto de expectativa, balancei a cabeça.

"Não. Ele nunca mencionou nada disso. Nunca sequer insinuou. Inclusive, assim que vi a notícia, voltei para casa a fim de examinar a ficha dele e ver se eu tinha deixado passar alguma coisa, mas..." Olhei entre os dois. "Acho que não. John tinha duas condutas isoladas. No aspecto moral, faz sentido ele ser o BHK. Eu diria até que ele gostava disso, se tivesse que arriscar um palpite. Mas seus pensamentos sombrios em relação a Brooke... isso era algo que o assustava. E foi por isso que ele me procurou. Eu simplesmente não percebi com o que estava lidando." Engoli em seco.

Pela expressão do detetive Saxe, era nítido o que ele pensava sobre a minha competência. Bem, que se danasse. Fiz o possível com as informações que recebi. Sim, mantive o sigilo sobre a coisa toda, a fim de proteger minha carreira. Mas Robert também. E provavelmente, em algum momento, o detetive Saxe também. A autoproteção faz parte da natureza humana.

"Então, você acha que John matou Brooke?", perguntou o detetive Saxe.

"Com certeza. Como eu disse, eu faria o exame toxicológico."

"E quem matou John?"

Robert arqueou uma sobrancelha, era chegada a hora. Eu poderia simplesmente contar tudo ao detetive Saxe, bem naquele instante. Ele estava armado, ele poderia me proteger. Prenda Robert e leve-o daqui. Era o meu dever cívico, certo? Em vez disso, eu contraí o rosto, provavelmente formando uma expressão confusa.

"Achei que você tivesse me dito que ele se matou. Que tinha dado uma facada na própria barriga."

"E eu disse...", ele começou a falar lentamente. "Mas, agora, sabemos de mais coisas. Havia mais razões para as pessoas desejarem vê-lo morto." Ele olhou para Robert. "Veja só o senhor Kavin, por exemplo. O filho dele foi a sexta vítima. Tenho certeza de que, se colocássemos uma faca nas mãos de um dos pais, algum deles teria cometido o crime. Você não concorda?", ele perguntou, olhando para Robert.

Eu estava suando, mas Robert estava frio feito gelo.

"Eu o teria estripado como se fosse um peixe", disse ele, sem hesitar.

O detetive Saxe riu. *Ele riu.* Acho que eu não era a única pessoa incapaz de detectar um assassino quando ele estava bem na minha cara. O detetive voltou sua atenção para mim.

"Então, você acha que o suicídio ainda é consistente com a mentalidade dele?"

"Ele era perdidamente apaixonado pela esposa. Se ele surtou e, de fato, a machucou... e se ele a matou...? Sim. Sem dúvida. O suicídio teria sido muito plausível, e até esperado", respondi.

Como não havia mais ninguém sentado, eu agarrei os braços da cadeira e me levantei.

"Certo." O detetive Saxe assentiu. "Voltarei a entrar em contato com vocês depois, para fazer mais perguntas. Kavin, parece-me que você fez uma pausa com seu cliente..."

"Eu não chamaria bem de pausa", disse Robert. "A vida de Thompson foi destruída."

"Bem, processe Scott Harden, não o departamento de polícia." Ele enfiou o *tablet* no bolso da camisa. "Permaneça na cidade, doutora Moore. Provavelmente vamos voltar para buscar essa ficha."

"Claro", respondi de forma sarcástica e não senti nem um tiquinho de culpa por tê-lo deixado acreditar que John havia se matado.

Depois que o detetive Saxe foi embora, Robert ainda permaneceu no *hall* de entrada. Então, ele se virou para mim, e houve um instante de silêncio. Poucos metros de distância nos separavam um do outro.

"Não se sinta culpada pela morte de Brooke", disse ele de um jeito ríspido. "Ela era tão monstruosa quanto ele. Enquanto estava morrendo, ele me contou tudo." Ele fechou os olhos e respirou fundo, dolorosamente. "Era uma desgraça, Gwen. Ele fazia as coisas físicas com os meninos, mas ela era muito cruel. Era um jogo sexual e emocional entre eles, com os meninos como peões. Ela merecia morrer, e de um jeito muito pior do que foi."

Abracei meu próprio corpo.

"Vou tentar não me culpar, mas a culpa ainda está aqui. Só que, agora, de cem novas maneiras diferentes."

Na rua, o carro do detetive Saxe ganhou vida. Robert girou a maçaneta e abriu a porta da frente.

"Adeus, Gwen."

Dei um passo.

"Espere. Robert."

Ele me ignorou, indo até a varanda e fechando a porta de uma forma tão brusca que quase me acertou. Recuei e fiquei observando-o através das vidraças. Ele passou pelo jardim escuro e não olhou para trás. Alguns segundos depois, as luzes do carro dele se acenderam no meio-fio e ele se foi.

Fechei a tranca, fui até a cozinha e repeti o gesto na porta lateral, irritada comigo mesma por ter largado tudo aberto. Voltei ao meu escritório, me sentei na minha cadeira e peguei a faca que ele havia deixado para trás. Era um dos itens de sua coleção, sobre o qual ele não havia contado nenhuma história. Virei-a nas mãos e, então, guardei-a na gaveta da escrivaninha e suspirei, olhando os papéis espalhados diante de mim.

Uma hora atrás, eu estava desesperada para olhar a ficha de John e encontrar as pistas do que eu poderia ter deixado passar. Agora, era a última coisa que eu queria fazer. Até porque... que diferença faria? Em algum momento, a ficha seria confiscada pela polícia ou pelo judiciário. Meu trabalho viraria notícia, um verbete na Wikipédia e uma conversa de bar. Eu ficaria famosa como a psiquiatra mais inepta de todos os tempos. Randall Thompson seria libertado. E Scott Harden... Fiz uma careta, sem saber o que seria dele. Obstrução da justiça, com certeza. Isso também estaria no meu futuro?

Tanto faz. Eu havia passado o último mês paralisada de culpa pelo assassinato de uma mulher, e ela se revelara um monstro. E, agora, eu tinha o sangue de dois adolescentes na consciência e passaria as próximas décadas analisando minuciosamente cada conversa que tive com John Abbott.

Apenas uma semana antes, eu estava muito empolgada com a oportunidade de conversar com Randall Thompson. Era uma oportunidade única de sentar-me diante do famoso Bloody Heart Killer. Agora, eu sabia que tivera um ano de interações com ele. Eu ficava rabiscando nas margens do meu bloco enquanto o assassino reinante de Los Angeles falava.

Eu tinha falhado, e não sabia se, algum dia, eu iria me perdoar por isso.

CAPÍTULO 42

UM MÊS DEPOIS

Scott Harden estava parado no gramado alto e observava Randall Thompson pela janela. Thompson estava à mesa, com a cadeira bem pertinho, a barriga encostada na beirada do tampo da mesa, levando garfadas de macarrão à boca. Seu olhar estava imóvel e fixo na tela em sua mão. Sons fracos de vozes passavam pela janela, ele estava vendo algum *sitcom* no celular.

Na mão de Scott estava a faca. A mesma que Brooke lhe dera naquela manhã, quando o levara para fora, quando o plano deles estava pronto para ser colocado em ação no momento em que o carro de John saísse da garagem. "Só por precaução", dissera ela, depois de lhe dar um beijo na testa. Eles não tinham discutido exatamente o que fazia parte desse *só por precaução*, mas matar Randall Thompson seria um tópico tão bom quanto qualquer outro, algo que teria deixado Brooke orgulhosa. E algo que o próprio John Abbott poderia ter resolvido logo, caso amasse sua esposa de verdade.

Mas ele não fez nada, e agora esse idiota estava processando Scott, seus pais e o departamento de polícia e iria receber uma indenização equivalente a uns dez milhões de dólares, de acordo com seus advogados.

Não era para acontecer assim. Não era isso que Brooke queria. Foi ela quem arriscou tudo e entrou furtivamente na casa do estuprador, para colocar a caixa de *souvenirs* debaixo da cama dele. Foi ela quem planejou tudo para que aquele bosta, por fim, tivesse o que merecia. Foi ela quem confiara em seu professor e tivera sua inocência roubada.

O professor de ciências tinha estuprado Brooke. Sem camisinha. E, quando a menstruação dela atrasou, ela precisou contar à mãe, que não lhe dera o devido crédito, mas, no fim, se dera por vencida e a levara a uma clínica, repreendendo-a severamente ao longo de todo o processo de interrupção da gestação.

Brooke contou a Scott que ninguém acreditou nela, na época. As meninas da escola a chamavam de piranha. Todos rejeitavam suas alegações, até mesmo seus pais. Ainda por cima, ela foi obrigada a continuar assistindo às aulas de Randall, sentada na primeira fila, tolerando o calor do olhar dele durante todo o semestre.

Ele tinha feito aquilo com ela e com outras meninas e *nunca* foi obrigado a pagar por suas ações — pelo menos, não até agora. Scott contornou a casa e foi em direção à porta dos fundos. Lá dentro, Randall ria. Ao lado de Scott, um ar-condicionado fez barulho, ganhando vida.

Scott pensou em Brooke, em seus cabelos macios caindo em seu rosto enquanto aqueles lindos lábios roçavam os lábios dele. Ele desceu pela varanda lateral estreita e tocou a maçaneta.

"Scott."

Scott deu um pulo de susto e se virou, erguendo os punhos. Fazendo uma pausa, ele olhou para o terreno escuro. Uma mulher *mignon* de macacão de veludo azul se aproximou, e então ele baixou as mãos.

"Mãe. O que você está fazendo aqui?", ele sibilou.

"Me dá essa faca." Nita subiu os degraus da varanda de madeira combalida e avançou, arrancando a faca da mão dele antes que ele pudesse detê-la. "Vamos para casa."

"Não." Ele tentou pegar a faca de volta, mas ela recuou, com uma expressão severa e sem dar margem para discussões. "Você não sabe o que ele..."

"Você pode me contar tudo quando estivermos no carro, e então vamos buscar uma solução... juntos. Mas entrar na casa de um homem com uma faca só vai piorar as coisas, e EU NÃO VOU PERDER VOCÊ DE NOVO." Sua voz delicada tremia de emoção, e nesse momento ele perdeu a firmeza, incapaz de lidar com as lágrimas que brotavam nos olhos de sua mãe.

Uma risada fraca veio de lá de dentro, e então Scott esticou o pescoço para olhar. Randall continuava a comer, alheio à conversa que acontecia em sua varanda.

"Vamos", ela ordenou, agarrando o antebraço dele e puxando-o como se ela tivesse a força de uma mulher com o dobro de seu tamanho. "Vamos para o carro, e lá você me conta tudo."

Ele não queria contar tudo. Ele queria Brooke, queria a vida que eles tinham planejado, e não aguentaria ouvir nem mais um minuto do discurso horroroso de sua mãe, que só xingava Brooke o tempo todo. Ela odiava Brooke, embora nem a tivesse conhecido. Ela não entendia que Brooke, na verdade, o protegia, que ela cuidava dele. Não entendia que Brooke o amava.

Toda vez que Scott tentava explicar as coisas, Nita só olhava para ele, como se ele fosse doido.

Ela seguiu puxando o braço dele, que ainda tentava resistir, olhando para a janela, onde Randall Thompson agora abria uma cerveja. No último segundo, Scott cogitou sair correndo e arrombar a porta. Agarrar aquele pescoço velho e grosso. Apertar até ele ficar roxo e a saliva gorgolejar entre seus lábios.

Ele pensou naquela cena, a saboreou, e então acompanhou a mãe em direção aos carros deles.

CAPÍTULO 43

DOIS MESES DEPOIS

Um alerta de mensagem pipocou em meio à longa e desinteressante re-capitulação de Lela Grant sobre a sessão de Netflix da noite anterior. Olhei meu celular e não reconheci o número, então, voltei minha aten-ção para ela.

"O pior é que o cara, na verdade, é o padrasto dela, mas você só per-cebe isso na última cena, quando ele saca a arma e atira no rosto dela!" Ela cerrou os olhos de um jeito que deu para ver as nuances de seu de-lineador roxo.

"Interessante", refleti, desinteressada. "Então, você recomendaria esse filme?" Comecei a desenhar um contorno decorativo ao redor do título do filme no meu bloco de anotações.

"Bem, não. Agora que já dei o *spoiler*..." Ela pareceu meio desanimada, mas, então, se empolgou de novo. "Vi que a polícia finalmente está in-vestigando Randall Thompson por ter molestado suas alunas."

"Sim, eu soube."

"Acho muito legal o modo como todas as mães das vítimas do bhk se uniram e criaram uma fundação em defesa das vítimas. Tipo... elas estão investigando crimes antigos?" Ela fixou o olhar em mim.

Sem saber a resposta, apenas assenti.

"Sim. É muito legal", eu disse.

E era mesmo. Acompanhei com afinco a cobertura da imprensa e vi que a fundação sem fins lucrativos já estava impactando fortemente seu entorno — não apenas as vítimas, mas também entre seus integrantes. Era formada pelos pais que se sentiram desamparados durante o sequestro de seus respectivos filhos, e também depois, no luto, quando tiveram de lidar com a localização dos cadáveres. No entanto, agora, eles estavam unidos num objetivo comum: ajudar a levar a justiça àqueles que não tivessem voz. Eles eram formidáveis, mesmo. Além disso, tinham dinheiro de sobra, então, puderam acolher todas as alunas que tinham denunciado Randall Thompson, vinte anos antes, e que, à época, foram ignoradas. Deram toda a assistência feita *pro bono*.

"Você sabe... Sarah estudou no Beverly High."

Ah, sim, Sarah. A cunhada insuportável que ela tanto queria matar.

"Estamos acompanhando as atualizações do caso juntas nas redes sociais."

Esperei algum comentário de Lela descrevendo como ela gostaria de torturar Sarah para conseguir mais informações ou como planejava enforcá-la com o fio do *notebook*, mas ela permaneceu em silêncio.

"Isso é bom", consegui dizer. "Juntas? Ou..."

"Ah, não." Ela balançou a cabeça. "Assim, ela mora em Pasadena. Mas a gente troca mensagens. Ela quer que eu vá à primeira audiência. Ela não foi exatamente aluna de Randall, mas o via nos corredores, tipo, todos os dias. Além disso, ela era amiga de Jamie Horace, uma das vítimas. Elas eram líderes de torcida juntas, praticamente melhores amigas." Ela sorriu. "Eu pedi para ser amiga de Jamie no Facebook, e como temos Sarah como amiga em comum, e eu não sou uma *stalker* aleatória, ela me *aceitou*." Ela retorceu uma mecha de cabelo num dedo. "Então, é legal, porque ela tem uns contatos, e eu tenho contato com você... então, nós duas estamos, *tipo*, muito envolvidas nesse caso."

Digeri aquela pílula amarga pintada de dourado e consegui a façanha de não esboçar nenhuma reação.

"Então, você está se dando bem com Sarah?"

"Sim. Acho que superei o desejo de 'matá-la'." Ela franziu a testa. "Veja, não que eu queira interromper a terapia ou algo assim. Eu tenho outros problemas, se isso for..."

Levantei a mão.

"Estou feliz em me fazer presente para você, e pelo fim dessa sua ânsia por violência. Podemos conversar sobre qualquer coisa que você queira."

"Ah, que bom." Ela deu uns meio-pulinhos sentada na cadeira, e eu lutei contra a vontade de rir. Por mais ridícula que fosse, Lela era uma agradável explosão de inocência em dias cheios de escuridão. Minha reputação profissional, que eu basicamente dava como condenada, na verdade, acabou se elevando nos meses subsequentes à criação do grupo de vítimas do BHK. Concedi uma dúzia de entrevistas, recusei dois contratos literários e, agora, eu tinha uma lista de espera de pacientes, todos ansiosos para falar sobre seus instintos agressivos. Era revigorante estar sentada ali com Lela e falar sobre filmes, fofocas de celebridades e as melhorias de sua filha. Maggie agora ia regularmente a um terapeuta e estava progredindo.

Poucos minutos depois, acompanhei Lela até a porta e acenei um adeus, entregando-a para Jacob, que merecia a medalha de puxa-saco do ano. Voltando à minha mesa, peguei meu celular e verifiquei minhas mensagens. A mensagem do número desconhecido era curta.

Já faz um tempinho que não nos falamos. Espero que esteja tudo bem. — Robert

Fiquei olhando para a tela sem saber como responder. Depois que saiu da minha casa naquela fatídica noite, ele sumiu completamente. Nenhuma mensagem, nenhum telefonema, e, quando verifiquei na internet, o perfil dele já não constava mais no site da Cluster & Kavin Advogados Associados. Quando minha curiosidade se apoderou de mim, fui até o escritório dele em Beverly Hills e subi até seu andar. Lá, fiquei surpresa ao ver que seu nome havia sido retirado das elegantes portas de vidro, e ao espiar pela porta aberta de seu antigo escritório, vi apenas uma mulher.

Não cheguei a ir à casa dele. Eu já tinha ido longe demais ao bisbilhotar o escritório. Por fim, aceitei que, se Robert Kavin quisesse falar comigo, bastaria ele me ligar. E agora ele tinha ligado. Bem, quase isso.

Coloquei meu celular na mesa e o afastei um pouco. Eu não sabia o que responder, e aquele furdunço de borboletas no meu peito definitivamente não era bom sinal. O sujeito tinha vindo à minha casa para me matar. Tá bom, não me matou — mas e se eu não o tivesse convencido da minha inocência?

Bem, a verdade é que indivíduos sãos não recorrem ao assassinato. Por outro lado, a morte de um filho pode fazer qualquer pessoa perder a cabeça. Eu não o culpei por ter matado John Abbott, e não o culpei por direcionar sua raiva e seu ódio a mim quando ele achou que eu havia deixado seu filho morrer deliberadamente.

Nos últimos três meses, uma investigação dissecou de forma minuciosa cada momento da história macabra de John e Brooke. Fui obrigada a revirar meus arquivos, por mais inúteis que eu acreditasse que fossem, e fui submetida a horas de interrogatório. Felizmente, o Estado acreditou na minha história e não apresentou nenhuma queixa por obstrução da justiça, voltando o foco rapidamente para os horrores crescentes infligidos por Brooke e John Abbott.

Os crimes do BHK não foram os primeiros cometidos por ele. A estreia se deu com um colega de escola de John, que — se eu tivesse que dar um palpite — havia abusado sexualmente dele. Uma auditoria na farmácia de John também revelou uma grande quantidade de receitas adulteradas, e todas correlacionadas às vítimas. Pelo menos quatro dos seis adolescentes tinham receitas médicas aviadas na farmácia Breyer.

Peguei meu celular e cogitei responder. Que mal havia em uma mensagem?

Estou bem.

Pronto. Ninguém poderia chamar aquilo de flerte. Deixei meu celular na bolsa e arrastei a cadeira para mais perto da mesa, jurando que ia responder todos os meus *e-mails* pendentes antes de olhar o celular de novo. Um leve zumbido veio de dentro da minha bolsa.

Tá, quatro *e-mails* novos. Cliquei em um, li o primeiro parágrafo duas vezes, desisti e peguei o celular. Recostando-me na cadeira, abri a mensagem nova.

A gente podia tomar uns drinks e conversar.

Uns *drinks*. Parecia tão simples, tão inocente. Digitei uma resposta antes que pudesse mudar de ideia:

Claro. Quando?

CAPÍTULO 44

Marcamos um encontro dois dias depois em um bar à luz de velas na South Beverly Drive que tinha um Bugatti estacionado na porta e uma recepcionista com mais diamantes e cirurgias plásticas do que bom senso. Ele tinha chegado antes de mim, estava sentado em um banco dourado junto ao balcão, e eu fiz uma pausa antes de me aproximar, sem ter certeza de que era ele mesmo.

Depois de três meses, Robert Kavin estava muito diferente. Sua barba curta agora era densa e combinava perfeitamente com o volumoso cabelo grisalho. Ele estava bronzeado, e seus olhos tinham um novo lampejo de vida, antes inexistente. Ele usava camisa polo e um short azul-escuro com pequenas baleias bordadas.

"Uau." Parei ao lado do banquinho dele. "Você está bem... praiano." Olhei para minha roupa. Eu ainda estava com o terninho azul-marinho e salto alto do expediente. "Eu certamente deveria ter sugerido um lugar mais casual. E trocado de roupa."

Ele se levantou e se inclinou para mim, roçando minha bochecha com um beijo. O tato da barba era meio esquisito na pele, e ele cheirava a coco e sabonete.

"Eu gosto de você assim. No entanto..." Ele apontou para o banco livre ao seu lado. "Eu queria te ver de cabelos soltos. Literal e metaforicamente." Ele tentou soltar meu coque baixo, e eu lhe dei um tapinha na mão, irritada ao ver que ele tinha conseguido surrupiar um dos meus grampos.

"Eu gostaria de ver você com menos cabelo." Fiz uma careta para ele. "Qual é a desse visual de homem das cavernas?"

Ele sorriu.

"Joguei fora minha navalha e os meus ternos." Ele passou a mão na lateral da barba. "Não gostou?"

"Está bonito", falei de má vontade e peguei o cardápio. Na verdade, ele estava bem. Muito bem. Bem de derreter a calcinha. "O que os seus clientes estão achando?"

"Não tenho como saber. Saí do escritório e me mudei para Venice Beach. Comprei uma casa daquelas baratas que precisam de muita reforma, e estou reformando." Ele pegou minha mão, e eu a puxei. "Você estava enganada, sabe..."

"Ah, que surpresa", brinquei. "Sobre o quê?"

"Meu peixinho dourado ainda está vivo."

Eu ri.

"Você o levou na mudança?"

"Sim. Ele ganhou um quarto de hóspedes. E está me ajudando na escolha da decoração. Acho que ele gostou de morar na praia."

"Pelo visto, você também gostou."

Robert parecia mais leve, todo aquele peso tinha ido embora.

"Ah, eu amo Venice. Eu sempre dizia que, um dia, ia me aposentar em uma ilha do Caribe, mas..." Ele deu de ombros.

"Não tem acordo de extradição?", perguntei de uma forma seca.

Ele riu.

"Bem, não, mas minha relutância em ir embora era um pouco mais nobre do que isso."

Chamei a atenção do *barman* e pedi uma vodca tônica.

"E qual era?"

"Bem, você está aqui."

Fiz uma pausa, confusa.

"E...?"

"E temos assuntos pendentes." Ele me olhou. "Acha que tem como encaixar mais um paciente na sua agenda?"

Pousei o cardápio sobre a mesa.

"Sabe, aconselhamento de luto não é a minha especialidade. Meus pacientes normalmente são um pouco mais sombrios do que isso."

"Bem, eu tenho alguns esqueletos no armário", ele admitiu.

"E eles fazem a barba."

Ele estremeceu.

"Eu posso fazer a barba."

Passei meus dedos pela mandíbula dele e puxei os tufos densos e selvagens.

"Nah. Pode manter."

Ele puxou a ponta do meu banco, arrastando-me para mais perto.

"Eu também queria te dar isto. Você esqueceu na minha casa." Ele botou algo na palma da minha mão e, quando eu vi, era o anel de esmeralda. "Robert...", protestei.

"Pare", ele pediu. "Já discutimos isso. É seu. Pegue. Considere como uma oferta de paz por eu ter ido matar você." Ele estremeceu. "Agora você me perdoa?"

"Não sei." Enfiei o anel no dedo anelar da minha mão direita. "Você me perdoa por eu não ter percebido que John Abbott era aquele monstro?"

Ele me avaliou, suas pupilas passeando por mim minuciosamente enquanto lia, julgava e processava o que via em meus olhos.

"Acho que já perdoei."

Não, ele não tinha perdoado. E eram grandes as chances de ele jamais perdoar.

"Como você ficou sabendo que era ele?", perguntei.

Aquela tinha sido a única pergunta sem resposta, e vinha me acompanhando havia três meses.

Ele suspirou, e então eu vi que ele não queria tomar aquele rumo, mas eu precisava saber o que ele tinha visto e eu não.

"O relatório da necropsia de Gabe. Os exames de sangue." Ele se voltou para o balcão e pegou sua bebida. "Seus níveis de insulina estavam perfeitos, como se ele tivesse usado a medicação o tempo todo. Mas, para isso, ele precisaria estar com o kit de insulina completinho."

"Mas poderia ter outro diabético na jogada, não?"

"Existem dezenas de variações de bombas de insulina, mas o detalhe é que não recebi nenhuma ligação da farmácia para ir buscar a medicação dele. Só que, na época, eu não percebi, acho que nem me lembrei disso. Afinal de contas, meu filho estava desaparecido. Eu não sabia mais nem dizer o meu nome do meio, muito menos ficar lembrando se recebi ou não alguma ligação da farmácia. Enfim, se eu tivesse notado, teria atribuído isso ao fato de eles estarem cientes de que Gabe havia desaparecido. Mas, meses depois, quase sete meses depois de ele ter partido, eu voltei à farmácia para comprar alguma coisa, e aí lembrei do assunto." Ele me olhou. "Então resolvi verificar com o plano de saúde e descobri que outra pessoa tinha pegado as receitas em nome dele. Bem como a insulina e a bombinha."

"E, assim, você descobriu que tinha sido John?"

"Não." Ele suspirou e tomou um gole de cerveja. "Aí eu comecei a verificar os antecedentes de todo mundo e perdi um tempão investigando todos os funcionários da farmácia até finalmente descobrir que tinha sido John."

"Ah." Que ironia cruel constatar que a única coisa que provavelmente colocara Gabe Kavin no radar de John tenha sido a mesma que levara Robert à identidade do assassino.

"Tive dezenas de conversas com John sobre Gabe, antes, durante e depois do desaparecimento, e nunca desconfiei de nada." Ele encontrou meu olhar. "Fui um idiota quando presumi que seria diferente com você."

Dei de ombros.

"Eu sou profissional de saúde mental. Era minha obrigação ter visto alguma coisa. E, em vários trechos dessa jornada, todos nós acabamos sendo idiotas e mentirosos em algum momento."

"Um brinde." Ele ergueu a garrafa. "Ao hábito de colocarmos nossas tristezas em sono profundo."

Tilintei meu copo no dele.

"Bebamos a isto."

Sorri com o brinde familiar, lembrando-me de quando recitei para ele os versinhos de meu pai no bar vagabundo perto da funerária. Parecia ter sido um século atrás. Éramos meros desconhecidos, nossas histórias estavam conectadas sem que fizéssemos ideia. Ali, nosso foco era a distração da dor e dos problemas.

Certa vez, William S. Burroughs disse que ninguém é dono da vida, mas qualquer pessoa capaz de erguer uma frigideira pode criar a morte. Ele estava certo. Matar é a parte fácil. O ato de viver — de encontrar felicidade na vida —, essa é a parte difícil. Superar a dor e a culpa, e aprender a amar e a confiar... Bem, eu até queria seguir esse caminho, mas gostava de ninar minhas mágoas. Gostava do poço emocional, era uma comprovação de que ainda existia uma alma empática no meu peito dolorido.

Um dia, eu seria capaz de seguir em frente e me perdoar. E viveria bem. Mas, por enquanto, eu só precisava sobreviver. Sobreviver e abrir espaço na minha agenda para um novo paciente. Um assassino barbudo e desgrenhado cheirando a protetor solar que tinha um peixinho dourado como animal de estimação.

Robert segurou minha mão, e desta vez eu não recuei.

AGRADECIMENTOS

Uma coisa interessante é que os primeiros rascunhos são jornadas um tanto solitárias. Tarde da noite, as costas doendo, uma pilha de latas de refrigerante vazias ao lado, seu cachorro roncando alto enquanto você tenta fazer jorrar só mais algumas centenas de palavras antes de ir para a cama. Ninguém a quem recorrer, ninguém para poder entregar o teclado e dizer "Ei, pode terminar este capítulo para mim?". Ficamos presos numa canoa hipotética, bem no meio do lago, sem ninguém para remar senão nós mesmos.

Mas aí... Enfim, chegamos ao outro lado, e tem um grupo lá, esperando para pegar aquele manuscrito pesado e ajudar. O grupo que me ajudou neste livro foi fantástico e, assim, eu consegui preencher mais duzentas páginas de história, sempre louvando indefinidamente meus companheiros enquanto o fazia. No entanto, por ora, tentarei ser concisa.

Maura Kye-Casella, obrigada por ser uma fonte de apoio e sabedoria nos últimos oito anos. Você jamais deixou de acreditar em mim e nas minhas histórias, e sou muito grata por tudo o que você fez pelo meu texto — e pela minha carreira.

Megha Parekh, este livro só é o que é graças a você! Obrigada por seus *insights* e suas ideias, por debater os principais pontos da trama e por peneirar todos os conceitos até chegarmos ao ponto certo. Estou muito feliz com a forma como este livro foi elaborado e sou muito grata por fazer parte da família Thomas & Mercer. Obrigada por sua visão e por todo o apoio.

Charlotte Herscher, suas edições e seus comentários fizeram desta história algo muito mais forte. Obrigada por me incentivar a mexer no que era necessário e por me conceder espaço nos momentos em que fui teimosa. E por todos os *e-mails* e telefonemas noturnos — sou grata por sua disposição e sua dedicação, mais do que você imagina. Agora temos dois bebês livros em nossos currículos — e espero que haja muitos mais em nosso futuro.

À Laura Barrett, à editora Sara Brady, à revisora Jill Kramer e ao time de design, capistas e toda a equipe da Thomas & Mercer: obrigada por sua atenção aos detalhes, seu talento criativo e seu apoio a esta obra. Agradeço sinceramente pelos seus esforços.

E, finalmente, aos leitores. Vocês não fazem ideia de como são importantes!

Obrigada por ter comprado este livro. Obrigada por ter topado adentrar no mundo de Gwen e Robert. Espero que vocês tenham gostado de ler a história deles tanto quanto gostei de escrevê-la!

Até o próximo livro...

Alessandra

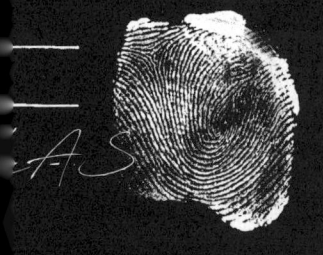

Quem é ELA?

A. R. TORRE é um pseudônimo da autora *best-seller* do *New York Times* Alessandra Torre. Torre é uma escritora premiada, com mais de vinte romances no currículo. Ela também já colaborou para publicações como *ELLE* e *ELLE UK* e escreveu como convidada nos *blogs* do *Huffington Post*. Além de escrever, Torre é criadora do Alessandra Torre Ink, que é um site, uma comunidade e escola *on-line* para aspirantes a autores e escritores já publicados. Saiba mais em alessandratorre.com.

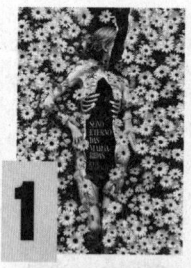

Suspect _____

Victim _____

ESPECIALISTAS
LITERÁRIAS NA
ANATOMIA DO
SUSPENSE

***CRIME SCENE*®**
F I C T I O N